시니어 신무협 장편소설
ORIENTAL FANTASY STORY & ADVENTURE

일보신권
2

dream
books
드림북스

일보신권 *2*
흔들리는 소림

초판 1쇄 발행 / 2009년 8월 3일
초판 2쇄 발행 / 2010년 12월 13일

지은이 / 시니어

발행인 / 오영배
편집장 / 허경란
편집 / 신동철, 문보람, 오미정
본문 디자인 / 신경선
펴낸 곳 / (주)삼양출판사 · 드림북스

주소 / 서울특별시 강북구 송천동 322-10호
대표 전화 / 02-980-2112 팩스 / 02-983-0660
편집부 전화 / 02-980-2116 팩스 / 02-983-8201
블로그 / blog.naver.com/dreambookss

등록번호 / 제9-00046호
등록일자 / 1999년 3월 11일

ⓒ 시니어, 2009

값 8,000원

(주)삼양출판사 · 드림북스의 서면 허락 없이는 어떠한
형태나 수단으로도 이 책의 내용을 이용하지 못합니다.

ISBN 978-89-542-3283-8 04810
ISBN 978-89-542-3281-4 (세트)

* 지은이와 협의하에 인지는 생략합니다.
* 잘못된 책은 구입한 곳에서 바꾸어 드립니다.

시니어 신무협 장편소설
ORIENTAL FANTASY STORY & ADVENTURE

일보신권 ②

흔들리는 소림

dream books
드림북스

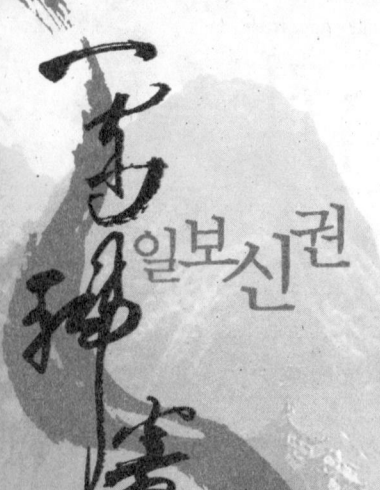

목차

제1장 무량세 · 007

제2장 저마다의 방식 · · · · · · · · · · · · · · · 043

제3장 이유 없이 날아가나? · · · · · · · · · 091

제4장 첫 대련의 파문 · · · · · · · · · · · · · · 131

제5장 아, 왜 자꾸 접어!   *157*

제6장 방장의 결정   *195*

제7장 기를 먹는 다른 방법   *225*

제8장 홍오의 텃밭에 생긴 일   *257*

제9장 거지와 진법   *293*

제1장

무량세

다음날.

장건은 어김없이 산을 올랐다.

'무공을 배운다고 해서 뭐 어렵고 대단한 게 있을 줄 알았는데.'

어쩐지 시간을 낭비하는 기분까지 들었다. 물지게 드는 것은 좀 어려웠지만, 그렇다고 해서 그게 뭔가를 배웠다는 느낌은 아니었던 것이다.

'그래도 어젠 전병을 먹을 수 있어서 좋았어.'

장건은 무공을 배운다는 생각보다는 먹을 것에 더 마음이 갔다. 당분간은 계속 뭔가를 먹을 수 있다는 생각만으로도 웃음이 지어졌다.

'뭐, 3년만 버티면 되니까 어떻게든 되겠지.'

7년을 배고픔과 싸우며 버텼는데 3년을 못 버틸 이유가 없었다.

늘 그랬듯 장건은 딱딱한 발걸음으로 홍오의 암자를 향해 걸어 올랐다.

*   *   *

홍오는 장건을 앞에 두고 천천히 살폈다.

'귀여운 녀석 같으니.'

보면 볼수록 예쁘다.

부처님이 보내준 아이라고 생각할 만큼 장건은 홍오가 요구하는 조건을 잘 갖추고 있었다.

'심생종기라……. 그렇다면 굳이 무량무해의 이론을 전수할 필요도 없겠군.'

장건은 초롱초롱한 눈으로 홍오를 보고 있었다.

"무공 안 배우나요?"

무공을 빨리 배우고 또 맛있는 걸 먹고 싶다는 의미였지만, 홍오는 장건이 무공을 빨리 배우고 싶어 하는 줄 알고 기분이 좋아졌다.

"배워야지."

홍오는 '엇힘' 하고 헛기침을 한 후 말했다.

"그전에 먼저 내 몇 가지를 보여줄 터이니, 보고나서 어땠는지 얘기해 보자꾸나."

일반적인 방법으로는 장건에게 무공을 가르칠 수 없다는 걸 깨달은 홍오다. 일일이 무학의 기초부터 설명할 수도 없는 노릇이라, 궁리 끝에 그가 선택한 방법은 바로 '보여주는 것'이었다.

용조수와 불영신보를 보고 따라했다면 이 방법도 분명 통할 것이다.

장건은 조금 떨어진 곳에 가 섰다. 뭔가를 하라고 하는 것도 아니고 그냥 보라는 것이니 별로 부담스럽지도 않았다.

만약 소림의 다른 제자들이었다면 결코 가벼이 생각하지는 않았을 것이다.

지금이야 강호에 나간 지 오래되어 우내십존의 명성에는 못 미친다 하나, 여전히 소림의 최고 고수인 홍오의 무술 시범이다. 보는 것만으로도 배울 게 있다.

하지만 장건은 단순히 시킨 대로 편안히 볼 생각을 하고 있을 뿐이었다.

"자, 그럼 시작하마. 지금 보여주는 것은 네가 당장은 할 수 없는 것이니, 잘 보기만 하거라."

"예."

그리고 홍오를 가만히 지켜보았다.

"이것이 앞으로 네가 내게 배울 무공의 처음이자 끝이니라. 지금은 기수식이라고도 할 수 있지."

홍오가 반걸음을 천천히 내딛고 섰다.

슥.

'어?'

뭔가 기이한 느낌이 들었다.

장건은 '기수식이 뭔가요?' 하고 물으려다가 숨이 탁 막히는 듯해 입을 다물었다.

홍오가 뭔가 이상하거나 특이한 동작을 한 것도 아니었다.

양팔을 자연스럽게 내리고 한 발을 반보 내밀었을 따름인데 느낌이 방금과는 사뭇 달랐다.

장건의 입장에서는 아무리 잘 봐줘도 그냥 서 있는 것뿐이었다. 그런데도 묘하게 기분이 찜찜하다.

'뭐지?'

장건은 어깨를 움츠리며 좀 더 자세히 홍오를 보았다.

홍오는 장건이 고개를 갸웃거리며 이상하다는 얼굴을 하자 적잖이 감탄했다.

'대단한 녀석이로고. 무공을 제대로 배우지 않은 녀석이 무량세(無量勢)를 단번에 알아보다니.'

무량세는 홍오의 심득이 고스란히 녹아 있는 무량무해의 진수다. 일견 평범해 보이나 손에 꼽을 수 없을 만큼 수많은 무학의 정수가 그 안에 담겨 있다.

'흘흘. 언강이 이 녀석아. 아무래도 내기는 내가 이길 것 같구나.'

홍오는 장건을 가르치는 일에 새삼 흥미를 느꼈다. 꾕목을 가르칠 때에는 느껴보지 못했던 소소한 삶의 보람이다.

홍오가 다시 반보를 내딛었다.

장건은 더 심한 압박을 느꼈다. 어떤 종류의 압박인지 알 수는 없었지만, 어쨌든 가슴이 답답해 오고 절로 인상이 써졌다.

'왜 이러지?'

괜히 머리를 박박 긁고 싶은 심정이었다.

홍오가 말했다.

"이것은 기수식에서 이어지는 기본자세이니라."

홍오가 뒤로 살짝 몸을 밀며 양팔을 천천히 들어올렸다. 뒤로 뺀 다리에 중심을 주고 오른발의 뒤꿈치를 들어 앞꿈치로만 딛고 있는 자세다.

안목이 있는 사람이라면 그것이 태극권의 기본자세 중 하나인 허보(虛步)라는 걸 알 것이다. 그러나 완전한 허보라고 보기에는 어딘가 엉거주춤하다.

힐끗 보면 한쪽 다리를 든 독립보(獨立步)와도 같아 보이고 또 어떻게 보면 아예 몸을 뒤로 젖혀 앉은 부보(付步)를 하려 하는 것처럼도 보인다.

허보나 독립보나 한 번 보면 막 무공을 배우기 시작한 초보 무인들이라도 대충은 따라할 수 있을 터다. 그런데 홍오는 그보다도 못한 어정쩡한 자세를 취하고 있었다.

 장건의 얼굴은 찌푸려지다 못해 안쓰러울 정도로 창백해졌다.

 '도대체 내가 왜 이러지?'

 그런 모습이 오히려 홍오에게는 기쁨을 준다.

 '대단하구나! 정말 대단해! 내가 평생을 바쳐 찾아온 길을 넌 한 번에 보고 있구나!'

 홍오가 몸의 중심을 앞쪽으로 옮기며 몸을 비스듬히 틀고 오른발을 내렸다.

 "이것이 그 다음 동작이다."

 기분이 들떠서 목소리가 살짝 떨리고 있는 홍오였다.

 하나 장건은 또 고개를 갸웃거리며 인상을 잔뜩 썼다.

 어제 가르쳐 준 마보와 흡사한데 몸이 틀어져 있으니 마보가 아니다. 허리를 똑바로 펴야 하는데 앞으로 기울어져 있으니 어딘가 불안해 보였다.

 이번에도 역시 마보와 궁보(弓步)를 더한 어정쩡한 자세다.

 장건은 참지 못하고 머리를 박박 긁었다.

 홍오가 흐뭇한 미소를 머금었는지 수염이 움직였다.

 '네 녀석은 무량무해를 배울 자격이 있다. 이것을 모두 배우면 강호는 네 것이다.'

 60년 전, 그가 하지 못했던 것을 장건이 해줄 것이다.

 홍오는 감격을 참지 못하고 계속해서 시연을 해보였다.

파리는커녕 굼벵이나 겨우 잡을 만큼 느릿하게 손을 뻗는다.

마치 허공을 움켜쥐려는 듯 손가락 모양이 갈고리처럼 굽었다. 그런데 잘 보면 이건 주먹을 쥔 것도 아니고 완전히 편 것도 아닌 형태다.

그나마도 홍오는 끝까지 팔을 뻗지 않았다. 허공에 뭐가 있든 간에 그것을 잡던가 밀던가 해야 하는데 도중에 멈추었다.

홍오가 딱 동작을 멈추는 순간 장건은 호흡이 가빠졌다.

'제, 제발!'

홍오는 장건의 바람대로 움직이지 않았다. 도중에 손을 거두다가 다른 손을 휘젓는데, 그나마도 완전히 원을 그리는 것이 아니라 반을 그리다가 만다.

'흐읍!'

장건의 안색이 심하게 변했다. 숨이 너무 막혀서 숨을 쉴 수가 없었다. 이마에는 진땀이 흐르고 등줄기는 벌써 축축해져 있었다.

홍오는 '어떠냐?' 하고 장건을 보다가 깜짝 놀라 동작을 완전히 거두었다.

"괜찮으냐?"

그제야 장건이 '칵!' 하고 숨을 내뱉었다.

"허억, 허억."

아무리 가파른 비탈길을 오르고 높은 산을 올라도 단전호흡

무량세 15

을 할 수 있던 장건이 숨을 몰아쉬고 있었다.
"크게 숨을 들이쉬거라."
장건은 홍오가 시키는 대로 몇 번을 헐떡거리며 숨을 고르다가 겨우 진정이 되었다.
"후우우우."
홍오가 시연을 하는 그 잠깐 동안 온몸이 땀으로 흠뻑 젖었다. 검성을 만났던 때와 비슷한데 느낌은 전혀 달랐다.
장건이 정신을 차리자 홍오는 걱정스러운 얼굴에서 흐뭇한 표정으로 되돌아왔다. 자신이 원하던 것보다 더 많은 것을 장건이 봤다는 걸 알았다.
"괜찮다. 괜찮아."
"머리가 어지러워요."
"잠시 쉬면 괜찮아질 게다. 저기 그늘로 가자꾸나."
"예."
장건은 일어나다가 비틀거렸다. 몸이 완전히 쪼그라들어 팔다리가 몸뚱이에 착 달라붙은 기분이었다. 다리를 억지로 떼어 나무 그늘로 갔다.
홍오가 장건의 옆에 앉아 말했다. 어찌나 장건이 귀여운지 절로 말투가 부드러워졌다.
"크게 신경 쓸 것 없단다. 아직은 네가 보는 것만큼 몸이 따라주지 않아 그런 거니까 말이다."
"그런가요?"

홍오의 말을 확실히 이해하긴 어렵다. 하지만 생각해 보면 처음부터 굉목을 다 따라할 수 있었던 건 아니었다.

이불을 접는 손동작도 몇 년을 따라해서야 겨우 몸에 익힐 수 있었고, 최소한의 힘으로 걷는 방법도 그만큼의 시간이 걸렸다. 한 번 되기 시작하면서 다른 것들도 갑자기 연속적으로 되기 시작했지만.

아무튼 장건은 무공이란 게 생각보다 쉽지 않다는 걸 깨달았다.

'윤 어르신을 봤을 때도 그렇고……. 내가 너무 쉽게 생각했었나?'

조금은 침울해진다.

반대로 홍오는 날아갈 것 같은 기분이었다. 그간 해온 자신의 노력이 장건을 통해 결실을 맺을 거라는 걸 확신하고 있었기 때문이다.

무량세는 결코 쉬운 자세가 아니다.

홍오는 무량세가 만들어지기까지 겪은 수많은 고생을 떠올렸다.

홍오는 분명 천재였다. 한 번 본 무공은 잊지 않았고 심지어 그 무공을 자신의 손으로 펼치기까지 했다. 그래서 타 문파의 비급을 훔친다는 오명을 쓰기도 했다.

그러다가 소림에 갇히게 된 후 홍오는 문득 그런 생각이 들었다.

 강호에 있는 모든 무공을 원하는 대로 펼칠 수 있다면? 그렇게 된다면 누가 자신을 이길 수 있을 것인가!

 구파일방의 무공 대부분은 물론이고 남들이 천시하는 삼류무공과 무림 세가의 가전무공까지 대다수 섭렵한 홍오였지만, 그때까지만 해도 연속으로 각기 다른 문파의 무공을 펼칠 순 없었다.

 각 문파마다 기본이 되는 심법이 다르고, 내공의 성질이 다르며, 무공마다 기의 운용이 다른 탓이다. 또한, 초식의 끝 동작이 매 무공마다 다르므로, 서로 다른 무공 초식의 끝과 처음을 자연스럽게 연결한다는 것 자체가 불가능했다. 억지로 그것을 연결하려다가 기가 역류해 주화입마에 들 뻔한 적이 한두 번이 아니었다.

 30년이 더 걸렸다.

 각 무공의 내공 운용을 연구하고, 초식의 연결을 연구하고, 그것들이 자유롭게 어우러지도록 하는 데에.

 그렇게 고민하며 연구한 끝에 모든 무공을 취합하여 만들어 낸 궁극의 자세.

 모든 무공을 사용할 수 있으며 또한, 모든 무공을 받아낼 수 있는 절대무적의 자세.

 그것이 바로 무량세였던 것이다.

 그가 천재였다 하더라도, 무량세에 이르기까지 그가 겪은 심적 고통은 이루 말할 수가 없었다.

 한데, 장건은 보자마자 한눈에 무량세의 가치를 알아보았다. 그것은 홍오의 그간 노력을 알아준 것이나 다름없는 일이었다.

 홍오로서는 세상을 다 얻은 기분인 게 당연했다.

 장건은 생각에 빠져 있었다.

 홍오는 말없이 기다려 주었다.

 장건은 생각이 끝났는지 곧 고개를 돌리고 홍오를 쳐다보았다.

 홍오가 물었다.

"그래. 무량세를 보면서 어떤 생각이 들었느냐?"

 장건은 몸이 가려운지 팔다리를 긁으며 물었다.

"네, 그 무량세요."

"그래. 어서 말해 보거라."

 벅벅.

 장건은 자꾸만 팔을 긁었다.

 그러더니 조심스럽게 물었다.

"그런데 그건 왜 하는 거예요?"

"……."

 홍오는 가만히 방심하고 있다가 정권으로 머리를 얻어맞은 기분이었다.

왜 하냐니?

무공을 배우다 말고 왜 하냐니!

홍오는 정신을 차릴 수가 없었다.

"이해가 잘 안 가는구나. 다시 한 번 말해 주겠느냐?"

장건이 계속 몸을 긁으며 말했다.

"뭔가 하려다 말고 또 하려다 말고 그러셨잖아요. 그것도 무공인가요?"

소림사의 천재 무인 홍오가 말년에 심득을 얻어 만들어낸 무공을 '그것도 무공이냐'고 묻는다.

"그럼 무공이지 무공이 아니냐? 분명히 네게 무공을 가르치겠다고 하지 않았느냐."

그것만으로도 홍오는 황당해 죽을 지경인데 장건은 한술 더 떴다.

"그걸 하면 정말 몸이 건강해져요?"

"허!"

왠지 모르게 억울한 기분까지 든다.

"도대체 네가 뭘 묻는 것인지 모르겠구나."

"대사님께서 그러셨잖아요. 무공은 심신을 단련하는 거라구요. 그런데 보여주신 무량세는 그런 것 같지 않았어요."

홍오는 돌연 할 말이 없어졌다. 생각해 보니 장건의 말이 그렇게 틀린 것도 아니었다. 자신이 미처 생각하지 못했던 부분이기도 했다.

'무량세를 수련하면 심신이 단련되나?'

스스로도 의문이 들었다.

사실 무량세는 위험하고도 어려운 동작이다. 몸이 건강해지는 게 아니라 잘못하면 기혈이 뒤틀릴 수도 있다. 장건의 경우야 심생종기를 따르니 그럴 일은 없겠지만, 홍오의 경우에도 몇 번이나 위험을 겪었던 적이 있었잖은가.

무량무해 자체가 무의 극을 추구하는 상승의 오의(奧義)인만큼 몸을 단련하는 기본 무공과는 거리가 있었다.

원래 무공이 생겨난 것은 심신단련을 위해서였지만, 그것은 원론적인 얘기다. 수많은 무인들이 등장하고 문파가 생겨나면서 현재 강호에서는 무(武)가 문파의 세력 척도가 되어 버렸다.

부정할 수 없는 현실이다.

그래서 홍오는 어떻게, 어디서부터 설명해야 할지 더 고민스러웠다.

"심신을 단련하는 것 같지 않다니. 그게 무슨 말이냐? 좀 자세히 말해 보거라."

장건은 잠깐 고민하더니 말했다.

"무공이라는 게 사람을 때리는 방법을 배우는 건가요?"

"뭐라?"

"제가 보기에는 대사님께서 꼭 누군가를 앞에 두고 때리려는 것 같았어요. 잡기도 하고 밀쳐내기도 하고."

홍오는 속으로 웃음을 흘렸다.

장건이 무엇에 대해 질문하고 싶었는지 알았다. 그것은 마치 농사일에 대해 하나도 모르는 아이가, 왜 쇠고랑으로 땅을 파는지 궁금해하는 것과 비슷하다.

"무공은 스스로를 지키는 것에서 시작했으니, 위험으로부터 나를 보호하기 위한 것도 포함된다. 산에서 산적들을 만나거나 호랑이를 만나도 나를 지킬 수 있게 되는 것이지."

장건이 몸을 긁으며 반문했다.

"산적이나 호랑이가 나오는 산으로 안 가면 되잖아요."

"물론 보통 사람은 그렇게 하지. 하지만 무공을 배우면 굳이 피할 필요가 없다."

장건이 몸을 뒤틀면서도 웃음을 지었다.

"정말 그렇게 할 수 있나요? 저희 집에서는 위험한 산을 지나가야 하면 무사를 고용하는데요."

"무사를 고용할 필요도 없다. 왜 쓸데없이 무사를 고용하느냐. 여러 사람 귀찮고, 비용도 들지 않느냐. 경공으로 달리면 무사들보다 몇 배는 빨리 걸을 수 있고, 산적이나 호랑이가 나와도 쫓아내면 그만인데."

"우와아!"

"그러기 위해서는 네가 어느 정도는 성취를 얻어야만 가능한 것이다. 어쭙잖은 실력으로는 그럴 수 없지."

"정말 저도 그렇게 될 수 있나요?"

"네가 어디에서 배우는지 잘 생각해 보거라. 바로 천하제일 소림사가 아니냐."

장건은 본래 큰 욕심이 없었다. 아마 무공을 배우더라도 산적이 나타나면 그냥 도망갈 것이다.

그러나 홍오의 말처럼 할 수 있다는 것은 장건에게 큰 의미가 있었다. 무사를 고용해 시간과 비용을 낭비할 필요가 없어진다는 것이 바로 그것이다.

"사람을 때리는 무공은 배우지만, 꼭 때릴 필요는 없다. 어디까지나 스스로를 위해 배우는 것이다."

물론 약간은 홍오의 사심도 섞여 있다.

홍오가 짐짓 물었다.

"무공이 배우기 싫으냐?"

"아뇨! 제가 언제 배우기 싫다고 했나요? 전 그냥 그게 궁금했을 뿐인걸요."

장건의 표정이 살짝 변했다.

"하지만 그 무량세는……, 어쩐지 어려워 보여요."

"당연하지. 네가 당장 무량세를 할 수 있을 것 같으냐?"

홍오도 무량무해를 완성하는 데에 수십 년이 걸렸는데 말이다.

"무량세는 말이다. 최소한 십이정경 중에서 6개의 정경과 기경팔맥에서 2개의 맥을 동시에 운기할 수 있어야 가능한 자세다. 네가 하기엔 아주아주 먼 훗날의 일이지."

물론 심생종기를 할 줄 아니, 홍오는 그것에 약간의 기대를 가지고 있다.

아직 경락을 모르는 장건은 눈만 꿈벅거렸지만, 보통의 무인들이 들었다면 입을 떡 벌리고 놀랐을 터였다.

기를 몸 안에 돌리는 주천은 여러 경락을 동시에 돌리는 것이 쉽지 않다. 아주 불가능한 것은 아니나 정신을 집중해야 하니 찰나 간에 승부가 오가는 비무나 대결시에 한다는 것은 거의 불가능하다.

오죽하면 서로 성질이 다른 두 경락을 동시에 주천하는 무당의 양의심결(兩意心訣)이 신공절학으로까지 여겨지겠는가.

하나 무당파의 양의는 음양(陰陽), 즉 태극(太極)을 말하는 것으로 홍오가 생각하는 동시주천과는 그 의미가 약간 다르긴 하다.

"네가 건신동공을 하면서 기가 움직이는 것과 마찬가지로 상승무학이라 일컬어지는 것의 핵심은 그 초식보다는 초식 속에서 발현되는 운기법에 있다. 무량세는 여러 경락을 동시에 주천함으로써 천하의 모든 무공을 사용할 수 있도록 하는 것이다."

장건이 머리를 긁적였다.

"잘 모르겠지만 대단한 것 같아요."

"대단하지! 대단하고말고. 나도 아직은 8개의 경락을 움직일 수 있을 뿐이지만 말이다. 그래서 무량세가 세 동작인 것이다. 소주천하여 준비하는 첫 단계, 그리고 각각 8개의 다른 경락을 움직이는 전후반의 단계니라."

홍오가 장건을 힐끗 보았다.

장건은 무슨 얘기인지 도통 알아들을 수가 없어 곤란한 얼굴이다.

"껄껄. 내가 너무 내 자신의 이야기에 심취했나 보구나."

"헤헤."

"우선은 운기하는 법부터 차근차근 배우거라."

홍오는 품속에서 서책 한 권을 꺼내 장건에게 주었다.

경락입문(經絡入門).

시중에서도 흔히 구할 수 있는 기초 운기행공의 내용이 담긴 책이다. 그러나 장건에게는 지금 이것이 가장 절실하게 필요할 터다.

"이걸 보고 기를 움직이는 법을 배우거라. 용어가 어려워서 그렇지, 배우긴 금방 배울 게다."

장건은 홍오에게 받은 경락입문서를 살짝 펼쳐 보았다. 사람의 그림이 그려져 있고 몸에 이런 저런 선들이 그어져 있다.

"앞으로 네가 배울 무량세는 내공을 세심하게 운용하여야 한다. 그래서 운기행공법을 반드시 익혀야 하지."

장건은 내공을 운용할 줄 모른다. 홍오가 억지로 움직이려 했을 때에도 되지 않았다.

"내공을 어떻게 움직이나요?"

홍오는 다시 부연을 해야 했다. 참으로 귀찮은 일이지만 내 일부터는 굳이 설명을 하지 않아도 될 것이다.

"너는 안 된다 생각할지도 모르지만, 이미 해본 적이 있다. 다만 무의식적으로 했으니 이제는 의식적으로 하는 법을 익혀야 하는 게지."

홍오는 남은 시간 동안 장건에게 경락에 대한 사소하고 기초적인 부분을 설명했다.

"보다가 모르는 게 있으면 굉목에게 물어보거라. 안 가르쳐 주면 떼라도 쓰고. 무공을 배워서 무병장수(無病長壽) 좀 해보겠다는데 안 도와주면 정말 나쁜 놈이지."

장건이 서책을 가슴에 품고 헤헤 웃으며 말했다.

"별로 말수가 없으셔서 그렇지, 물어보는 건 잘 대답해 주셨어요."

"그리 믿기진 않는다만……, 네가 그렇다니 그런 거겠지."

"예. 그럼 저 내려갈게요. 내일 뵈어요."

장건은 합장을 하며 '아미타불' 하고 마무리 인사까지 했다.

장건이 내려가는 모습을 보며 홍오는 입맛을 쩝 다셨다.

무뚝뚝한 굉목이 정말로 그랬으리라고는 생각할 수 없는 홍오였다.

하지만 과거에는 그랬다.

처음 봤을 때의 굉목은 누구보다도 밝고 순수한 제자였다.

마음가짐이 올곧고 사람을 잘 따르며, 언제 어디서도 승려로서의 본분을 잃지 않았다. 입가에는 늘 미소를 짓고 불경을 읊었다.

굉운이 '소림에서 가장 큰 불덕을 쌓을 이'로 꼽은 이도 젊었을 적의 굉목이었다.

그랬던 굉목이 지금은 누구하고도 마음을 터놓지 않는 고지식한 이가 되어 버렸다.

"아무래도 그때 그 일 때문인가······."

홍오는 고개를 가로저었다. 확실한 이유는 알 수 없었다. 하는 꼴이 너무 고지식하고 답답해서 남들이 보기에도 심하다 싶을 정도로 다그친 적이 한두 번이 아니었으니까.

홍오의 노안에 잠시 회한이 머물었다가 사라졌다.

"에잉, 그래도 그렇지. 다 늙은 사부를 나 몰라라 내치는 놈이 어디 있어! 그런 놈은 제자도 아니다. 킁!"

홍오는 언제 그랬냐는 듯 콧방귀를 뀌며 암자 안으로 들어가 버렸다.

* * *

"아, 대사님께서 주신 간식을 먹었는데도 왜 계속 배가 고프지? 기를 먹으면서 좀 괜찮아졌었는데."

장건은 홍오의 암자를 내려오면서 배를 문질렀다.

죽도록 배가 고픈 것은 아닌데 매일 배가 고프니 지칠 지경이었다. 하지만 장건은 그것이 정말 육체의 허기가 아니라는 건 모르고 있었다.

뭐든 최소로 해야 한다는 생각이 장건의 신체를 그에 걸맞게 바꾸어 갔고, 그 때문에 계속해서 정(精)이 소모되고 있었던 것이다.

그래서 끊임없이 소모되는 정을 보완하기 위해 기가 필요한 시점이었다. 정과 기가 일체화되는 지점에 와 있어서 더욱 기가 부족했다.

사람이 기를 취하는 데에는 일반적으로 음식을 먹는 것이 가장 쉬운 방법이다. 그래서 배가 고픈 것이지, 정말로 허기가 진 것은 아니었다.

"배고파서 못 참겠다. 기라도 먹으면서 가야지."

평소 이 시간에 먹는 기의 양은 아주 적었다. 그럼에도 배가 고프다 보니 그나마라도 먹어야겠다는 생각이다.

장건은 걸음을 천천히 하며 호흡을 했다.

적은 양이지만 그래도 안 먹는 것보다는 나았다.

그렇게 걸어가고 있는데 문득 특이한 맛의 기가 느껴졌다.

"어?"

그리고 호흡을 통해 흡입되는 기의 양도 많아졌다. 그 양은 아주 적었지만 장건의 미세한 감각을 분명히 일깨웠다.

평소에도 늘 기를 먹으며 다녔기에 이런 일은 거의 없다는 걸 알고 있었다. 기는 마치 바다와 같아서 갑자기 농밀해지거나 하지 않고 서서히 양이 변한다.

그런데 지금은 뭔가 툭 튀어나온 것처럼 갑작스러웠다. 기의 맛도 이상하고 갑자기 양이 늘은 것도 이상하다.

"이상하네?"

아무래도 무언가 있는 듯싶다.

가만히 느껴보니 어딘가에서부터 퍼져 나오는 듯하다.

장건은 천천히 주위를 둘러보았다. 나무와 수풀이 사방에 울창하다. 눈으로 봐서는 뭐가 있는지 알 수가 없었다.

"흐응."

장건은 냄새를 맡는 것처럼 킁킁거렸다.

"이쪽인가?"

흘러나오는 기의 근원은 길이 없는 숲속이었다.

나뭇가지가 옷을 건드릴까봐 잠시 망설여진다.

하지만 맛있는 음식을 눈앞에 두고 발길을 돌릴 수는 없었다. 왜 이런 맛의 기가 느껴지는지도 궁금하다.

"이런 맛 예전에 먹어본 것 같은데……."

장건은 소로에서 벗어나 숲속으로 들어갔다. 서로 얽혀 있는 나뭇가지를 조심스레 치워내고 앞으로 걸어갔다.

느껴지는 기의 농도가 점점 짙어지고 있었다.

거의 이른 새벽에 기를 먹는 것처럼 진한 맛이 났다. 입안에서 톡톡 튀는 듯한 맛도 느껴진다.

사박사박.

얼마나 걸었을까?

키 작은 나무들 사이로 한 그루의 웅장한 느릅나무가 서 있었다.

"우와아."

아이들 사이에 어른이 서 있는 것 같았다. 느릅나무의 풍성하게 퍼진 나뭇가지가 커다란 그림자를 드리우고 있었다.

아래에는 뭔지 모를 작은 풀 같은 것들이 잔뜩 자라 있었다. 색색이 예쁜 모양이었다. 버섯도 있고 그물이 얽힌 모양의 꽃도 있었다.

어쩐지 묘한 느낌이 들었지만, 장건은 색색의 풀에는 별로 관심이 없었다.

장건은 느릅나무로 다가갔다.

어른 서넛이 서로 팔을 잡아야 겨우 빙 둘러설 수 있을 만큼 거대한 느릅나무다.

"엄청나다."

나무 자체도 커다랗지만 그것보다도 장건의 눈길을 끈 것은 기였다.

사사삭.

바람이 불어 수천이 넘는 나뭇잎들이 몸을 떨 때마다 기가 요동을 쳤다.

느릅나무는 새벽에 먹는 것보다 몇 배 이상의 기를 뿜어내고 있었다. 몇 배라고는 해도 공기 중의 기란 워낙에 미약하기 때문에 사실 거기서 거기였지만 말이다.

"와아아아."

장건은 느릅나무에 가까이 다가가 가만히 눈을 감았다. 인식하지 못한 상태에서 손을 대고 나무의 기를 느꼈다.

느릅나무의 덕인지 이 주변의 기는 다른 곳보다 더 진했다. 그리고 달짝지근하면서도 씁쌀한 맛도 느껴졌다.

"후우우우."

숨을 들이마실 때마다 상쾌한 기가 몸 안을 돌고, 기가 몸 안을 돌아다니자 허기가 조금씩 사라져 갔다.

장건이 무심코 하고 있는 행동들은 바로 선도(仙道)의 취기법(取氣法)이었다. 어디서 배운 적도 없는데 본능적으로 기를 먹는 효율적인 방법 중의 하나를 찾아낸 것이다.

"맛있다!"

온종일 기를 먹지 않아도 이 나무 앞에서 한 시진만 기를 먹으면 하루 종일 먹을 필요도 없을 것 같았다.

'하지만 매일 하는 건 그냥 하는 거고 여기서 먹는 건 또 다른 거지.'

장건은 흐뭇한 미소를 머금었다. 만복감은 들지 않았지만 허기가 사라지는 것만으로도 행복했다.

'홍오 대사님에게 오가면서 여기 들러서 먹고 가면 되겠다.'

마음 같아서야 하루 종일 있고 싶었지만 그랬다가는 자신을 기다리는 굉목이 화를 낼지도 모른다.

장건은 자기도 모르게 '헤헤' 하고 웃었다.

"아! 기분 좋다."

독특한 느낌의 기를 먹을 수 있는 곳이어서 그런지 기분이 좋아졌다.

장건은 평소보다도 크고 길게 숨을 들이쉬었다.

아랫배의 실타래가 늘어난 느낌이 든다.

홍오의 무량세를 보면서 불편했던 마음도 어느샌가 가라앉았다.

왜 아무것도 아닌 동작에 그렇게 마음이 불편했었는지 장건 스스로도 알 수 없었다.

굳이 이유를 붙이자면 그냥 어딘가 모르게 홍오가 과도하게 움직이는 것처럼 보였다고나 할까? 그래서 온몸이 오그라드는 느낌을 받았던 것 같다.

'하지만 가만히 서 있었는데도 그런 게 느껴진 건 좀 이상한데……'

과도한 움직임이라는 건 말 그대로 움직여야 말이 되는 것이지 가만히 있는데 과도하다 느껴지는 건 이상한 일이다.

장건은 한참 동안 홍오의 무량세를 떠올리며 몸으로 이리저리 흉내를 내보다가 포기했다.

"에이, 모르겠다. 기나 먹자."

장건은 느릅나무의 짙고도 넓은 그늘 아래에서 자라고 있는 형형색색의 꽃들 사이에 앉아 기를 먹고 또 먹었다.

* * *

장건이 담백암으로 돌아오며 꾸벅 인사를 했다.
"다녀왔습니다."
굉목은 마당에서 오랜만에 빨래를 널고 있었다. 두 시진이 한참 전에 지났는데도 굉목은 고개 한 번 돌아보지 않고 왜 늦었냐고 묻지도 않는다.
탁탁.
그저 빨래를 털어 널고 있을 따름이다.
장건이 굉목의 앞으로 갔다. 대나무 살로 얽어 만든 바구니에 방금 한 빨래가 담겨 있다. 별로 많지는 않다.
"제가 할까요?"
굉목의 대답은 늘 그렇듯 간소하다.
"됐다."
자신이 할 일을 남에게 미루지 않는 굉목이다.
탁탁.
굉목은 커다란 승복을 한 손으로 잡고 허공에 털었다. 다른 손으로는 승복을 탁탁 때린다.
한 번 때릴 때마다 물기가 쭉 빠지고 옷이 점점 빳빳해진다.

풀이라도 먹인 것 같다. 장건은 굉목이 빨래를 털어 너는 걸 볼 때마다 늘 신기했다.

용조수의 응용수법으로 손에서 기를 배출해 빨래의 물기를 말리는 수법이다.

장건이 물었다.

"빨래에 물기도 없는데 왜 널어요? 노사님처럼 빨래를 털면 굳이 말릴 필요가 없을 것 같아요."

"물기가 말랐다고 빨래가 다 된 게 아니다. 햇볕을 쬐지 않으면 곰팡이도 생기고 옷이 금세 헤진다."

그래서 당장 급한 게 아니면 굉목은 늘 빨래를 널었다. 대신 다듬이질을 할 필요는 없었다.

문득 굉목은 장건이 이 동작을 어떻게 할지 궁금해졌다. 빨래는 장건이 해왔지만 널기는 자신이 널었다. 그동안 장건이 빨래를 터는 건 본 적이 없다.

굉목이 말없이 장건에게 바구니를 내밀었다.

"네?"

"해봐라."

"네."

장건은 갑자기 굉목이 빨래를 내미니 이상하단 생각이 들었지만, 조용히 받아 들었다.

보기는 많이 보고 연습도 해봤지만 직접 빨래를 넌 적이 없어 잠시 고민이 되었다.

굉목을 따라하려고 굉목의 모습을 생각하려는 찰나, 장건의 머릿속에 불현듯 홍오의 말이 떠올랐다.

"무량세는 천하의 모든 무공을 사용할 수 있도록 하는 것이다."

주천은 할 줄 모르지만 홍오의 말대로라면 무량세의 자세에서 굉목처럼 빨래도 털 수 있지 않을까, 하는 생각이 들었다.
'대사님께서 이렇게…… 서셨던가?'
하지만 무량세는 보는 것만으로도 불편했다. 온몸이 딱딱하게 굳는 것 같아서 따라하는 것도 겁이 난다. 팔다리가 오그라들어서 그걸 보고난 후 온몸이 간질거리기도 했다.
'기도 움직여야 한다고 하셨는데…….'
장건은 홍오의 무량세에서 불편하게 보였던 부분을 빼고 조금씩 몸을 움직여 자세를 잡아 보았다. 불편한 부분들을 고치려 하니 실타래가 움직여 전신을 돌기 시작한다.
그러나 홍오에게서 본 무량세의 그 느낌은 아니다. 불편해 보이는 부분들이 너무 많아서 일일이 고칠 수가 없다.
'에이, 역시 무공은 어렵다니까.'
장건은 그렇게 생각하며 그냥 용조수의 수법으로 빨래를 털려 했다.
'으! 배우지도 않은 걸 괜히 따라했다가 몸만 간지러워졌네.'

그런데 그런 장건을 보던 굉목의 표정이 이상하다.
"왜 그러느냐?"
"네?"
굉목이 인상을 썼다.
'대체 사부님에게 뭘 배웠길래 이런 느낌이……. 내 착각인가?'
평소 보던 장건의 모습이 아니었다. 장건은 워낙 움직임이 적어서 가만히 서 있어도 이상해 보였다. 어딘가 딱딱한 것이 죽은 시체를 보는 듯한 기분이다.
무공의 측면에서 보자면 몸에 딱히 허점이 없어 보인다. 쉽게 말하자면 빈틈이 없는 것, 그것이 장건의 일상 자세였다.
한데 지금, 순간적이었지만 가만히 서 있던 장건의 몸에서 무수한 허점이 보였다.
이건 결코 자연스러운 것이 아니다. 자연스럽게 보통 사람처럼 서 있는 게 아니라 허점을 잔뜩 드러내고 있었다.
"노사님, 왜 그러세요?"
굉목은 고개를 저었다.
"아니다."
홍오가 뭘 가르쳤든 그것은 자신이 상관할 바가 아니다.
'오히려 잘 되었다고 해야 하나?'
장건의 움직임은 일반적이지 않다. 그런 몸으로 무공을 배운다는 것도 쉬운 일은 아닐 터. 지금 이것이 보통 사람처럼 자연스러워지는 과정이라면 굉목의 간섭이 외려 독이 될지도 모른다.

'하지만…….'

굉목은 의아한 생각이 들었다.

'고작 이틀 만에? 7년 동안 해온 것이 이틀 만에 변한다고?'

굉목의 생각을 아는지 모르는지 장건은 이내 평소처럼 딱딱한 손놀림으로 빨래를 털어 널었다.

탁탁.

굉목처럼 능숙하진 않지만 흉내치고는 제법 쓸 만하다. 여전히 어딘가 녹이라도 슨 듯 딱딱하긴 하지만.

'정말 모를 녀석이야.'

굉목은 고개를 절레절레 흔들며 암자로 들어갔다.

그 뒤로 장건의 놀란 목소리가 들려왔다.

"어? 노사님, 건신동공하실 시간이에요!"

* * *

소림사에는 여타 사찰들처럼 수많은 불전(佛殿)이 있다.

각각의 보살을 모시는 전(殿)과 부처에 귀의한 신들을 모시는 각(閣), 그리고 승려들이 사용하는 당(堂)과 청(廳), 원(院) 등 종류만 해도 수십 가지가 넘는다.

하나 무림문파라는 특성상 일반 사찰에서는 보기 힘든 권위를 가진 몇몇 조직이 존재한다.

소림의 승려로서 지켜야 할 율법들을 판단하고 적용하는 계율원(戒律院)과 집행 기관인 백의전(白衣殿)이 바로 그러한 곳이다.

그 두 조직의 수장, 계율원주 원호와 백의전주 굉충이 백의전 정방(正房)에서 만났다.

"그래, 계율원주께서 이곳까지 어인 일이신가."

"아미타불, 긴히 논의할 문제가 있어 왔습니다."

"사질께서는 차라도 들면서 편히 말씀하시게."

같은 원주(院主)라 하더라도 계율원의 권위가 가장 크나, 원호의 배분이 굉충보다 한 단계 낮으니 대화는 절로 하대가 이루어지고 있었다. 원래 계율원을 맡고 있던 굉갑이 두 해 전에 입적하여 원호가 그 자리를 이어받은 것이다.

원호는 차를 마시고 난 후 이야기를 꺼냈다.

"근간에 홍오 사백조께서 아이를 하나 들이셨는데, 혹시 알고 계셨습니까?"

"나도 곧 원자배에 백의전을 물려주어야 하네만 그렇다고 한물 간 취급을 하면 섭섭하지. 그 정도는 알고 있네."

원호는 날카롭고 빈틈없는 눈빛을 가졌는데 비해 굉충은 넉넉한 이웃집 할아버지 같은 인상이었다. 말투도 포근하기 이를 데 없다.

그러나 소림의 모든 정보와, 업무 집행을 다루고 있는 백의 전주는 후덕함이 덕목이 아니다. 유사시에는 소림의 그 누구보다도 차갑고 냉철해질 수 있는 이가 굉충이다.

"그 일 때문에 온 거라면 헛걸음 한 것일세. 굉정 사제를 만났더니 방장 사형께서 무언가 생각하시는 게 있다고 하더군."

굉충이 원호를 물끄러미 바라본다.

"소림의 온갖 정보가 내 손을 거쳐 가네. 그러나 나는 정보를 볼 뿐, 판단은 하지 않네. 판단은 원호 사질과 방장 사형의 몫이지. 사질의 우려는 알겠네만 이번 일은 전적으로 방장 사형의 뜻이었으니 그저 기다릴 수밖에."

"정말 그럴까요?"

원호는 날카로운 눈매를 감추지 않았다.

"지난 몇십 년간 소림은 이루 말할 수 없을 정도로 타 문파의 견제를 받아왔습니다. 그것이 누구의 탓이었다 생각하십니까."

"내 생각은 중요하지 않네. 그것이 설사 홍오 사백의 탓이라 하더라도 이제와 그분을 어찌할 수 있는 것도 아니잖은가."

"홍오 사백조야 스스로 깨쳤으니 어쩔 수 없다 하나, 타 문파의 무공을 가르치고 배우는 것은 규율에 어긋나는 일입니다."

원호가 말을 이었다.

"또한 구대문파와 오대세가의 무공을 전부 익힌 사백조께서 아이를 들여 무공을 전수하고 계십니다. 타 문파들이 그것을 가만히 지켜보고 있을 거라 생각하십니까? 자신들의 무공이 소림에서 전승되고 있는데도요?"

"흠."

굉충이 짧은 수염을 매만졌다.

"하긴, 그간 그들이 딱히 대놓고 소림을 핍박하지 않은 것도 홍오 사백의 진전을 잇지 않았기 때문이었지."

"이 일이 밖으로 알려지게 되면 어떤 문제가 발생할지 모릅니다."

"그렇다고 방장 사형께서 직접 허가한 일을 내가 다시 나서서 반대할 수는 없는 노릇일세."

"할 수 있다면 해야지요. 그것이 소림을 지킬 수 있는 일이라면 말입니다."

굉충은 생각을 정리한 듯 편히 웃었다.

"너무 걱정하지 말게. 홍오 사백은 천재이니 모든 문파의 무공을 보고 익히실 수 있었지만, 장건이란 아이가 그게 가능할 것 같은가? 그러니 방장 사형도 두 시진이란 조건을 붙여 허락하신 거겠지."

"불가능하란 법도 없지요. 만약 장건이란 아이가 타 문파의 무공을 잔뜩 익히게 된다면……."

"혹여 그러한 일이 벌어진다면 내 그땐 사질의 손을 들어줌세. 하나 그 전까지 나는 방장 사형의 뜻을 존중할 수밖에 없네. 이 문제는 사질이 직접 방장 사형을 만나 해결해야 하지."

굉충은 대답 없는 원호를 보며 인상을 썼다. 원호가 대답하지 않는 이유를 안 것이다.

"사질은 억지로라도 방장 사형의 뜻을 꺾을 셈이군. 그래서 날 찾아온 게야."

"소림을 위해서입니다."

"자자, 아직은 아무 일도 일어나지 않았네. 좀 더 마음을 편하게 먹고 지켜보세."

원호는 날카로운 표정만 지을 뿐 대답을 하지 않았다.

굉충이 원호의 찻잔에 차를 따라주며 말했다.

"그나저나 사질은 혹시 진법에 관심이 있나? 요즘 나를 아주 골치 아프게 만드는 진법이 하나 있는데……."

굉충은 진법을 좋아하는 진법광이었다. 제갈세가의 지인과 주기적으로 만나 진법문제를 교환할 정도다.

그러나 원호에게는 그조차도 마음에 들지 않는다. 얼마나 할 일이 없으면 백의전주가 진법문제나 풀고 있겠는가.

'다들 너무 무르다. 이번 일은 결코 홍오 사백조 때처럼 쉽게 끝나지 않을 것이야.'

홍오가 욕을 먹으면서도 누구도 뭐라 하지 못했던 그때와는 상황이 많이 다르다.

원호가 본 소림의 상황은 썩 좋지 않다. 아니, 그저 최악의 경우만 겨우 면하고 있는 것으로 보인다.

소림의 최고 고수이자 강호에서 다섯 손가락 안에 꼽히던 문각이 입적한 이후, 소림은 급격히 쇠락해 왔다. 현 강호의 최고수 열 명을 일컫는 우내십존에 소림의 제자가 단 한 명도 이름을 올리지 못한 것이 그 단적인 증거다.

　원호는 굳은 얼굴로 백의전을 나섰다.

제2장

저마다의 방식

장건은 요즘 무공을 배우는 재미에 쏙 빠져 있었다.
정확히 말하자면 경락을 배우는 재미다.
홍오가 건네준 서책 한 권.
제목조차 평범한 '경락입문'이라는 책이었다. 하지만 그 평범한 책이 장건에게 가져다 준 파문은 엄청났다.
단순히 '먹는 것'이라 생각했던 기가 실은 천지만물을 구성하는 근원이며 그 기가 사람의 몸에서 내공으로 화(化)하는 과정을 서술하고 있기 때문이었다.
'우와아. 창피하다.'
알면 알수록 장건의 얼굴은 발그스름해졌다.

아무것도 몰라서 단전의 내공을 실타래라 불렀다니. 굉목은 속으로 얼마나 웃었을까?

 홍오나 굉목이 답답해하던 것도 조금은 이해가 간다.

 "진작에 이런 걸 알려주셨으면 나도 창피하지 않았을 텐데."

 장건은 입을 삐죽삐죽거렸다. 그러면서도 웃음이 났다.

 자신이 그간 모르고 해왔던 것이 사실은 이런 것이었다, 라는 걸 알게 되니 재미가 난다.

 단지 모르는 단어를 익히는 게 어려울 뿐이다.

 그리고 십이정경(十二正經)과 기경팔맥(奇經八脈).

 십이정경은 인체의 각 장기와 연관된 혈도이며 기경팔맥은 그 외에 독자적으로 구성된 혈도들이다. 대맥과 임맥, 독맥이 이 기경팔맥에 속한다.

 "휴우. 복잡하다."

 워낙 많은 이름들이 나와 정신이 없었다.

 그래도 새로운 것을 배운다는 건 확실히 즐거운 일이었다. 장건은 틈이 날 때마다 경락 입문서를 들고 열심히 읽었다.

* * *

 '생각보다 쉽게 되지 않는군.'

 홍오는 오늘도 가부좌를 튼 채 끙끙대는 장건을 보며 혀를 찼다.

 벌써 일주일이 넘었는데 장건은 스스로의 힘으로 운기를 하지 못하고 있다. 가부좌를 틀어서 안 되니 서서 하는 입식행공도 해보고, 반가부좌를 트는 좌식행공도 해보지만 여전히 안 되는 것 같다.

 무량무해의 기본이자 그 자체인 무량세를 배우려면 자유자재로 운기를 할 수 있어야 한다. 장건은 이미 무의식적으로 경락에 기를 유통하고 있었으므로 어려운 일이 아니라고 생각했었는데, 생각보다 오래 걸린다.

 '굉목 놈이 7년 전에 역근경을 전수했다면, 전신 경락이 타통되는 효과가 있었을 터. 일단 기를 의식적으로 유통하는 법만 알게 되면 그 뒤는 탄탄대로인데 말이지.'

 역시 심생종기가 문제일까?

 마음이 가야 기가 움직인다면, 그 마음을 가지게 해주어야 할 것이다.

 "잠깐 보거라."

 홍오가 장건을 불렀다. 장건이 헥헥대며 반가부좌를 풀었다.

 "쯧쯧. 기는 의념으로 움직이는 것인데 왜 헉헉대느냐."

 장건이 머리를 긁적거렸다.

 "굉목 노사님과 건신동공을 할 땐 기가 움직였는데, 그냥 앉아서 하려니 잘 안 돼요."

 기를 움직이는 것은 누가 가르쳐 준다고 되는 게 아니라 스스로 깨달아야 하니, 이것만큼은 홍오도 어쩔 수 없다.

 내공을 이끄는 것을 도와주려고 해도 장건의 단전이 워낙 요지부동이라 몇 번이나 실패했다.

 "혹시 안 되는 이유가 있을지 모르니, 모르는 게 있으면 물어 보거라."

 장건이 고개를 갸웃하다 물었다.

 "책에서는 기가 정을 보완한다 하는데 그게 무슨 뜻인가요?"

 "대자연의 기를 받아들인다 해도 네 몸이 그걸 당장에 쓸 수 있는 것은 아니란다. 따라서 소주천을 통해 자연의 기를 사용하는 것이지. 이 기를 임독맥을 따라 돌리게 되면 우리 몸의 근원적인 힘, 정(精)이 크게 좋아지게 된다. 정이 좋아지면 기를 훨씬 더 많이, 더 빠르게 받아들일 수 있고 건강해져서 온갖 병치레를 하지 않게 된다."

 "정이라……."

 "기경팔맥을 통해 주천을 하면 근골이 튼튼해지고, 십이정경을 통해 주천하면 오장육부가 건강해진다. 하지만 이것은 무인들에게 있어 부가적인 효과일 뿐이지."

 "그럼 또 다른 게 있나요?"

 "흔히 우리 같은 무인들은 이것을 공력(攻力)이라 하지."

 홍오가 땅바닥에 있는 애기 주먹만 한 돌멩이 하나를 주워 들었다. 엄지와 검지로 돌을 잡았다.

 "수태음폐경은 엄지로 경락이 통하고, 수양명대장경은 검지로 경락이 통한다. 이 두 경락에 기를 돌리게 되면……."
 팍!
 그 순간 장건의 눈이 크게 떠졌다.
 홍오의 두 손가락 사이에서 돌멩이가 부서져 떨어져 내렸던 것이다.
 부스스스.
 "와!"
 다 늙어가는 노인네의 힘이라고는 생각할 수 없었다.
 "어떠냐?"
 장건은 입을 다물지 못했다.
 "굉장해요! 어렸을 때 시장에서 본 차력사보다 더 힘이 세신 것 같아요."
 "차력? 이건 차력하고는 비교도 안 되는 게다."
 "저도 운기를 할 줄 알게 되면 대사님처럼 할 수 있게 되는 거예요?"
 "물론이지. 내가 하는 건 너도 다 할 수 있는 거다. 다만 그만큼의 노력과 수련이 필요하다."
 보통 내공을 공력화하는 방법은 문파마다 다른데, 이는 지식법(止息法)의 차이 때문이다. 하지만 홍오는 단순히 순수한 내공을 이용해 근력을 강화시켜 돌멩이를 부수었다. 어지간한 내공이 아니고서는 불가능한 방법이다.
 장건은 자신의 손을 들여다보았다.

"수태음폐경과 수양명대장경……."

책에서 본 그림을 떠올렸다. 수태음폐경과 수양명대장경의 혈도가 눈앞에 그려지자, 단전이 꿈틀대는 게 느껴졌다.

'어?'

하지만 단전이 꿈틀대는 걸 느끼고 놀라는 순간, 언제 그랬냐는 듯 단전이 조용해졌다.

"에이. 되는 줄 알고 괜히 좋아했네."

장건의 말에서 홍오는 뭔가 진전이 있었다는 걸 알 수 있었다.

"실망하지 말고 차근차근 해봐라. 방금의 그 느낌을 그대로 되새기면서."

장건은 그 후로도 한참을 끙끙댔지만 결국 홍오처럼 돌멩이를 부수기는커녕 단전의 실타래를 움직이지도 못했다.

홍오는 일반적인 방식으로 장건을 가르치는 것이 쉽지 않다는 걸 다시금 깨달았다.

'이미 마음이 가는 대로 기가 따르고 있으니 억지로 하면 오히려 안 되는 게 당연하지.'

그럼 어쩐다?

아무래도 평범한 방법으로는 안 될 것 같다.

   *   *   *

돌아오는 길에 느릅나무에 들러 기를 잔뜩 먹고 온 장건은 저녁이 되자, 담백암의 마당 한구석에 앉아 계속해서 고민했다.

"왜 안 되지?"

아직까지도 운기를 할 줄 모르기 때문이다. 나한보야 계속 배우면 된다지만 운기만큼은 자신이 스스로 해야 한다질 않았던가.

장건은 건신동공을 할 때를 생각하며 차분히 심상을 떠올렸다. 기는 움직일 수 있으니 하고자 마음만 먹는다면 할 수 있다고 했다.

건신동공을 준비하며 마보를 취하고 앞으로 걸음을 내딛으면, 한 걸음을 내딛는 동안 한 번의 소주천이 이루어진다. 단전에서 엉덩이와 회음혈로, 그리고 회음에서 장강, 명문 등의 독맥을 통해 정수리 부근의 백회까지 실타래가 올라간다.

따스한 느낌. 이 따스한 느낌이 백회에서 다시 임맥을 통해 내려오면 산뜻하고 서늘한 느낌이 드는데, 이것이 온양(溫養)이다.

매일같이 해오던 것이라 느낌이 생생하다. 보통 사람은 나이가 들면서 혈도가 막혀 안 된다지만, 어렸을 때부터 해온 장건에게는 이 모든 게 자연스러운 일이다.

하지만 의식적으로 하려고만 하면 단전의 실타래는 움직일 생각을 않는다.

"끙."

건신동공을 할 때에는 모르고도 되던 것이 지금은 알고 있는데도 되지 않았다.

"끙끙!"

아무리 용을 써도 단전의 내공은 움직이지 않았다.

"끙끙끙!"

하도 용을 쓰다 보니 이마엔 땀까지 났다. 배에 하도 힘을 줬더니 배가 다 아플 지경이었다.

마음으로 한다고 해서 이런 방법으로는 안 될 모양이다.

'건신동공을 하면 기가 움직이니까 하다가 딱 멈춰서 다시 해볼까?'

장건은 마음을 가라앉히고 건신동공을 하기 시작했다. 7년 내내 거의 하루도 거르지 않고 해온 터라 단전의 기가 절로 반응한다.

하려고 해도 안 되던 것이 자연스레 움직여 소주천을 행한다. 임독맥이라는 게 원래 기가 움직이는 통로이니 임독맥을 몰랐어도 그 통로로 움직이는 것이겠지만, 신기하기 짝이 없다.

천천히 명문에서 가슴으로 기가 올라갈 때 장건은 갑작스레 건신동공의 동작을 멈췄다.

건신동공을 멈춘 상태에서 기를 계속해서 움직여 보려 하는 것이다.

기는 매정하게도 머리로 타고 오르지 않고 쏜살같이 단전으로 되돌아가 버린다.

'안 돼!'

장건은 억지로 잡아끌어 보려 했지만, 그게 그리 쉽지가 않다. 정신을 차린 상태에서 기는 도통 장건의 말을 듣지 않는다.
"아우우!"
답답해진 장건은 늑대처럼 울음소리를 냈다.

방 안에서 장건의 신음소리를 듣던 굉목은 신경이 거슬려 참을 수가 없었다.
일주일 내내 뭔가 풀리지 않는지 시도 때도 없이 저러고 있다. 저녁의 한가한 시간에 독경도 할 수가 없다.
'열심히 하는 건 기특하다만……'
심생종기를 할 줄 안다고 그냥 내버려뒀더니 막상 다른 이들은 쉽게 하는 운기를 못한다. 참으로 모순된 일이 아닐 수 없었다.

아우우!

"저놈이!"
장건이 늑대울음소리를 내자 굉목의 인내심도 한계에 달했다.
"에잉!"
벌컥!

마당에서 운기 수련을 하던 장건이 멋쩍은 얼굴로 굉목을 보며 머리를 긁었다.
 "헤헤. 잘 안 되네요. 많이 시끄러웠나요?"
 홍오는 자연스럽게 기를 느끼며 움직이면 된다고 했는데, 장건은 아직 감을 잡지 못하고 있었다.
 굉목이 인상을 썼다.
 "이놈아! 똥 누는 것처럼 힘을 주면 운기가 될 것 같으냐! 일주일 내내 그러고 있을 참이야?"
 "하지만 안 움직이는 걸 어떡해요."
 "이미 심생종기를 할 줄 아는 놈이 뭐가 그리 조급하더냐. 무작정 기를 움직이려 하지 말고 네 마음을 우선 다스리란 말이다."
 "마음을 어떻게 다스려야 해요?"
 "기란 놈은 자연스럽지 못한 걸 싫어하는 법이다. 네가 모르면서도 운기를 했듯, 마음이 통하면 절로 되는 법이다. 마음이 먼저고 그 다음이 기라고 생각해라."
 홍오의 생각하고는 살짝 거리가 있으나 어쨌든 굉목의 말도 틀리진 않는다.
 "그럼 힘이 세지겠다고 생각해도 되나요?"
 "힘이 세져?"
 홍오가 또 뭔가를 보여준 모양이다.
 "쯧쯧. 생각에 사로잡히지 말고 네 마음이 절로 일도록 하란 말이다."

"음……."

장건은 생각에 빠졌다.

이래도 안 되고 저래도 안 되고, 도대체 어떻게 해야 할까?

굉목이 찡그린 얼굴로 문을 닫으며 말했다.

"아무튼 시끄럽게 굴지 말고 조용히 있거라."

탁.

굉목이 문을 닫자, 장건은 꾸벅 절을 했다.

"감사합니다."

굉목은 마음이 편치 않았다.

'내일부터는 앉혀놓고 참선이라도 시켜볼까.'

마음을 정갈하게 만드는 참선은 장건의 조급함을 없애는 데 큰 도움이 될 것이다. 그러나 장건을 위해서 그런 수고를 해야 한다는 게 굉목에게는 불편한 일이다.

'그냥 데리고 있는 아이도 아니고 속가제자가 되었으니 불가의 가르침을 알려주는 건 당연한 일이지. 암.'

그렇게 생각한 굉목이 '어험!' 하고 헛기침을 했다. 누군가를 위해 무엇을 한다는 건 참으로 쑥스러운 일이었다.

* * *

'심생종기에는 그에 걸맞은 수련이 필요한 법이지.'

그래서 홍오는 다른 방법을 준비했다.

"오늘은 보법에 대해 배우자."

홍오는 마당 한가운데에 서서 천천히 걸음을 옮겼다.

"보법이란 내가 상대보다 더 유리한 위치에 서기 위한 발놀림이다. 별로 어렵지 않다. 그냥 안 맞으면 되는 거야."

장건은 유독 보법에 호기심이 많아 관심을 가지고 홍오의 동작을 지켜보았다.

꾸욱 꾸욱.

내딛는 한 걸음마다 발이 푹푹 패이며 반치 정도 되는 깊이의 발자국이 남았다.

이를 본 장건의 눈이 휘둥그레지는 것은 당연지사.

홍오가 물었다.

"신기하냐?"

"네. 대사님은 몸도 가벼우신데 어떻게 그런 발자국이 남아요? 그것도 공력인가요?"

"그렇지. 하지만 지금 중요한 건 그게 아니라, 내가 움직이는 순서다."

홍오는 이리저리 움직여 발자국을 남긴 후, 처음으로 되돌아가 발자국을 밟으며 움직였다. 그리고 속도를 올리는데 그 움직임이 보통 특이한 것이 아니다.

왼쪽에 있는가 하면 어느새 오른쪽에 가 있고, 앞에 있는가 하면 뒤에 있었다. 그러면서도 계속 한자리에 서 있는 느낌이다. 가만히 보고 있으면 홍오가 여기저기 나타나는 것 같아서 눈이 어지러울 지경이었다.

"이건 나한보(羅漢步)라 하여 소림의 입문 제자들이 처음 배우는 보법이다. 상승 보법으로 가기 위한 기본 보법이라 간단하니 너도 쉽게 배울 수 있을 게다."

"이것도 무량세를 선 자세에서 해야 하나요?"

"네게 무량세는 아직 이르다. 무량세는 오십 가지의 보법과 백 가지의 투로로 만들어진 것이니, 우선은 많은 무공을 보고 배우는 데 주력하거라. 그러다 보면 자연히 무량세를 설 수 있게 될 게다."

"네. 알겠습니다."

장건은 홍오가 시키는 대로 처음 발자국에 가 섰다. 가서 보니 발자국이 어지럽게 널려 있어 발을 내딛는 차례를 알 수가 없었다.

"어…… 그러니까 다음이……."

장건이 고민하고 있는데 홍오가 어디선가 손톱만 한 돌을 한 움큼 쥐어왔다.

"나는 지금부터 네게 이 돌을 던질 것이다."

장건이 놀란 얼굴을 했다.

"맞으면 아프잖아요!"

"피하면 되지. 말했잖으냐, 보법이란 피하는 방법이라고. 일단은 그것만 생각하거라."

홍오는 클클 웃으며 엄지손가락을 튕겼다. 빠르지도 느리지도 않게 작은 돌멩이가 장건의 오른 무릎을 향해 날아왔다.

"앗!"

장건이 옆으로 피하려 했더니 홍오가 다시 손가락을 튕긴다. 먼저 던진 것보다 몇 배나 빠르게 돌멩이가 날아왔다. 장건은 결국 옆으로 피할 수 없었다. 핑! 하고 돌멩이가 장건이 가려 했던 자리를 지나갔다.

"발자국을 따라가거라. 그래야 안 맞는다."

"으앗!"

장건은 허둥대며 발자국을 따라갔다. 그렇게 처음 몇 번은 피할 수 있었다. 하지만 수십 걸음이나 되는 발자국을 다 기억할 수는 없었다. 다음 발자국을 찾다가 홍오가 던진 돌멩이에 무릎을 맞았다.

딱!

"아얏!"

무릎에 퍼런 멍이 들었다. 눈물이 찔끔 날 만큼 아팠다.

홍오는 조금 실망했다.

'심생종기를 했다고는 하나 타고난 무제(武才)는 아니었구먼.'

소림의 제자들 중에서도 특출난 아이들은 나한보쯤은 우습게 해낸다. 나한보는 초반에 운기법이 따로 필요가 없는 기본 보법이기 때문이다.

'하긴 척 보기에도 무골은 아니지. 기를 다루는 것이 뛰어날 뿐이니.'

홍오가 모르는 것은 장건이 역근경의 공능 때문에 최소한으로 동작을 절제하는 몸이 되었다는 점이다.

'되게 아프네……'

장건은 오기가 생겼다. 고민하다가 돌멩이에 맞으면 더 손해였다.

"자, 뭘 하느냐. 계속 간다."

홍오가 손가락을 튕겼다.

돌멩이가 다시 날아온다.

장건이 발을 옮기며 보법을 밟아갔다. 그러다가 열 몇 걸음째에 틀린 발자국을 밟았다.

홍오의 눈썹이 찡그려졌다.

"거기가 아니잖느냐."

홍오의 손가락이 바삐 움직였다. 장건이 잘못 걸음을 옮긴 방향에 세 개의 돌멩이가 날아갔다.

장건이 돌멩이를 보고 눈을 크게 떴다.

어깨, 허리, 왼쪽 허벅지로 돌멩이가 날아온다. 장건이 내딛었던 왼발을 살짝 당기며 몸을 잽싸게 움츠렸다.

"그런 편법은 안 되지."

홍오가 코웃음을 치며 다시 손가락을 튕겼다. 네 개의 돌멩이가 방금 던진 세 개의 돌멩이보다 더 빠르게 날아갔다. 제대로 된 방향으로 가도 두 개 정도는 맞을 수밖에 없도록 돌멩이를 날린 것이다.

머리로 배운 것보다 몸으로 배운 것이 나은 법. 그것이 홍오가 선택한 방법이었다.

그러나 그 직후 홍오는 자신의 눈을 의심해야 했다.

휘휘휙.

돌멩이는 목표물인 장건을 하나도 맞추지 못하고 스쳐 지나갔다.

'이놈 봐라? 보법을 밟지도 않고 피해?'

장건이 '휴우' 하고 한숨을 내쉬었다. 보법을 밟아 피해야 하는데 그럴 틈이 없어서 무의식적으로 피해 버렸다.

"죄송해요. 다음 걸음으로 옮길 틈이 없어서요."

홍오는 '흠' 하고 낮은 소리를 냈다.

'어디, 이번에는 어떻게 하나 볼까?'

홍오가 말도 없이 다시 손가락을 튕겼다.

열 개의 돌멩이가 날아갔다. 처음 던진 것은 느리고 그 다음 것은 더 빠르다. 장건의 앞까지 도달하니 열 개의 돌멩이가 나란히 날아가는 형상이 되었다.

사천당가의 절기 만천화우(滿天花雨)는 아니지만 장건이 보면 도저히 피할 구석이 없어 보일 만큼 촘촘한 망이 형성되었다.

아까보다 더 빠르다.

장건이 처음 자리로 돌아가려다가 기겁을 했다.

"대사님!"

장건이 입을 앙다물고 몸을 부르르 떨었다. 홍오가 찍어 놓은 발자국을 따라갈 틈이 없었다.

장건은 순간 홍오가 보였던 나한보의 전체 모습을 떠올리며 마치 어깨 위에 쌓인 먼지를 털듯 몸 전체를 털었다.

순간적으로 장건의 몸이 흐릿해졌다. 살짝이지만 장건의 모습이 둘로 보였다. 장건이 처음 자리에서 옆으로 한 걸음 정도 비껴갔다가 다시 돌아온 찰나.

따닥!

"아얏!"

장건이 허벅지와 정강이에 돌멩이를 맞고 데구르르 굴렀다.

"호오!"

열 개 중에 다섯 개는 맞으라고 던졌는데 고작 두 개를 맞췄을 뿐이다.

그것만으로도 놀라운데 장건이 방금 보인 동작.

그것은 바로 나한보였다.

홍오의 입가에 슬며시 미소가 머금어졌다.

'그래. 바로 이거야!'

나한보의 특징은 부동(不動)이다. 움직이는 듯하나 움직이지 않고, 다른 곳에 있는 듯하나 한자리에 있는 듯한 특징을 보인다.

방금 장건의 움직임은 적어도 나한보의 무리에는 통해 있었다. 마치 어설픈 불영신보를 할 때처럼 말이다.

홍오가 수염을 가다듬으며 신을 냈다. 장건이 아파서 데굴데굴 구르는 건 보이지도 않는다.

보여준 지 얼마 되지도 않아 바로 나한보의 무리를 알아내다니.

"참으로 대단한 녀석이로고. 껄껄껄."

피해야 한다는 마음이 심생종기를 일으켰으리라.

장건은 눈물을 찔끔찔끔 흘리다가 홍오가 웃는 것을 보고 입을 삐죽 내밀었다.

"씨잉. 대사님은 너무하셔. 아직 시작하는 자리로 돌아가지도 않았는데. 발자국도 못 외웠고."

* * *

장건은 다리를 절뚝거리며 내려왔다.

굉목이 그런 장건을 보았지만 별말은 하지 않았다. 어차피 초보의 무공 수련이란 그렇다. 특히나 홍오 같은 스승에게 배우는 거라면 더 심한 것이 정상이다.

평소에 지나칠 정도로 깔끔하게 걷던 아이가 절뚝거리니 보기가 좀 안쓰러울 뿐이다.

장건은 담백암에 내려오자마자 대 자로 뻗었다.

"후아아. 힘들다."

굉목의 노한 목소리가 장건을 깨웠다.

"이놈! 어디서 함부로 눕는 게냐!"

장건이 울상을 지으며 말했다.

"오늘은 좀 봐주세요. 홍오 대사님이 돌을 던져서 맞았는데 걷지도 못할 만큼 아파요."

"돌을 던져?"

누가 들으면 무지막지한 돌을 던진 것 같은 말투였다.

"네. 이거 보세요."

장건이 다리를 걷어올렸더니 허벅지와 정강이가 푸르댕댕해서는 부어 있다.

굉목은 잠깐 망설였지만 다시 노호성을 질렀다.

"젊은 놈이 그깟 것 때문에 발라당 자빠져 있다는 게 말이나 되느냐!"

"하지만 여기까지도 겨우 걸어 왔는걸요."

"잔소리 말고 썩 마당으로 나오너라."

굉목은 고개를 돌리고 마당에서 건신동공의 준비를 했다. 장건은 한숨을 푹푹 내쉬며 굉목을 따라 나섰다.

절뚝거리는 다리가 신경이 쓰여 건신동공이 제대로 될 리 없었다.

굉목이 소리를 질렀다.

"똑바로 못하겠느냐! 정신이 어디로 가 있어!"

장건은 울상을 지으며 울며 겨자 먹기로 건신동공을 해야만 했다.

그런데 한참을 하다 보니 어느 순간 다리가 아픈 것이 느껴지지 않았다.
두 시진 동안 건신동공에 몰두해 잊고 있었는데, 끝내고 난 후에는 다리가 아프다는 느낌이 없었다.
"어라? 이게 어떻게 된 거지?"
붓기도 많이 가라앉았고 허벅지와 정강이에 생겨났던 멍 자국도 희미해져 있었다. 내외상을 입은 무인이 운기행공을 하여 회복을 하듯, 장건도 건신동공을 할 때 일어난 자연스러운 소주천으로 몸이 어느 정도 회복된 것이다.
굉목이 코웃음을 치며 말했다.
"것 봐라. 아프다고 누워만 있으면 나았겠느냐?"
"그러게요. 신기하네요."
"네가 네 의지대로 운기를 하고, 전신주천을 할 줄 알게 되면 언제든 아픈 걸 낫게 할 수 있다."
"헤에?"
장건은 이상한 사람 보듯 굉목을 쳐다보았다. 굉목이 고개를 홱 돌리더니 쿵 소리를 내며 방 안으로 들어갔다.
장건이 놀란 눈으로 굉목의 뒷모습을 좇았다.
'노사님이 나를 생각해서 꾸지람을 하신 건가? 내가 건신동공을 해야 낫는다는 걸 아시고?'

어쩐지 가슴이 따뜻해진다.
'노사님······.'
처음 봤을 땐 무서운 굉목이었지만, 지금은 예전처럼 무섭지 않다. 요즈음은 오히려 가끔씩 자신을 생각해 주는 마음이 느껴져서 가슴이 뭉클하기도 하다.
"헤헤."
장건은 코밑을 손가락으로 비볐다.
눈물이 글썽한 것은 절대 다리가 아파서 그런 게 아니었다. 다리는 이제 하나도 아프지 않았다.

건신동공이 끝난 후, 굉목이 장건을 보고 말했다.
"나는 잠시 밭을 좀 둘러보고 와야겠다."
암자 앞의 작은 텃밭 말고도 조금 떨어진 곳에 굉목이 가꾸는 채소밭이 있었다.
"예. 다녀오세요."
"그리고 내일부터는 아침에 좀 더 빨리 일어나도록 해라."
"네?"
또 뭔가 좋은 게 있나 해서 장건의 눈이 반짝거렸다.
"이제 너도 소림의 제자이니 기본적인 소양은 갖추어야 할 게 아니냐. 하여 내일부터 참선을 할 생각이다."
장건은 잠을 덜 잔다는 말에 실망하며 대답했다.
"예. 알겠습니다아."

말투는 공손한데 입을 삐죽 내밀고 있어서 귀여웠지만, 굉목의 눈썹은 반대로 찡그려졌다.
"험! 아무튼 늦으면 혼날 줄 알아라."
"네에."
굉목은 승복 자락을 털며 가벼운 발걸음으로 암자를 나섰다.
굉목의 뒷모습을 보던 장건은 굉목의 간소하고 단출한 발걸음을 보며 나한보를 떠올렸다.
'홍오 대사님이 가르쳐 준 나한보는 너무 어려운 거 같아. 왜 굉목 노사님의 보법과 느낌이 그렇게 다르지?'
같은 보법을 밟더라도 사람마다 다 다른 법이다. 하나의 무공에 여러 초식이 있듯, 보법이라는 것도 하나의 길만 가지고 있는 게 아니라, 여러 갈래의 길을 동시에 두고 필요할 때마다 응용하여 사용하는 것이기 때문이다.
굉목은 산속에서 혼자 생활하다 보니 다른 이와 싸울 필요도 없고 비무를 할 기회도 없었다. 그래서 굉목은 일상생활 수준에서만 사용하는 불영신보가 몸에 배었다. 화려하고 복잡한 불영신보의 보로(步路)를 밟을 필요가 없었다.
그러나 그런 굉목을 본 장건의 마음에는 '역시나 사람은 검소하게 살아야 해' 라는 마음이 다시금 일어났다.
내친김에 장건은 홍오가 가르쳐 준 나한보를 연습했다.
기억나는 대로 홍오의 발자국을 따르다 보니, 문득 걸리는 부분이 생긴다. 간소함과는 거리가 먼 보로들이다.

"대사님은 보법이 잘 피하는 방법이라고 하셨는데……."

이십삼보(二十三步)에서 이십팔보(二十八步)까지가 계속 마음에 걸렸다. 그러고 보니 여기에서 머뭇거리다가 홍오의 돌팔매에 맞았었다. 그래서 그 다음부터는 그곳을 밟지 않았다.

"사람이 저 앞에 서 있다고 생각하면……."

장건은 다시 처음부터 나한보를 밟다가 고개를 들었다. 처음엔 바로 앞에 서 있던 사람이 이십삼보를 밟으면 멀리 우측으로 비켜나게 된다.

그렇게 이십팔보까지는 물러나는 형국이다. 그리고 이십구보에서 다시 앞으로 나서게 되는데, 이때 몸 안의 기가 미묘하게 꼬이는 느낌이 들었다.

"굳이 피한다고 이렇게 멀리까지 피할 필요는 없을 것 같은데……. 이십삼보부터 이십팔보까지 빼놓고 해볼까?"

장건은 내키는 대로 중간을 뚝 덜어놓고 처음부터 나한보를 펼쳤다. 그런데 그러고 보니 또 앞의 십칠보부터 마음에 걸린다. 이십삼보를 밟지 않으면 십칠보도 필요가 없었다.

"그럼 이것도 빼놓고."

하다 보니 자꾸만 빼놓는 게 생겼다. 뒷걸음을 위해 앞걸음이 있는 것인데, 그게 필요하지 않다 생각하니 점점 없어지는 부분이 생겨났다.

그렇게 하다 보니 몇 보 남지 않는다. 장건이 생각하기에는 그것이 가장 깔끔하고 효율적인 걸음이다.

굉목의 불영신보조차 연구 끝에 자신만의 것으로 바꾸어 버린 장건이었다. 어떻게 하면 가장 효율적일까 고민을 거듭하고 생각하며 생긴 버릇이다.

장건은 다 뚝뚝 잘라 버리고 몇 남지 않은 나한보를 연습했다. 고작 열 걸음도 되지 않는데, 그 나한보를 하면 처음 섰던 자리에서 일보 이상을 벗어날 필요가 없었다.

괜히 마음이 다 흐뭇하다.

"이렇게 하면 쉬울걸, 왜 이렇게 안 가르쳐 주셨지?"

나름대로 연습을 끝내고 나니, 벌써 사방이 어두워져 있었다. 언제 들어갔는지 독경을 하는 굉목의 그림자가 암자의 창에 비치고 있다.

장건은 기지개를 켰다.

"아함. 노사님께서 내일부터 새벽에 참선을 해야 하니까 더 빨리 일어나라고 하셨지? 오늘은 이만 자야겠다."

*   *   *

꾸벅.
딱!
"아얏!"

평소보다 훨씬 이른 새벽부터 마당에 가부좌를 튼 채 졸던 장건은 굉목의 주먹에 머리를 맞고 눈물을 글썽거렸다.

얼마 전부터 굉목이 갑자기 시작한 새벽 참선 때문이다.

"누가 좌선 중에 졸라 했느냐!"

"가만히 앉아 있으니 졸립잖아요. 기를 먹어도 안 된다고 하시고……."

"좌선은 자신의 마음을 되돌아보는 시간이지 단전호흡을 하는 시간이 아니니라."

"예……."

장건은 졸린 눈을 비비며 다시 정신을 차렸다.

굉목이 장건의 주변을 천천히 맴돌며 차분한 소리로 아까부터 하던 말을 계속 이어갔다.

"……무릇 생각에 생각을 거듭하다 보면 나도 모르게 마음에 잡념이 끼게 되느니라. 잡생각은 번뇌망상(煩惱妄想)이니, 번뇌망상에 사로잡혀 있으면 옳고 그름을 구분할 수 없게 된다. 스스로 생각을 줄이고 무념무상으로 그것을 지켜보다 보면 그것들이 부질없다는 걸 알게 되니, 이것이 청정무비(淸淨無比)에 이르는 길이니라."

번뇌망상, 무념무상.

장건은 아무 생각도 하지 않고 가만히 있어 보려 노력했다. 졸음을 참으며 건신동공을 할 때처럼 편안한 마음으로 굉목의 말에 귀를 기울였다.

꼬르륵.

딱!

"아얏!"

장건이 머리를 만지며 굉목을 흘겨보았다.

"이건 제가 일부러 그런 게 아니에요!"

"지금 꼬르륵 소리가 나면서 배가 고프다는 생각을 하지 않았느냐?"

"하긴 했는데……."

어쩐지 억울하다는 생각이 들었다.

"무념무상! 배고픈 것도 잊고, 내가 살아 있다는 것도 잊어라. 의식을 널리 퍼트려 온 세상이 너와 하나가 되었다고 생각해라."

"네……."

장건은 입을 삐죽거리면서 다시 좌선의 자세로 돌아갔다.

말은 쉽지만, 배고픈 걸 잊는 건 정말로 쉬운 일이 아니었다.

꼬르륵.

장건의 마음도 몰라주고 뱃속이 요동을 쳤다.

"이놈이 말한 지 얼마나 되었다고!"

굉목의 노한 목소리!

장건은 감았던 눈을 번쩍 떴다. 곧 머리에서 굉목의 주먹이 불꽃을 튀기리라.

'피해야 돼!'

그렇게 생각한 순간에 내공이 움직였다. 눈앞에 홍오가 가르쳐 주었던 나한보가 떠올랐다.
 내공이 불어넣어진 장건의 다리와 발가락의 미세한 근육이 움직였다. 마치 송충이가 기어가듯 장건의 몸이 슬쩍 옆으로 이동했다가 다시 돌아왔다.
 휙.
 굉목의 주먹이 허공을 쳤다.
 "음?"
 굉목은 귀신에 홀린 느낌으로 자신의 주먹을 내려다보았다. 장건은 움직이지도 않은 그대로다.
 '내가 가만히 있는 아이를 헛쳤다고?'
 굉목이 다시 주먹으로 장건의 머리를 때렸다.
 딱!
 이번엔 맞았다.
 "윽!"
 장건이 원망스러운 눈으로 굉목을 쳐다보며 입을 삐죽 내밀었다.
 "왜 두 번이나 때리세요?"
 굉목은 묘한 표정을 지었다.
 '두 번 때린 걸 알아?'
 그렇다면 정말로 첫 번째 주먹을 피했단 말인가?
 "이놈. 원래 잘못했을 때에는 피하지 말고 맞아야 하느니라."

 굉목이 또 때리려는 듯 주먹을 들었다. 그러자 장건은 반가부좌를 튼 자세 그대로 슬슬슬 옆으로 이동했다.
 굉목이 주먹의 방향을 바꾸니 장건은 다시 앉은 상태 그대로 좌우로 움직였다.
 슬슬슬 슬슬슬.
 굉목은 기가 막혔다.
 "얼씨구? 이놈이 이제 별 이상한 재주를 다 부리네? 사부가 그런 걸 가르치더냐?"
 장건이 조심스럽게 대답했다.
 "나한보라고 하시던데요?"
 굉목은 하도 어이가 없어 소리를 높였다.
 "이놈아! 앉아서 하는 나한보가 어디 있어!"
 딱!

 귀찮음을 각오한 굉목의 노력에도 불구하고 장건은 의식적으로 운기하는 법을 익히지 못했다.
 스스로 목적이 뚜렷한 때에는 움직이나, 그렇지 않은 경우에는 기가 움직이질 않았다.
 장건은 지치지도 않는지 틈만 나면 운기를 하려 노력했고, 먼저 포기한 것은 오히려 굉목이었다.

＊　　　＊　　　＊

"이놈 보게?"

홍오는 이상하다는 얼굴로 고개를 갸웃거렸다.

어제까지는 그래도 나한보를 대충 흉내내던 장건이었다.

그런데 오늘은 좀처럼 제대로 된 나한보를 밟지 않고 있었던 것이다.

그러면서도 용케 홍오의 돌팔매는 피해내고 있다. 어제까지는 어렵게 피하던 돌팔매를 지금은 쉽게 피해낸다. 거의 움직이지도 않고 그 자리에서.

"저게 분명히 나한보이긴 한데……."

하지만 장건의 나한보는 분명히 어딘가 이상하다. 그 느낌을 확실히 표현할 순 없지만, 꼭 커다란 덩어리 하나를 통째로 덜어낸 것 같다.

굳이 필요하지 않은 걸음을 할 필요 없이 제자리에서 나한보를 펼친 느낌?

열 개를 보여줬더니 제가 필요한 한 개만 달랑 가져간 그런 느낌?

"고약한 놈일세."

홍오는 어이가 없어 껄껄 웃었다.

그러나 그것은 시작에 불과했다.

* * *

석 달이 지났다.

날씨가 맑아 하늘은 화창하고 대기는 따사하다.

그러나 그 아래에서는 비명소리와 웃음소리가 연이어 어우러지며 산중을 울리고 있었다.

"잘한다, 잘해!"

"으악! 전 죽을 것 같다구요!"

"껄껄."

휙 휙.

홍오는 웃으면서 계속 돌멩이를 던지고 장건은 피하느라 바쁘다.

그런데 피한다고 해서 이리저리 구르거나 하는 것은 아니다. 가만히 서 있다가 홍오가 돌멩이를 던지면 그때에서야 최소한의 몸놀림으로, 그것도 거의 한 걸음을 벗어나지 않은 상태에서 피해 버린다.

"이것도 은근히 재밌구만."

처음엔 열 걸음 떨어진 곳에서 시작해 이제는 다섯 걸음이다. 물론 홍오가 온 힘을 다해 던지는 건 아니라 하더라도, 이런 가까운 거리에서 피해내는 건 결코 쉬운 일이 아니다.

"쩝."

홍오는 입맛을 다셨다.

"아쉽지만 무량무해는 포기해야겠군."

장건은 무량무해를 배울 수가 없었다. 무량무해는 바다와 같이 많은 무학을 한 자세에서 펼쳐내는 것인데, 장건은 모든 무학을 다 비슷비슷하게 해버린다.

"심득을 전하시는 것은 말리지 않겠으나, 타 문파의 절기를 가르치시면 안 됩니다."

방장 굉운의 말이 머릿속을 맴돌지만, 장건이 다른 문파의 무공은 또 어떻게 소화해낼지 궁금하기 짝이 없다.

그래서 딱 한 번, 딱 한 번씩만 다른 문파의 무공을 보여주었다. 가르쳐 준 것도 아니고 보여준 것뿐이니 방장의 명을 거스른 셈은 아니다.

한데 석 달간 보법을 이것저것 가르쳐 보았지만, 결국은 마찬가지였다.

개방의 취팔선보를 보여줬더니 처음에는 비슷하게 한다 싶었다. 한데 시간이 지날수록 장건의 취팔선보는 점점 정체불명의 보법이 되어갔다. 종내는 취팔선보인지 곤륜의 신행무종보인지도 알 수 없는 형태가 되더니만, 다시 지금처럼 가만히 서서 슬쩍슬쩍 움직이는 형태가 되고 말았다.

마침내는 돌멩이를 피하는 데 최적화된 몸놀림을 하는 것이다.

"뭐, 이 정도만 해준다면야 보법을 굳이 배울 필요도 없지.

보법이란 게 그런 거니까. 끌끌."

 문제는 그게 그리 보기가 좋지 않다는 점?

 연습을 하면 할수록 장건은 점점 움직임이 없어져서 더욱더 이상해졌다. 돌멩이를 던지면 몸을 슬쩍 흔들어서 피해 버리는데, 어느샌가 딱딱하고 꼿꼿한 자세로 다시 돌아와 있다.

 "하지만 이걸 보법이라 해야 할지, 신법이라 해야 할지, 원. 나도 도통 모르겠구나."

 멋진 몸놀림을 보이는 보법도 아니고 현란한 맛도 없으며, 그저 허수아비처럼 딱딱하게 서 있는 것처럼 보인다. 하지만 장건은 어쨌든 홍오의 돌팔매는 잘 피해내고 있었다.

 다른 사람들이 본다면 '저게 무슨 보법이야!'라고 할 것이다. 그러나 홍오는 일반적인 통념에서 어느 정도 벗어나 있다.

 "걸어가든 날아가든 가기만 하면 되는 게지."

 그래서 홍오는 장건이 대견하다.

 보법에는 내공의 운용이 따르는 법인데 이렇게 알아서 하니 뭘 가르치고 자시고 할 것도 없었다.

 스스로 길을 찾아서 가는 아이를 보는 것은 역시나 흐뭇한 일이다.

 문득 자신의 정식 제자인 굉목이 떠올랐다. 뭘 시키면 사부의 마음도 몰라주고 대들거나 반항이나 하는 못된 제자다.

 "에잉, 굉목 이 나쁜 놈."

 가만히 서 있던 장건이 '네?' 하고 되물었다.

"아니다. 네게 한 말이 아니니 계속 하자꾸나."

홍오는 며칠 전부터 공력을 좀 더 끌어올렸다. 이젠 어지간한 아이가 피할 수 있는 수준이 아닌데도 장건은 열에 아홉은 피하고 있다.

"껄껄! 좋구나!"

홍오는 신나게 웃었다.

검성의 제자, 문사명이라 했던가?

하루라도 빨리 문사명과 장건의 비무가 보고 싶을 따름이다.

장건은 홍오에게 보법을 배우고 나면 힘이 들어서 죽을 지경이다.

일반인은 잘 쓰지 않는 온몸의 미세한 근육들을 다 사용하니 보이는 것보다 피로감이 크다.

겉으로 보면 움직이지 않는 것 같아도 알고 보면 몸 안의 근육들은 바쁘게 움직이고 있었다. 그것도 무려 두 시진 내내 홍오가 던지는 돌멩이를 피해 가면서 말이다.

사실 장건도 꼭 그렇게 하고 싶은 건 아니다.

홍오에게 배운 보법을 잘 생각하고 있다가도, 도저히 돌멩이를 피할 수 없을 지경이 되면 자기도 모르게 몸을 흔들어 최소한의 움직임으로 피하고 만다.

홍오의 암자에서 내려온 후에 시간이 날 때마다 운기 연습을 하고, 보법 연습을 하는데도 위험한 순간에는 절로 그렇게 되니 어쩔 수가 없었다.

홍오는 잘한다 잘한다 하지만, 장건은 정말 자기가 잘하고 있는지도 모르고 있었다.

"끙. 힘들다. 빨리 기 먹고 가야지."

그래서 느릅나무에 들러 기를 먹는 시간이 장건에게는 소중하다. 그렇게 기를 먹고 내려가 굉목과 건신동공을 하면 피로감이 깨끗이 가셨다.

'굉목 노사님 말씀처럼 내가 원하는 때에 운기를 할 수 있으면 좋을 텐데.'

단전의 내공은 평소에는 잘 움직이지 않다가, 홍오의 돌팔매가 심하다 싶을 만큼 예리하게 날아오면 절로 움직였다. 그때에는 몇 배나 빠르게 움직일 수 있었다.

스스로 운기를 할 수 있다면 피곤함도 가실 테고 더 빨리 움직일 수도 있을 텐데, 그렇게 하지 못하니 장건의 아쉬움은 더 크기만 하다.

어쨌든 지금으로써는 방법이 없으니 억지로 운기를 하려면 건신동공이라도 해야만 한다.

"슬슬 내려갈 시간이네."

장건이 느릅나무의 딱딱한 껍질을 부드럽게 쓰다듬었다.

"안녕, 내일 보자. 나무야."

* * *

 장건은 느릅나무에서 내려와 모처럼 마당을 쓸었다.
 마루에 앉아 독경을 하던 굉목은 장건이 마당을 쓰는 모습을 무심히 지켜보았다.
 '마당도 참 특이하게 쓰는구나.'
 장건은 빗자루를 들고 마당을 쓰는데, 여느 사람들처럼 비질을 하는 게 아니었다.
 목각인형처럼 가만히 서서 빗자루만 움직이는가 싶더니, 이내 장건의 몸이 옆으로 스윽 하고 미끌어진다. 그 와중에도 비질은 멈추지 않는다.
 슥슥 슥슥슥.
 굉목은 속으로 놀랐으나 표정으로 드러내지는 않았다.
 '내 견식이 짧아 자세히는 알 수 없으나 곤륜파의 천종미리보(天從迷離步)와 흡사하구나.'
 장건은 무슨 줄에 매달려 움직이는 것처럼 게걸음을 했다. 계속 옆모습을 보이면서 비질을 하기 때문에 마치 굉목을 두고 원을 그리며 도는 듯한 느낌이다.
 그러다가 갑자기 장건의 모습이 푹 꺼진다 싶더니 다른 곳에서 나타났다.
 파파팟.
 순식간에 환영처럼 여러 개의 인영(人影)을 만들며 수많은 장건들이 생겨났다. 수많은 장건들이 모두 비질을 하고 있다. 이번에는 어느 곳에서 나타나도 모두 비를 들고 있는 정면의 모습뿐이다.

굉목은 턱을 매만졌다.

'이것은 금강부동신법(金剛不動身法)에 공동파의 제마보(制魔步)를 섞은 듯하고.'

몇 달되지 않은 사이에 참 많이도 배웠다는 생각이 든다.

굉목이 그런 말을 홍오에게 했다면 홍오는 꽤나 억울해했을 것이다.

가르친 게 아니라 그냥 한 번 보여준 것을 장건이 흉내내고 있었던 것이기 때문이다. 게다가 돌팔매를 피할 때에는 저런 움직임을 보인 적이 없었다.

장건은 각각의 행동에서 가장 최적화된 보법을 밟고 있었다. 돌팔매를 피할 때에는 최소로 움직여 빠르게 피하고, 마당을 쓸 때에는 갈 지(之) 자로 움직여 쓸기 편하게 움직였다.

하지만 굉목이 그것까지는 알 수 없는 일이다.

굉목은 고소(苦笑)를 머금었다.

'사부에게 제대로 배웠나보군.'

그 짧은 시간 동안 장건은 어떤 부분에 있어서는 굉목보다도 더 수준 높은 보법을 펼칠 수 있게 되었다.

'장건의 내공 수준이 올라가 마음대로 보법을 펼칠 수 있게 되면 소림에서도 잡을 수 있는 이가 몇 되지 않을 것 같구나.'

참으로 묘한 녀석을 만났다.

억지로 시작된 인연이었지만 지금은 마냥 싫지만은 않은 아이.

그래서 굉목은 한편으로 장건이 걱정이다.

'저렇게 남의 문파 무공을 함부로 가르쳐 놓으면 대체 뒷감당은 누가 한단 말이냐.'

장건의 보법이 워낙 특이하기 때문에 일반 무인들은 쉽게 알아보지도 못할 것이다.

그러나 느낌이란 것이 있다. 장건이 보법을 펼칠 때 보이는 각각의 특이한 느낌들은 각 문파의 무공 특징을 그대로 보여주고 있다.

정면을 보이지 않아 최대한 수비 면적을 좁히는 것은 천종미리보의 특징이요, 늘 정면의 모습만을 보여 상대를 압박하는 것은 금강부동신법과 제마보의 특징이다.

강호에 나갔을 때 저런 보법을 마구 펼쳤다가는 언제 무슨 일이 생길지 알 수 없는 노릇이다.

'아무리 심득을 전한다고 해도 이런 방식은 장건에게 해가 될 뿐이다.'

굉목은 방장을 찾아가 논의를 해야 하나 또 고민하기 시작했다. 홍오를 찾아가는 게 가장 빠르고 확실한 일이겠지만, 그것만큼은 하고 싶지가 않다.

'끄응!'

어느새 장건은 마당을 다 쓸고 나무 그늘에 앉아 가부좌를 틀고 있다. 아마 운기하는 연습을 하고 있는 것 같다.
'할 수 없지.'
굉목은 당장 홍오를 찾아가기로 마음먹었다.

그러나 모처럼 홍오를 찾아갔음에도 굉목은 홍오에게 타박만 받았을 뿐이다.
"누가 남의 무공을 가르쳐! 그냥 보여줬더니 제 놈이 따라한 거야. 그리고 다른 놈들은 봐도 몰라. 어딜 봐서 그게 자기네 무공으로 보이겠어?"
"사부님은 뻔히 두 눈으로 보시면서도 그런 말씀을 하십니까?"
"눈이 있으니 이런 말을 하지! 넌 다른 문파의 무공이 뭐가 있는지나 알고 그런 말을 하냐?"
"저도 조금은 압니다!"
"네가 나보다 무공을 더 잘 아냐?"
"끄응!"
"에잉!"
굉목과 홍오는 결국 등을 돌렸다.
장건은 홍오 앞에서 비질을 할 때처럼 보법을 사용한 적이 없다. 홍오가 본 것은 장건이 돌멩이를 피하면서 사용한 일보 내의 보법뿐이다. 반대로 굉목은 장건이 생활형으로 활용할 때 보이는 보법만을 생각했다. 다른 면에 대해서는 서로 모르고 있었다.

애초에 사이가 좋지 않은데 보고 있는 기준이 다르니, 의견이 좁혀질 리가 없었다.

홍오도 솔직히 말하자면 가르치려고 했는데 그게 되지 않았던 것뿐이다. 그러나 그런 말을 내뱉기에는 자존심이 너무 상했다. 그래도 명색이 사부가 아닌가.

'에잉, 이놈이 조금만 숙이고 들어와도 내 이러진 않을 텐데.'

홍오의 그런 마음도 몰라주고 굉목이 고개를 휙 돌려 버렸다.

"갑니다!"

"그럼 안 가고 여기서 평생 있게? 그건 나도 싫다, 이놈아!"

두 사제는 동시에 얼굴을 붉히며 그렇게 헤어졌다.

* * *

굉목은 굉운을 찾아가 다짜고짜 따졌다.

"사부님이 타 문파의 무공을 건이에게 함부로 가르치고 있는데 방장 사형께서 승낙한 일입니까?"

"그게 무슨 말인가?"

"딴소리하지 마십시오. 건이가 다른 문파의 무공을 배우고 있단 말입니다."

"사숙께서는 타 문파의 무공을 가르치지 말아 달라 부탁을 했는데, 사제 말이 사실인가?"

"그럼 제가 거짓말을 하겠습니까? 멀쩡하던 녀석이 갑자기 곤륜파와 공동파의 보법을 하고 있는데, 그럼 제가 가르쳤을까요?"

굉운은 담담하게 물었다.

"겨우 넉 달밖에 되지 않았네. 그런데도 건이의 보법이 곤륜파와 공동파의 보법이라 확신할 수 있을 정도던가?"

장건의 보법을 떠올린 굉목이 떨떠름한 얼굴을 했다.

"꼭 그게 아닌 것 같으면서도 그거다 싶은 게……. 아무튼 아니라고 할 수는 없습니다. 제가 봐도 그런데 다른 사람들이 보면 오죽할까요."

"흠."

굉운이 낮은 침음성을 내며 눈을 감고 말했다.

"알았으니 돌아가 있게. 내 알아봄세."

굉목이 '끙' 소리를 냈다.

"어째 방장 사형은 이런 일이 있을 거라고 예상한 얼굴이십니다?"

"내가 무슨 점쟁이라도 되는가. 하나 전혀 예상하지 못했다고는 안 하겠네."

"아니, 지금 그걸 말이라고 하십니까? 사부님이야 그렇다치더라도 건이가 강호에 나가서 험한 꼴을 당하면 어쩌시려구요!"

"허허, 알았다지 않는가. 지금 당장에 무슨 수를 쓸 수 있는 것도 아니니 돌아가 있게나."

굉운은 목에 핏대를 세우며 성토하는 굉목을 달래 겨우 돌려보냈다.

굉목이 돌아가고 나자 굉운의 얼굴 표정은 미미하게 흔들린다. 말로 형언할 수 없는 큰 고민이 굉운의 눈가에 길게 그림자를 만들었다.

괜히 허허로운 웃음이 나올 뿐이다.

홍오의 사부였던 문각 이후, 소림에는 내로라할 만한 고수가 등장하지 않았다.

'예부터 나라의 힘이 약하면 외침도 잦다 하였거늘.'

강호에서 무슨 짓을 하고 다녀도 홍오가 무사할 수 있었던 것은 소림과 문각의 힘이 컸다.

그러나 지금은 그때와 상황이 많이 달라졌다.

'넉 달도 채 안 되어 굉목 사제가 알아볼 정도로 분명한 곤륜과 공동의 보법을 배웠다. 검성께서 눈여겨본 아이. 희생을 감수할 만하다. 하나……'

장건을 소림의 재목으로 키우려 해도 앞으로 이십 년 이상은 걸릴 것이며, 가장 큰 문제는 장건이 무공에 뜻이 없다는 점이었다.

'내 선택이 틀리지 않았다면 좋으련만.'

굉운이 고개를 절레절레 내젓고 있는데 동자승이 방 밖에서 고했다.

"방장 스님께 아룁니다. 원호 스님이 드셨습니다."

"원호 사질이? 들라하거라."

계율원의 수장인 원호가 들어오며 반장을 했다. 날카로운 눈빛과 기세가 보는 사람을 부담스럽게 만든다.

"사질이 무슨 일인가?"

"강호행을 하던 제자들이 예사롭지 않은 소식을 보내왔습니다."

"무슨 소식이길래 그러는가."

"우내십존의 움직임이 예사롭지 않다 합니다."

"우내십존?"

우내십존은 현재 활동하고 있는 무림의 최고수 열 명을 일컫는다. 그 우내십존 한 명의 움직임이 거대 문파 하나의 움직임과도 같은 영향을 끼친다.

원호는 우내십존 중의 누구를 딱히 지칭하지는 않았다. 그러니 우내십존의 대부분이 움직이려 한다는 뜻이다. 절대 경시할 수 없는 상황이다.

그러나 굉운은 이미 알고 있었다. 이 정도의 정보를 놓친다면 소림의 방장이라 할 수 없다.

하나 원호는 그 이상의 정보를 조사해 왔다.

"우내십존이 소림을 주시하고 있다 합니다. 우내십존이 속한 문파에서 사용하는 전서구가 두 배로 늘고 각각의 정보단체들이 활발히 움직이고 있습니다. 심상치 않은 분위기입니다."

"흠."

원호가 말했다.

"우내십존이 왜 갑자기 소림을 신경 쓰고 있는지 방장 사백께서는 짐작하는 바라도 있으십니까?"

우내십존과 소림이 관련된 것이라고는 홍오뿐이다.

"공교롭지 않는지요."

"공교롭다?"

"검성께서 본산을 다녀간 시기와 홍오 사백조께서 건이를 들인 시기. 그리고 우내십존이 소림을 주시하는 것. 이것들이 공교롭지 않다면 무엇이 공교롭겠습니까."

원호의 말에는 가시가 섞여 있었다. 질타의 의미가 섞인 것이다.

"역시 홍오 사백조께 아이를 붙인 것이 잘못되었습니다. 그리해서는 안 되는 일이었습니다."

"사질은 우내십존이 그 일 때문에 나섰다고 생각하는가?"

"왜 아니겠습니까. 꽁꽁 숨겨놓은 비전까지야 어떻게 막았다지만 자파의 무공 대부분을 홍오 사백조께 빼앗긴 이들이 아닙니까."

"음."
"한데 그 홍오 사백조의 진전을 잇는 아이가 있다면 그들도 결코 좌시할 수만은 없는 일일 테지요."
굉운 역시 굉목이 찾아와 한 말이 마음에 걸린다.

"홍오 사부가 건이에게 타 문파의 무공을 가르치고 있단 말입니다!"

굉운은 입맛이 씁쓸하다.
원호는 원자배의 실질적인 지도자급 중의 한 명이다. 그런 그가 자신의 결정을 탐탁찮게 여긴다는 것은 원자배 대부분의 생각이 비슷하다 여겨도 무방하다.
더구나 슬슬 굉자배가 실세에서 물러나 세대가 교체되는 시기와 맞물려 경내에는 묘한 긴장감이 돌고 있었다. 현재 원호는 그 중심에 있는 셈이다.
원호가 염주를 굴리며 말했다.
"방장 사백께 어떤 생각이 있는지 모르나 제가 계율원 원주인 이상 최소한 그것이 합당한지의 여부는 제게 알려주셔야 할 것입니다."
굉운은 담담한 얼굴로 대답했다.
"알겠네. 내 그리하지."
마냥 평화롭던 장건의 일상에 먹구름이 몰려오고 있었다.

* * *

얼마 지나지 않아 홍오는 방장의 전갈을 받았다.
"할 말이 있으니 건이와 함께 내려오라고?"
홍오는 눈살을 찌푸렸다.
"무슨 일이지?"
아무리 홍오라고 해도 방장의 호출을 무시할 수는 없는 터.
홍오는 장건과 함께 본산으로 향했다.

제3장

이유 없이 날아가나?

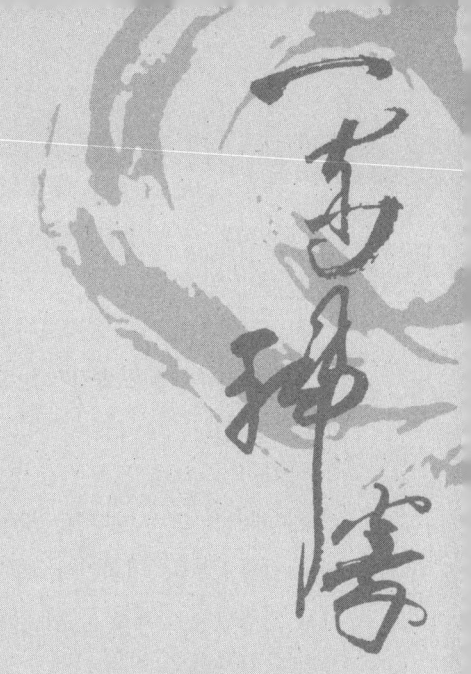

　홍오와 장건은 방장실에서 방장 굉운을 만났다. 굉운의 옆에 한 명의 건장한 승려가 불장을 들고 있었는데, 성격이 까다로워 보이는 날카로운 얼굴이었다.
　그 승려가 먼저 홍오를 보고 반장을 했다.
　"나무아미타불. 계율원의 원호입니다."
　"오랜만이구나."
　홍오가 떨떠름한 얼굴로 함께 반장을 했다. 젊었을 적 하도 계율원에 불려 다녀서, 홍오에게는 계율원이라는 이름만 들어도 좋은 마음이 싹 사라진다.
　방장 굉운이 홍오를 보고 물었다.

"그동안 아이는 진전이 좀 있었습니까?"

"진전이라……. 있다면 있고 없다면 없지. 그런데 계율원이라니, 무슨 일이 있는가?"

굉운은 특유의 미소를 지으며 화답했다.

"지금 경내에서는 속가제전(俗家祭典)이 한창인데, 모르고 계셨습니까?"

"알지."

속가제전은 몇 년마다 한 번씩, 속가제자들 간에 실력을 뽐내는 일종의 비무 대회이다. 이 대회에서 우승한 제자는 정식으로 입적한 본산제자 중 한 명과 비무를 겨룰 수 있고, 상승무공도 사사할 수 있는 기회를 얻게 된다.

그렇기에 속가제자들은 이 제전에 모든 것을 건다고 해도 과언이 아니다. 무엇보다 진산절기를 배울 수 있는 기회란 쉽게 얻을 수 있는 게 아니기 때문이다.

더구나 본산제자와의 비무 역시 친분을 쌓는 데에 이만한 기회도 없다.

홍오가 흰 수염을 만지며 물었다.

"한데 속가제전과 계율원이 무슨 상관이냐, 이 말일세."

원호가 나섰다.

"제가 말씀드리지요. 장건이란 아이도 이제 엄연한 속가제자이니 이번 제전에 참가해야 한단 말씀입니다."

"엥? 하지만 건이는 이제 속가가 된 지 서너 달밖에 되지 않앉는데?"

"비록 장문령에 의해 속가가 된 아이라 해도 예외는 없습니다. 그래서 제가 방장 사백께 말씀드렸습니다. 제전에 참가하지 못할 다른 이유라도 있습니까?"

"아니, 뭐……, 그런 건 없지만……."

"원래 무공을 어느 정도 했던 아이라 하니, 기초는 되어 있을 거라 봅니다."

"그런데 얘가 아직 박투술을 안 배웠거던?"

"예? 그럼 그간 무얼 배웠습니까?"

"보법만 배웠다."

굉운이 부드러운 목소리로 말했다.

"어쨌든 차후에는 다른 제자들과도 어울려야 하니, 이번에는 경험만 쌓는 것으로 하지요. 어차피 그간 사숙님께 배운 성과도 보아야 하지 않습니까."

"흠. 난 뭐 상관없는데……."

홍오는 갑자기 우스워졌다.

'건이 이 녀석의 보법을 보면 소림사가 뒤집어질지도 모르겠구나. 흘흘흘.'

홍오가 고개를 저었다.

"당장은 안 되겠고, 며칠 여유를 주게. 어차피 다른 녀석들하고는 하나 마나일 거야."

"박투술을 안 배웠다면서요?"

"박투술을 안 배웠으니까 더 그렇지."

장건을 때릴 수 있는 아이가 없을 테니까, 라는 말은 일부러 삼켜 버린 홍오였다.

홍오의 말뜻을 알아들은 굉운이 미소를 지으면서 상황을 정리했다.

"그럼 일주일 뒤, 제전에서 우승한 아이와 겨루는 것으로 하지요."

"그래도 될까? 실력이야 내가 보증하네만."

원호가 딱딱하게 굴었다.

"그냥은 안 됩니다. 만에 하나 장건이란 아이가 진다면 위계에 큰 문제가 생깁니다. 다른 사람도 아니고 홍오 사백조께서 가르치는 아입니다. 그런 아이가 배운 시간이 적다하여 진다면 다른 제자들 사이에 파문이 클 겁니다."

"뭐? 상대가 누구든 안 질 거라니까? 고작 애들 비무에 무슨 권위야?"

그러나 원호는 단호했다.

"번외로 하여 비공개로 우승자와 대결을 하도록 하겠습니다. 그 시합에서 이기는 아이가 본산제자와 다시 대결을 할 것입니다."

"그게 무슨……."

장건이 다른 제자들을 놀라게 하리라 생각하고 있던 홍오로서는 별로 내키지 않는 결정이었다.

홍오가 원호를 쳐다보자 굉운이 대신 말했다.
"생각해 보니 원호 사질의 말도 틀리지 않는 것 같습니다."
"에잉!"
홍오에게 사사받은 아이를 다른 아이들과 똑같이 대할 수는 없다.
"뭐, 좋도록 하시게. 그럴 거면 왜 참가를 하라는 건지 모르겠지만."
홍오가 투덜거렸다.
굉운이 장건을 돌아보며 부드러운 목소리로 물었다.
"괜찮겠느냐?"
장건은 그때까지 가만히 얘기를 듣고 있다가 되물었다.
"저도 소림의 속가제자이니 해야 한다면 해야죠. 그런데 속가제전이 뭔가요?"
"소림에서 하는 큰 행사 중의 하나로 중간 기수의 속가제자들끼리 그간 배운 무공으로 경합을 벌이는 자리란다."
홍오가 간단히 설명했다.
"누가 더 센지 싸우는 게다. 니가 세냐, 내가 세냐. 쉽게 말하자면 그런 거지. 대신 규칙이 있으니 상대를 크게 다치게 하거나 목숨을 빼앗으면 안 된다. 그래서 무공을 겨루는 걸 비무라고 하지."
장건이 눈을 휘둥그레 뜨며 물었다.
"비무를 하다 죽기도 해요?"

굉운이 대답했다.

"꼭 그런 건 아니지만, 실력이 부족하다 보면 멈춰야 할 때 멈추지 못해 간혹 불상사가 일어나기도 한단다. 그래서 비무를 할 때에는 승부보다도 늘 상대를 배려하는 마음을 가져야 한다."

장건은 드디어 올 게 왔구나, 하고 생각했다. 비무를 하다가 죽기도 한다니 가슴이 두근거렸다.

홍오가 장건의 표정을 보고 넌지시 물었다.

"겁나냐?"

장건이 고개를 흔들었다.

"아, 아뇨."

"사내놈이 겁내긴……. 겁쟁이 같으니라고."

장건 또래의 아이치고 겁쟁이란 말을 듣고 화가 나지 않을 아이는 없다. 아무리 산에서 다른 사람들과 교류 없이 오래 살아왔어도 겁쟁이란 말을 듣는 건 싫었다.

"겁 안 나요!"

"당연하지. 무인이 겁을 내면 쓰나. 무인은 자존심에 상처를 입는 것을 목숨을 잃는 것보다 더 두려워해야 하느니."

홍오는 껄껄 웃었다. 굉운도 장건의 치기어린 외침에 미소를 머금었지만, 원호만 무뚝뚝한 표정 그대로다.

장건은 원호가 마치 처음 만났을 때의 굉목과 비슷하다고 생각했다. 아니, 사실 굉목은 그보다 더 무서웠었다.

그때를 생각하니 이제 집에 돌아갈 날도 얼마 남지 않았다는 것이 피부로 느껴졌다.

'죽지 않고 돌아갈 거야. 이제 얼마 남지도 않았잖아.'

사실 아직 무공이 크게 완성되지 않은 속가제자들끼리 무기 없이 권각으로만 대결한다면 장건이 생각하는 불상사는 그리 일어날 일이 없었다.

그래서 다른 사람들이 들으면 웃을 만한 말을 장건은 혼자서 진지하게 받아들이고, 새삼 다짐하고 있었던 것이다.

*   *   *

장건과 홍오가 돌아가는 뒷모습을 원호와 원우가 보고 있었다. 원우는 속가들의 무공을 가르치는 교두다.

원호가 말했다.

"과거 홍오 사백조께서는 타 문파의 무공을 함부로 보고 배워 크게 치도곤을 당하실 뻔하였다. 비급을 보고 훔쳐 배운 것이 아니라 스스로 보고 깨쳤기에 변명의 여지는 있었으나, 만약 당시 소림에 힘이 없었다면 멸문지화를 당해도 별수 없는 일이었지."

"저도 들었습니다."

"원우 사제."

"예, 사형."

"사제도 강호를 직접 겪었으니 알겠지만 지금의 소림은 예전 같지 않다. 홍오 사백조 이후로 소림은 많은 견제를 받아왔고 이번에 큰 재정적 위기를 겪으면서 그것이 더욱 심해졌다."

원우도 안다. 아직도 소림은 천하제일의 문파지만 소림을 이빨 빠진 호랑이로 부르는 이들이 많아지고 있다는 걸.

"이런 와중에 홍오 사백조의 진전을 이은 아이가 나온다면 어떻게 되겠는가. 그것도 타 문파의 절기를 몸에 익힌 아이가."

타 문파의 무공을 익힌다는 것은 중대한 사건이다. 하다못해 수련을 훔쳐봤다는 이유로 사생결단을 내는 일도 강호에서는 다반사다.

원호의 눈빛이 깊어졌다.

"홍오 사백조께서는 소림을 위기에 빠뜨렸다. 사문의 존장이 강호에 큰 죄를 짓고 숨어 버린 탓에 나머지 사람들은 수 십 년간 죄인처럼 그 뒷감당을 해야 했다. 그것이 옳은 일이냐?"

원우가 찡그린 얼굴로 고개를 저었다.

"만일 그러한 일이 다시 한 번 벌어지게 된다면 소림은 일어서기 힘든 지경에 이르게 될 것이야."

"소제도 그런 일은 결코 일어나서는 안 된다 생각합니다. 한낱 속가제자 아이 하나 때문에 소림을 위험에 빠뜨릴 수는 없는 노릇이지요."

"후대에까지 선대의 은원을 남겨 후인들을 곤란케 하는 것은 문자배로 족하지 않은가."

"사형의 말씀이 옳습니다."

"모든 것은 이번 속가제전에서 밝혀지겠지. 그 아이가 정말 타 문파의 무공을 홍오 사백께 배웠다면 난 결코 좌시하지 않을 생각이다."

"하지만 방장 사백께서 직접 허가한 일인데다, 홍오 사백조께서 말도 안 되는 소리로 강짜를 부린다면 쉽지 않을 것입니다."

"흐음."

"걱정 마십시오. 소제에게 생각이 있습니다. 제가 이번 속가제전의 판정관을 맡지 않았습니까."

원우의 눈빛에 은은한 살기가 감돈다. 원우는 승려보다도 무인에 가까운 성격이다. 충직하나 성격이 불같고 소림에 대한 자부심이 누구보다도 높다.

"만일 아이가 타 문파의 무공을 사용하는 것이 밝혀진다면 홍오 사백조께서 개입하시기 전에 그 자리에서 손을 쓰도록 하겠습니다. 전 홍오 사백조도 마음에 들지 않습니다. 도대체 소림의 제자가 왜 소림의 무공을 버리고 타 문파의 무공을 배운단 말입니까!"

원우가 흥분을 가라앉히려는 듯 콧김을 뿜으며 반장을 했다.

"아무튼 사형께서는 염려하지 마십시오."

원호가 고개를 끄덕거렸다.

"알겠네. 대신 그 뒷감당은 내가 맡도록 하지. 일단 일이 벌어진다면 홍오 사백조께서도 어쩔 수 없으실 거야."

"다른 문파의 무공을 익히지 않아도, 그 파해법을 애서 찾으려 하지 않아도 소림의 무공은 천하제일입니다. 소제는 굳이 홍오 사백조의 맥(脈)을 이을 필요는 없다고 생각합니다."

장건은 현재 홍오의 유일한 맥이다. 그 맥만 끊어진다면 소림은 잠시나마 안정을 되찾게 될 것이다.

홍오가 익힌 무공이 아깝기는 하나 우내십존과 강호 모두를 적으로 삼을 만한 가치는 없다.

타 문파의 무공이 없이도 소림은 늘 천하제일이었으니까.

원호는 원우를 찾아온 소기의 목적을 완전히 달성했음을 깨달았다.

'아미타불. 승려 된 몸으로 타인을 해하라 사주를 하였으니 이 죄는 결코 용납 받지 못할 터. 하나 모든 업보는 내가 지고 갈 것이다. 이 하잘 것 없는 몸 하나 무간지옥에 던져서라도, 소림을 위해서라면 내 무슨 일이든 감내하리라.'

원호는 조그맣게 불호를 외웠다.

속가제전이 지나고 나면 곧 소림은 평안을 되찾게 될 것이었다.

* * *

장건은 중간에 홍오와 헤어져 담백암으로 돌아왔다.

굉목은 속가제전에 장건이 나가게 되었다는 말을 듣자 살짝 놀란 빛을 띠더니 금세 아무 일도 없었다는 듯한 얼굴로 돌아왔다.

"속가제자들이라면 누구나 참가하는 게 옳은 일이다. 그리 생소한 얘기도 아니구나."

위로는 생각도 하지 않았지만, 한마디 조언이라도 해줄 줄 알았던 장건은 입을 삐죽 내밀었다.

"비무를 하다가 죽기도 한다던데요?"

굉목은 코웃음을 쳤다.

"너희 나이 대에서는 그럴 일이 없다. 기껏해야 몇 군데 부러지거나 하면 그게 다지. 그것도 아주 운이 없다면 모를까."

계속 고개를 갸웃거리는 장건에게 굉목이 물었다.

"넌 그럼 사람을 때려서 죽일 수 있느냐? 그럴 만한 힘은 있고?"

"아뇨."

"그럼 다른 아이들도 마찬가지지. 사람을 때려서 죽이는 건 쉬운 일이 아니다."

굉목의 말을 들으니 안심은 되지만, 그래도 아직 가슴은 두근두근하다. 무공이라고 제대로 배운 건 몇 달 되지도 않는데 다른 사람과 무공을 겨룬다니!

남을 다치게 하는 것도 싫지만 자기가 다치는 것도 싫었다. 홍오에게는 겁이 나지 않는다고 했지만, 비무라는 것을 처음 접하기에 미지의 것에 대한 두려움이 있긴 했다.

"흠."

굉목이 보니 장건의 표정에 약간 근심이 어려 있었다.

굉목은 장건과 대련이라도 해줄까, 하다가 그만두기로 했다. 돕고 싶은 마음은 있지만 그것은 어디까지나 홍오의 영역이었다. 무림을 떠나겠다고 한 자신이 할 일은 아닌 것이다.

무엇보다 장건에게 그렇게 관심을 가지는 것이 스스로도 자꾸만 이상하다는 생각이 들던 차다.

"너무 걱정하지 마라. 네가 그동안 보법을 왜 배웠느냐. 맞아서 아프다면 안 맞으면 되느니라."

말은 쉽지, 안 맞기가 그리 쉬운가?

하지만 장건은 굉목의 말을 듣고 한결 기분이 나아졌다. 몇 달간 홍오의 돌팔매질(?)을 무수히 맞기도 했고 그걸 피하는 재주도 익혔다.

"헤헤. 정말 노사님 말씀처럼 안 맞으면 되겠네요."

굉목은 대답하지 않았다.

'네 녀석이라면 안 맞고도 남지.'

그동안 장건이 보인 몸놀림이라면, 장건을 건드릴 수 있을 만한 아이는 같은 속가의 기수에서는 거의 없을 것이다.

*　　*　　*

녹음이 푸르른 깊은 산중의 하루는 언제나 비슷하다. 오늘도 홍오는 장건을 앞에 두고 두 시진의 수업을 한다.

하지만 오늘은 다른 때와 좀 다르다.

"어제 들어서 알겠지만, 넌 피하는 법은 익혔지만 다른 사람을 제압하는 법은 배우지 않았다. 피하기만 해서는 승부에서 이길 수 없는 법. 해서 오늘부터는 그 방법을 가르칠까 한다."

예전에 장건이 사람 때리는 것이 싫다고 말한 적이 있어서 '제압'이란 말을 썼는데, 다행히도 장건은 순순히 수긍했다.

"예."

"소림의 무공은 곤법, 봉법, 장법 등 여러 가지가 있으나 가장 기초가 되는 것은 역시나 권각법(拳脚法)이다. 권각법을 알아야 비로소 다른 병기를 손에 쥐도록 하느니라."

장건은 홍오의 말을 귀담아들었다. 당장 일주일 앞으로 대련이 다가와 있으니 하나라도 놓칠 수 없었다.

"다른 문파에도 권각법이 있고 모든 권각법의 무공이 다 다른 특징을 가지고 있다. 오늘 배울 소림의 권각법 역시 그러한 특징이 있다."

장건은 새로운 무공을 배운다는 기대감에 눈을 초롱초롱 빛내고 있다. 학구열에 불타는 서생과 비슷한 눈이지만, 홍오는 이제 장건의 그런 눈빛을 신뢰할 수가 없었다.

"지금부터 가르칠 것은 금강권(金剛拳)이다. 금강권은 금강석(金剛石)과 같은 견고함과 단단함을 추구하는 무공이다. 투로가 비교적 간단하나 깊이가 있어 마냥 쉽게 생각해서는 안 되지."

장건이 고개를 끄덕끄덕했다.

"금강권은 초식의 변화도 적고 쾌(快)를 추구하지도 않는다. 외려 태산처럼 굳건한 기상의 중(重)을 묘리로 삼는다. 그 말은 즉, 네 몸 전체가 태산이 되고 금강석이 되어야 한다는 말이다."

"내가 태산이 되고 금강석이 된다……."

홍오가 약간 떨어져서 금강권의 기수식을 취했다.

쿵.

홍오는 진각을 밟고 다리를 바위처럼 굳게 자리 잡았다. 홍오의 작은 몸집이 산과 같은 기세를 풍겼다.

"합!"

투로에 따라 한 발 한 발을 옮길 때마다, 내지르는 매 일권마다 기운을 쏟아서인지 강맹한 바람소리가 났다.

소림의 제자들이 이 홍오의 시연을 보았다면 감탄을 내질렀을 것이다. 홍오는 금강권의 단단함을 정확히 보여주고 있다.

그러나 장건의 표정은 점점 일그러진다. 덜 익은 감을 씹은 듯 떨떠름한 얼굴이다.

장건은 홍오의 금강권을 보는 내내 속이 꽉 막힌 것처럼 불편함을 느끼고 있었다.

최소한의 움직임으로 생활을 하는 것이 익숙해진 장건이다. 그런데 홍오는 초식 하나하나에 힘을 쏟아 붓고 있었다. 그런 모습이 장건에게 편하게 보일 리 없다. 하다못해 왜 힘주어 땅을 밟는지도 이해가 안 된다.

장건은 괜히 몸이 쪼그라드는 느낌이었다. 그럼에도 홍오의 동작에서는 딱히 군더더기를 찾을 수가 없었다.

'또 이러네.'

무량세나 다른 보법들은 어딘가 모르게 동작이 과한 데가 있었다. 그런 부분을 나름대로 제외하고 따라하다 보면 잘 되었는데, 금강권은 또 뭔가 다른 느낌이었다.

'뭐 때문에 그럴까……'

홍오가 금강권의 투로를 모두 보인 후 장건을 쳐다보았다. 어딘가 이해하지 못하겠다는 듯한 얼굴 표정.

"한 번 더 보여주어야 하느냐?"

장건이 고개를 끄덕였다. 궁금증을 풀려면 다시 보는 수밖에는 없을 것 같았다.

홍오는 '흠' 하고 속으로 낮은 신음을 냈다.

'마음에 안 드는 겐가?'

사실 홍오는 장건이 동작부터 익힐 수 있도록 내공의 운용을 하지 않았다. 보법과 다르게 권각법은 투로가 정확해야 우선적인 의미가 살아나기 마련이다. 즉 홍오가 보여준 금강권은 본래 금강권의 겉모습뿐이었다.

'설마 그걸 알아본 건 아니겠지.'

홍오는 입맛을 쩝 다시며 금강권을 준비했다.

"첫 번째 투로인 붕산독립(崩山獨立)만 다시 보여줄 테니 잘 보거라."

홍오는 허리를 펴며 내공을 끌어올렸다. 이번에야말로 제대로 된 금강권을 보여줄 참이다.

펄럭!

가볍게 내공을 끌어올린 것 같은데 발밑에서 바람이 일며 승복과 가사가 부풀었다.

홍오의 몸에서 이는 바람은 일반 무인으로서는 상상도 못할 경지를 드러낸 것이다.

홍오는 기수식에서 바로 첫 번째 투로로 연결했다. 한 걸음을 내딛어 진각을 밟고, 힘차게 쌍권을 뻗었다.

구—웅.

방금 전과는 다른 육중한 땅의 울림!

순간 장건은 봉우리가 무너져 산사태가 나는 게 아닌가 하고 걱정할 정도였다.

홍오는 이어 쌍권을 뻗었다 가슴으로 회수하며 다시 한 걸음을 내딛고 궁보의 자세를 취한다. 궁보의 자세에서 상체를 살짝 낮추고 위아래를 감싸는 모양으로 권을 내며 기합을 내지른다. 금강권 제일로의 마무리 투로다.

하압!

그 순간 천지가 둘로 갈라지며 쪼개지는 듯한 소리가 산봉우리를 울렸다. 소실산의 봉우리들이 저마다 부산하게 몸을 떠는 듯했다.

장건은 깜짝 놀라 뒤로 주저앉았다.

"우왓!"

사람이 지른 소리라고는 믿을 수 없었다.

심장이 마구 뛰었다.

일기가성(一氣呵成)이다.

일기가성은 기를 소리로 모으는 동시에 상대의 투지를 꺾어버리는 소림만의 기합법이다.

한데 홍오의 내공이 얼마나 깊은지 일기가성이 마치 사자후(獅子吼)처럼 울린 것이다.

장건이 일기가성에 대해 알았다면 '그냥 기를 모으면 되지 왜 힘들게 소리를 질러?'라고 생각했을지도 모른다.

홍오는 투로를 마치고 허리를 두드렸다. 방금 그렇게 우렁찬 목소리로 진각을 밟은 사람이라고는 생각하기 어려운 평범한 노인의 모습이다.

'자. 이번엔 어떠냐.'

소림에서 가장 승려답지 못한 홍오다. 그는 장건이 놀라는 모습을 보고 괜히 기분이 좋아졌다.

"평범한 권각법이라 해도 사람에 따라 천차만별의 경지에 다다를 수 있다. 금강권은 극상승의 무공이라고는 할 수 없으나 극성에 다다르면 상승 무공에 못지않다."

홍오는 장건이 자신의 금강권에서 무엇을 보았는지 궁금하다. 뭐든지 최소로 해버리는 장건이 역발산기개세(力拔山氣蓋世)의 이 금강권은 어떻게 소화할 것인가.

홍오의 생각처럼 장건은 완전히 기가 질려 있었다. 얼굴도 하얗게 변색되어 있다.

그것은 홍오의 무공이 너무 대단해서가 아니다.

'앞으로 내가 저런 걸 배워야 돼?'

눈이 튀어나오도록 용을 써서 움직이고 힘껏 소리를 지르는 건 장건의 체질과는 전혀 상반된 것이었다. 하물며 그걸 자신이 해야 한다니!

그만큼 끔찍한 일은 장건에게 없는 것이다.

생각만 해도 현기증이 났다.

'아……. 괜히 무공 배운다고 했잖아.'

후회가 되는 장건이다. 그래도 한다고 했으니 어쩔 수 없는 노릇이다.

"자. 해봐라. 내가 옆에서 봐주마."

다소 지나친 면이 없잖아 있었지만, 홍오 스스로도 단언하건대 지금의 일권을 정면으로 받아낼 수 있는 이는 전 무림을 통틀어서도 그리 많지 않을 것이다.

장건은 쭈뼛거리며 마보를 서고 금강권의 기수식을 준비했다. 그러나 어딘가 모르게 몸이 거부해서 그대로 할 수가 없었다.

　내공을 운용하지 않았을 때와 내공을 운용했을 때의 금강권은 천지차이였다.

　장건은 영 내키지가 않았다.

　일단은 머릿속으로 홍오의 투로를 그렸다. 간단한 동작이니 따라하는 데 어렵진 않은데, 문제는 과하게 힘을 발산한다는 것이다.

　'아우! 미치겠다.'

　검성의 동작을 보았을 때에는 전혀 없던 불편함이 홍오에게서는 잔뜩 느껴졌다. 검성은 너무 자연스러워서 오히려 평범했다.

　'죽겠네.'

　해보고는 있지만 역시나.

　'잘 안 돼.'

　홍오의 동작을 따라할 수가 없다. 주먹을 뻗는 것도 평범 이하다. 완전히 움츠러든 동작이다.

　장건이 끙끙대며 열심히 하려고는 했지만, 역근경의 실타래는 움직일 생각을 않고 몸은 무겁기만 하다.

　홍오는 의문이 들었다.

　'이놈이 뭘 하는 게지? 보법은 잘하던 녀석이 권각법은 왜 이래? 금강권이 싫은가?'

　보법을 배울 때에는 이유가 있었다. 장건이 돌맹이를 맞지 않기 위해 피하면서 절로 내공이 움직여 주었다.

그러나 지금은 아무것도 없는 상황이다. 알아서 내공이 움직일 리 없다.

홍오가 한마디 했다.

"뭐가 안 되느냐?"

장건은 한숨을 크게 내쉬고는 동작을 거두었다. 일부러 한숨을 내쉰 게 아니라 금강권의 동작조차도 몸에 맞지 않아 힘이 들었던 까닭이다.

장건이 물었다.

"중간에 꼭 소리를 질러야 하나요?"

"소림의 권각법은 일기가성으로 시작하여 일기가성으로 완성된다는 말이 있다. 일기가성으로 기운을 모으며 상대의 기선을 꺾는 데 그 효용이 있다."

거기에서 넘어갔으면 좋을 것을. 장건은 그냥 넘어가지 않는다. 하기 싫은 일을 억지로 해야 하기 때문이다.

"꼭…… 그래야 하나요? 그건 쓸데없이 힘을 쓰는 거잖아요."

"뭐? 쓸데없이?"

옛날 성격 그대로였다면 홍오는 벌써 장건을 발로 차서 절벽 아래로 떨어뜨려 버렸을 것이다.

그래도 나이가 들었다고 홍오는 많이 차분해졌다. 굉목을 만났을 때만 예전 성격이 돌아올 뿐이다.

홍오는 화를 내는 대신 쉬운 길을 찾아 설명했다.

"대결에 앞서 상대의 기를 꺾는 것은 상당히 중요한 일이다. 호랑이를 만나면 눈빛으로 먼저 제압하라는 말은 들어보았겠지?"

"네."

장건이 고개를 끄덕했다.

"그래. 바로 그거다. 기세가 꺾이면 싸울 일도 없으니 네가 원하는 대로 되지 않겠느냐? 네가 무공을 잘 배우면 네게 덤벼들 이가 없듯이 말이다."

말은 맞는 말이나 이번만큼은 장건도 수긍하지 못했다.

산사태를 일으킬 정도로 소리를 지르느니 차라리 그 힘으로 더 세게 주먹을 때리는 게 나아 보였다. 사람을 때리는 건 싫지만 쓸데없이 기운을 쓰는 건 더 싫다.

'이걸 어떻게 해야 하지?'

홍오는 장건이 생각하는 모습을 보고 가만히 있었다. 보법을 보여주면 이리저리 생각하다가 알아서 체득한 녀석이다. 금강권을 어떻게 해석할지 여전히 궁금했다.

"내가 보여준 것을 네가 하기에는 어려우니, 네가 알아서 편히 해보거라."

"네."

"다만 모든 동작에는 의미가 있다. 소리를 지르는 것도 진각을 밟는 것도 모두 의미 없는 행동이 아니니라. 그것을 꼭 기억하도록 해라."

장건은 고개를 끄덕했다.

홍오가 장건이 알아서 할 수 있도록 멀찌감치 자리를 비켜주었다.

장건은 혼자 마당 한가운데 서서 머릿속으로 홍오의 동작을 그려 보았다. 처음 보여준 금강권은 군더더기는 없었으나 어딘가 불편했고, 두 번째 보여준 금강권은 멋지긴 하나 군더더기가 잔뜩 있어서 따라하려야 따라할 수가 없었다.

홍오의 금강권은 발력(發力)에 그 효용이 있었다. 그러나 기운을 최대한 아껴서 안으로 갈무리하는 장건에게 발력은 무리가 있는 것이었다.

장건은 금강권의 동작과 홍오가 한 말을 계속해서 되새겼다.

'소리를 내고 땅을 세게 밟는 이유라⋯⋯.'

무언가 이유가 있는 게 틀림없었다. 보법을 배울 때에도 그랬다.

혼원보(混元步)라는 보법을 배울 때에는 정말 고통스러울 정도로 힘들었다. 혼원보는 어지러움과 혼돈이 결국 하나의 질서로 통하는 도가(道家)의 이치를 담고 있다.

그랬기에 홍오가 혼원보를 펼치니 사방팔방에 홍오의 모습이 보이며 머리가 어지러워 정신을 차릴 수가 없었다. 장건이 그 혼원보가 서로 다른 각각의 원을 그리는 보법이었다는 걸 알게 되는 데에도 며칠이나 걸렸다.

결국 장건은 혼원보의 현란한 움직임은 여러 개의 원을 그리는 단순한 발놀림의 경로를 감추기 위한 것이라는 걸 알았다. 다른 면에서 보자면 단순히 원을 그리는 걸음으로 변화무쌍한 움직임을 만들어내고 있었던 것이다.

'소리를 내고 땅을 차는 이유가 있겠지.'

무공을 익히는 데 있어서 홍오와 장건은 얼핏 닮아 있다. 둘 다 무공의 요체(要諦)를 빠르게 파악해내는 눈을 가지고 있다.

홍오는 천성적으로 타고난 데 비해 장건은 불편한 부분이 눈에 보이다 보니 후천적으로 그리 되었다는 점이 다르다.

또 무공을 펼치는 데 있어서 홍오는 그 무공이 가진 극의를 최대한으로 끌어내지만, 장건은 그것을 자신의 몸에 맞게 재가공한다는 차이도 있었다.

'휴우. 보법을 할 때에는 그냥 돌멩이를 피하다 보면 잘 됐는데.'

장건은 홍오의 자세를 떠올리며 몇 번 주먹을 뻗는 시늉을 했다. 이리저리 몸도 틀어가며 금강권을 연구한다.

소리를 내는 이유와 땅을 힘껏 밟는 이유를 알지 못하면 금강권을 할 수 없을 것 같아서다.

장건은 발로 툭툭 바닥을 밟아보기도 하고, 조그맣게 '아', '아아' 소리를 내기도 하며 한참을 뭔가 궁리했다.

'……아하!'

한참을 궁리하던 장건은 홍오가 말한 일기가성의 의미를 깨달았다.

'소리를 내면 배에 힘이 들어가는구나.'

배에 힘이 들어가면 주먹을 쥔 손에도 힘이 더 생겨난다. 소리를 크게 지를수록 더 큰 힘이 생긴다.

'단순한 이치였네.'

매일 좀 덜 움직이고 큰 효과를 볼 수 있는 움직임을 강구하고, 건신동공을 통해 전신의 세밀한 근육까지 느끼고 움직일 수 있는 장건이다 보니 금세 알아낸 것이다.

'그럼 땅을 세게 밟는 건……'

발로 툭툭 땅을 차보니 뭔가가 느껴진다. 땅을 찼을 때의 반발력으로 몸이 살짝 진동했다. 앞으로 한 걸음을 내딛으며 발에 힘을 주니, 반동이 더 심해진다. 온몸의 자잘한 근육들이 반동의 충격을 해소시키느라 분주히 떨어댔다.

'어라?'

장건은 다시 걸음을 내딛으며 힘주어 땅을 차고는 몸 안을 관조했다.

발을 내딛는 순간 중심이 앞쪽으로 실린다. 땅을 힘껏 차면 그 쏠린 중심이 땅을 찬 충격으로 위로 튕겨오른다. 그러면서 중심이 잡혀 자세가 안정되는 것이다.

'우와! 신기하다.'

적게 힘들이고 걷는 방법만 연구했지, 이런 이치는 생각해 본 적도 없었다.

'그럼 여기에서 주먹을 뻗으면?'

다시 이리저리 생각해 보니 관련이 있다.

발을 내딛으면서 주먹을 뻗으면 중심이 훨씬 더 앞으로 쏠린다. 그때 땅을 차면 중심이 완전히 주먹 끝에 몰리게 된다.

중심이 주먹에 몰린다는 것은 전신의 힘이 한곳에 쏠린다는 뜻이다.

'그러니까 결국은 주먹을 세게 치는 방법이었구나.'

일기가성이나 진각이나 어쨌든 공격에 힘을 싣기 위함이다.

갑자기 기분이 좋아졌다.

'그럼 굳이 대사님처럼 힘들일 필요가 없잖아. 중심을 주먹으로 모으기만 하면 되는 거니까.'

장건은 한 번 심호흡을 하고 준비했다.

'일단 연습을 한 번 해보고.'

장건이 궁보로 한 걸음을 내딛은 상태에서 주먹을 뻗은 붕산독립의 마지막 투로 자세를 취했다. 이미 주먹을 다 뻗은 상태의 동작이었다.

자연스럽게 역근경의 내공이 실타래를 풀었다. 부드럽고 웅후한 기운이 장건의 전신을 감싸고돌았다.

겉으로 보기에는 아무런 움직임도 없어 보였다. 아무런 행동도 하지 않은 상태에서 중심만 옮기는 연습을 한 것이다.

그러나 장건의 몸 안은 바쁘게 움직이고 있었다.

순간적으로 장건의 전신 근육이 뒤틀렸다.

'악!'

온몸을 빨래 쥐어짜듯 비튼 듯했다. 어찌나 고통스러운지 눈앞이 순간 하얗게 되었다. 등줄기에서부터 머리끝까지 짜릿했다.

그리고 비틀린 근육들이 발끝에서부터 순차적으로 풀리기 시작했다. 눈 깜박하는 것보다 빠른 아주 짧은 순간에 뒤틀린 온몸의 근육이 되돌아오며 마지막으로 주먹에까지 이르렀다.

엄청난 탄성력에 역근경의 내공이 마치 회오리처럼 타고 오르며 힘을 더 보탰다.

주먹의 한 점에 장건의 신체 중심은 물론이고 전신 근육이 비틀렸다가 되돌아온 힘까지 단숨에 옮겨갔다.

그 순간 환청처럼 몸 안에서 '푸앙!' 하고 뭔가 풀리는 듯한 소리가 들렸다.

"어!"

장건은 갑자기 앞으로 휙 하고 떠밀렸다.

"어어어!"

장건은 팔을 마구 휘청거리며 넘어지지 않으려 했지만 중심이 완전히 앞으로 쏠려 있어 어쩔 수가 없었다.

어이없게도 몇 걸음이나 앞으로 날아가 엎어진 장건이다. 누가 민 것도 아니고 그냥 혼자서 날아가 떨어진 것이다.

쿠당탕.

"아야야야."

데구르르.

엎어진 것도 모자라서 두어 번을 데굴데굴 굴렀다. 마치 널브러진 개구리처럼 요란한 소리를 내며 나뒹군 것이다.

하필이면 때마침 다른 데를 보고 있던 홍오가 이상한 느낌에 돌아보니 장건은 이미 넘어진 후였다.

홍오의 눈이 휑해졌다.

"……뭐냐. 금강권을 하랬더니 왜 자빠져 있어?"

"윽……. 아고고."

장건은 온몸이 쑤셔 금방 일어날 수가 없었다. 온몸 어디도 쿡쿡 쑤시지 않는 데가 없었다.

"아우우."

낑낑대며 겨우 일어나 앉았지만 옷은 흙투성이가 되었다. 장건은 그 와중에도 굉목을 떠올렸다.

"옷이 더러워졌잖아. 후우, 노사님께 혼나겠다. 이를 어쩐다?"

장건이 바닥에 앉은 채로 고개를 들어 홍오를 보았다.

홍오는 무슨 일이 있었는지 몰랐지만, 장건이 제대로 된 금강권을 한 것은 아니라는 걸 알았다.

"에헤헤."

장건은 일어나면서 쑥스러운 듯 머리를 긁적거렸다.

'넘어지지 않으려면 중심을 잡는 것도 중요하구나. 무조건 중심을 앞으로 한다고 다 되는 게 아니었어. 그런데 그 풍, 하

는 바람소리는 뭐였지?'

*　　　*　　　*

"끄응, 아이고 죽겠다."

장건은 온몸이 쑤셔서 견딜 수가 없었다. 팔다리와 몸통을 완전히 비튼 것처럼 아파서 계속 눈물을 찔끔거렸다.

"그거 다시 하면 안 되겠다."

금강권이라는 게 이렇게 힘든 줄 몰랐다. 사실 장건이 한 것은 금강권은 아니었다. 자세만 금강권의 초식이었을 뿐이다.

그러나 그것을 인식하지 못한 장건은 홍오가 대단하다고 생각했다.

"이렇게 아픈 걸 하시다니. 계속 연습을 하다 보면 나아지는 건가?"

너무 끔찍하게 아파서 장건은 다시 할 생각도 들지 않았다.

"아우, 내일도 이거 시키시면 어떡하지?"

산을 내려가며 쉬고 또 쉬기를 몇 번이나 반복하다가 장건은 도저히 그냥 갈 수 없다고 판단했다.

"아야야."

후들거리는 다리를 붙잡고 느릅나무 앞까지 간 장건은 겨우 한숨을 내쉬었다.

"운기를 할 수 있으면 좋을 텐데……."

색다른 기가 풍성한 곳에 오니 마음은 편해졌다.

'누워서 한숨 잘까?'

그랬다가는 너무 늦을 테고, 낮에 잔다는 것도 좋은 일은 아닌 것 같다.

"휴우. 일단 이 옷부터 빨아 말려야겠네."

장건은 느릅나무 옆의 냇가에 가서 옷을 벗었다. 알몸이 되었지만 보는 사람도 없는 깊은 산중이라 별로 이상하다는 생각은 들지 않았다.

장건의 몸은 생각보다 하얗고 건강했다. 매일 하루 두 끼 물에 불린 잡곡을 먹은 것치고는 바싹 마른 몸이 아니었다. 우락부락한 근육이 아니라 오밀조밀하게 작은 근육들이 발달되어 있어 늘씬한 편이다.

장건은 헐렁한 승복을 벗고 아픔을 참아가며 흙을 지웠다.

빤 승복을 대충 짜고 나뭇가지에 대충 걸쳐 놓은 후에 알몸으로 느릅나무 아래 그늘에 누웠다.

살살 불어오는 바람이 몸을 휘감고 지나가 시원했다.

느릅나무 아래에 형형색색의 꽃들이 피어 있어 꽃향기도 솔솔 풍겨왔다.

절로 눈이 감겨왔다.

"아! 이러면 안 돼."

장건은 벌떡 일어나서 고개를 마구 흔들었다. 왜 게으름을 피우냐는 굉목의 노호성이 바로 귓가에 들려오는 듯했다.

"차라리 건신동공이라도 하자."

움직일 때마다 고통스러웠지만 장건은 꾹 참고 건신동공을 했다.

홍오의 돌멩이에 맞아 아팠을 때도 건신동공을 하다 보면 괜찮아졌었다.

느릿하게 팔을 뻗고 다리를 움직이자 내공이 움직인다. 독맥을 타고 오르고 임맥을 따라 몸 앞으로 내려오면서 소주천이 되고 있다.

장건은 점차 무아지경으로 빠져들었다.

처음에는 굉목의 행동을 따라하는 것도 힘들었는데 이젠 건신동공을 하면 즐겁다.

건신동공을 하고 나자 몸이 날아갈듯 개운해졌다. 쑤시고 아팠던 근육도 많이 좋아져서 한결 통증이 덜했다.

"아고. 벌써 시간이 이렇게 됐어?"

하늘을 보니 해가 중천에서 훨씬 넘어가 있다. 건신동공을 하느라 미처 시간 가는 줄을 몰랐던 모양이다.

장건은 나뭇가지에 걸쳐 놓았던 옷을 집어 들었다. 아직 덜 말라서 물기가 똑똑 떨어졌다.

굉목이 했던 것처럼 탁탁 손으로 쳐서 물기를 빼야 했는데 아파서 미처 생각하지 못했던 모양이다.

"에이. 어쩌지?"

그렇다고 축축한 옷을 입을 수도 없는 노릇이었다. 잠시 생각하던 장건은 자신이 한 금강권을 떠올렸다.

"그렇게 하면 빨래도 잘 털 수 있을 텐데."

하지만 너무 아파서 조금 겁이 난다.

"살짝, 최대한 살짝 하면 괜찮지 않을까? 다리에서부터 하지 않고 상체에서만 중심을 조절하면?"

장건은 왼손으로 승복을 붙들고 들어올렸다. 아까 했던 그 방법으로 힘을 모았다.

"이번에는 상체의 중심만 앞으로."

하나 그것은 장건의 실수였다. 신체 근육은 조절할 수 있었지만, 거기에 따르는 내공은 조절을 할 수 없었다.

단전에서 풀려나온 내공이 몸을 돈다 싶더니 순식간에 몸이 장건의 제어에서 벗어났다.

지금 이 순간 내공은 장건을 돌보아주는 친구가 아니라 악당이었다.

"엇?"

장건의 몸이 뒤흔들렸다.

온몸의 근육이 비틀리며 쥐어 짜이는 듯한 고통!

"으악!"

장건은 그만두려 했다. 그런데 그나마도 되지 않았다. 이미 뒤틀렸던 근육들이 다시 돌아오면서 중심이 주체할 수 없이 흔들렸다.

엄청난 힘이 몸 안에서 휘몰아쳤다.

"으아아아!"

장건의 발이 공중에 뜨고 몸이 팽이처럼 돌았다. 누가 일부러 몸을 돌리는 것 같아서 정신을 차릴 수가 없었다.

쿠당탕탕!

장건은 손을 마구 휘젓다가 그만 오른손으로 옷을 건드리고 말았다.

그 순간.

쫙!

소름끼치는 소리가 나더니 옷이 갈기갈기 찢겨 나갔다.

누운 장건의 몸 위로 갈가리 찢긴 승복이 나풀거렸다. 나선형으로 찢겨나간 승복이 아주 작은 조각이 되어 바람에 날리는 꽃잎처럼 흩날리고 있었다.

장건은 바닥에 드러누운 채로 그 모습을 똑똑히 보았다. 잔인하게 찢겨나간 승복의 조각들이 장건의 몸 위로 하나둘 차곡차곡 떨어졌다.

"아!"

장건은 찢겨진 옷 조각이 날리는 모습에서 무엇을 본 것일까.

한참이나 멍한 얼굴로 누워 있던 장건이 불쑥 한마디 내뱉었다.

"난 이제 죽었다."

＊　　　＊　　　＊

 장건이 내려간 후 홍오는 마당을 둘러보았다.
 왜 넘어졌는지는 보지 못했어도 그때 피부를 짜릿하게 만드는 기의 유동이 느껴졌었다.
 '흠. 내가 노망이 들어서 의심병이 생겼나.'
 하나 그것이 절대 단순한 의심이 아니었다는 것은 곧 알 수 있었다.
 장건이 서 있던 자리.
 그곳에 조그마한 소용돌이가 그려져 있었다. 일부러 땅바닥에 그리려 해도 그릴 수 없을 만큼 완벽한 소용돌이의 흔적이었다.
 "허!"
 홍오는 장건을 지켜보지 못한 것이 후회되었다.
 "허허허허!"
 정말로 당황스러운 노릇이다.
 홍오는 어이없는 얼굴로 중얼거렸다.
 "붕산독립을 하라 했더니 발경(發勁)을 해?"
 어떻게 금강권이 발경으로 이어질 수 있는 것일까?
 게다가 힘을 감당하지 못해 혼자서 날아갔을 정도면 얼마나 강력한 발경을 한 것일까?
 그야말로 무지막지한 발경이다.

발경은 몸 안의 힘을 밖으로 끌어내는 초절정의 수법이다.

크게는 내공을 사용하는 방법, 내공을 사용하지 않고 몸의 근육만으로 행하는 방법으로 나누기도 한다. 그 외에도 무림 유파(類派)마다 부르는 명칭도 다르고, 방식이나 형태에 따라 다양한 종류가 있지만 어쨌거나 상당한 수준에 올라야 가능한 수법임에는 의심의 여지가 없다.

간단한 정권 지르기조차 신체수련만으로 발경의 경지에 이르려면 수십 년의 세월이 걸린다.

스스로 무리(武理)를 깨닫지 않고는 어렵기 때문에 유능한 사부 밑에서 십 년은 수련해야 할 수 있다고 한다. 지금 속가 제자들에게 권각법을 가르치는 교두인 원우조차 이십대 중반이 넘어서야 겨우 발경을 깨달았고, 사십대가 되면서 어느 정도 자유롭게 발경을 할 수 있게 되었다 한다.

홍오는 지금 그것을 장건이 했다고 말하고 있다.

"내 앞에 그 흔적이 있는데도 내 눈을 믿을 수가 없구먼……."

워낙에 특이한 아이이니 발경을 한 것 자체는 그렇다 칠 수도 있다. 하지만 금강권을 가르쳤는데 거기서 어떻게 발경으로 이어질 수 있단 말인가.

"보법을 가르쳤더니 피하는 법을 익히고, 주먹질을 가르쳤더니 발경을 하고……."

상식적으로 연결이 되지 않는 행동이다.

그러나 홍오는 흥미가 동해 한껏 웃어 버렸다.

"껄껄껄! 정말 희한한 놈일세. 속가제전이 네놈 때문에 한바탕 뒤집어지겠구나!"

무량무해를 가르쳐야 한다는 생각도 잠시 잊고 홍오는 장건의 생각으로 즐거워했다.

만일 장건이 온몸의 근육을 꼬았다가 푸는 식으로 발경을 했다는 걸 알았다면 홍오는 더 기가 막혔을 것이다.

온몸을 자연스럽게 틀어 그 힘을 직선 형태로 타점에 보내는 것이 보통의 외공 발경법인데, 장건은 거기에 내공까지 더해 나선형의 힘을 그대로 분출한 것이니 말이다.

* * *

해가 어슴푸레하게 넘어가고 있었다.

굉목은 담백암에서 초조하게 장건을 기다렸다.

장건이 아직 돌아오지 않은 것이다.

"이놈이 대체 뭘 하느라 오지 않는 게야?"

그렇다고 홍오의 암자로 찾아갈 수도 없으니, 굉목은 그저 기다릴 뿐이다.

"흠……."

해가 다 넘어가도록 돌아오지 않을 아이가 아니었다. 중간에 옆길로 새 열매를 따먹고 온다거나 해도 이렇게까지 늦을 이유가 없었다. 그것도 건신동공의 수련시간까지 빼먹으면서 말이다.

왠지 모르게 기분이 이상하다.

혼자서 건신동공을 하려 해도 이상하게 마음이 번잡스러워 할 수가 없었다.

"혹시나 건이에게 무슨 일이 생긴 건……."

굉목은 애써 불길한 느낌을 떨치려 노력했다.

이 근처에 사나운 산짐승은 없지만, 혹여 하는 생각에 안절부절못했다.

하도 걱정이 되니 굉목은 장건을 이렇게 기다리고 걱정하는 자신의 모습이 부끄럽다거나 창피하다는 생각도 들지 않았다.

"아무래도 안 되겠구나. 사부님께 가봐야겠어."

굉목은 옷매무새를 가다듬고 담백암을 나서려 했다.

때마침 그때 멀리서 산을 내려오는 장건의 모습이 보였다.

"얼씨구?"

굉목이 눈썹을 찡그렸다. 장건은 급하게 뛰어오는 것도 아니고 느긋하게 걸어오고 있었다.

그것이 굉목의 화를 돋우었다.

"저 녀석이!"

그런데 어딘가 이상하다.

장건은 헐렁한 승복 바지만 입고 있고 상체는 맨몸이다.

"저 녀석, 옷을 잃어버렸나?"

아니다. 옷을 잃어버려서 혼난다고 저렇게 늦게 올 만한 아이는 아니다.

게다가 늘 보던 딱딱한 발걸음이 아니라 보통 사람처럼 터벅터벅 걷고 있었다.

다른 사람이 그랬다면 신경 쓸 일이 아니었겠지만, 장건이 그런 걸음을 한다는 것은 천지가 뒤집어질 만한 일이었다.

'무슨 일이 생기긴 했구나!'

꿩목은 심장이 서늘해졌다.

장건은 꿩목의 앞에 서서 고개를 꾸벅 숙였다. 다녀왔다는 인사일 텐데 '다녀왔습니다!' 하는 활기찬 음성은 어디에서도 들리지 않는다.

꿩목은 장건을 꾸짖어야겠다는 생각도 잊었다. 그래도 무사히 돌아왔다는 안도감과 함께, 도대체 무슨 일이 생겼기에 이런 모습으로 나타난 것인지 궁금할 따름이다.

"죄송해요……."

장건은 꿩목이 뭐가 죄송하냐고 묻기도 전에, 모기가 기어들어가는 듯한 작은 소리로 그 말만 하고는 암자 안으로 들어갔다.

"허어!"

꿩목은 도저히 장건에게 무슨 일이 있었는지 물을 수가 없었다. 뒤쫓아 가서라도 다그치고 물어보고 해야 할 텐데 그럴 수가 없었다.

그러나 마냥 가만히 있을 수도 없는 노릇이다.

장건은 방 안으로 들어간 후, 굉목에게 들리지 않게 긴 한숨을 내쉬었다.
"후아, 살았다."
언제 잔뜩 풀이 죽어 있었냐는 듯 장건은 입가에 미소를 머금었다.
"히힛."
뭔가 일이 있는 듯 최대한 불쌍하고 심각한 얼굴로 돌아온다는 계획이 성공한 것이다.
"역시 노사님은 예전하고 다르셔. 전 같으면 다짜고짜 화를 내시면서 소리를 버럭 지르셨을……."
그때 굉목의 엄한 목소리가 들려왔다.
"이리 나오너라! 당장!"
"윽!"
장건은 울상을 지었다.
아무래도 계획이 들킨 모양이다.

제4장

첫 대련의 파문

장건은 고개를 푹 숙이고 마당으로 나왔다.

굉목이 노한 목소리로 말했다.

"늦게 돌아왔으면 왜 늦게 돌아왔는지, 옷은 어쩌고 그 모양으로 들어왔는지 얘기를 해야 할 것 아니냐!"

"그게요······."

머뭇거리던 장건이 겨우 입을 열었다.

역시나 사실대로 말하는 것이 옳은 방법이다.

"옷은····· 실수로 찢어졌어요."

"그래서? 혼날까봐 늦게 들어온 게냐?"

장건이 고개를 도리도리 젓는다.

"그게 아니구요······."

잠시 뜸을 들이던 장건이 다 기어들어가는 목소리로 말했다.

"혼날까봐 무서워서요……."

"무서운 걸 아는 놈이 옷은 왜 찢었느냐! 잘못했으면 당연히 혼이 나야지."

장건이 머리를 긁적이며 헤, 하고 웃었다.

"죄송해요."

장건에게 별다른 큰일이 벌어지지 않았다는 걸 알자 굉목은 마음이 놓이는 것을 깨달았다. 걱정이 되어 화가 났던 마음이 장건의 웃음에 눈 녹듯 사라지는 것 같다.

"크흠!"

굉목은 괜한 헛기침을 했다.

장건도 굉목이 화가 풀린 걸 알았다.

"그런데요, 노사님."

"왜 그러느냐."

"오늘 홍오 대사님께 금강권을 배웠는데요. 그게 좀 이상한 것 같아요."

굉목은 '네 녀석이 하는 행동 중에 안 이상한 것이 있으면 그게 더 이상하지'라는 말을 억지로 삼켜야 했다.

"뭐가 이상하더냐."

"그걸 연습하다가 실수로 벗어놓은 옷을 건드렸는데요. 옷이 갈기갈기 찢어졌어요."

"뭐라?"

장건은 소름이 끼친다는 듯 어깨를 움츠렸다.

굉목은 잘 이해가 가지 않는다.

'금강권을 연습하다가 실수로 건드렸는데 옷이 찢어져? 그것도 갈기갈기?'

장건이 거짓말을 하는 아이는 아니라는 것을 안다. 하지만 어떻게 하면 실수로 건드렸는데 옷이 갈기갈기 찢길 수 있는 것일까?

"그건 이상하구나."

물론, 금강권이 이상한 게 아니라 장건이 이상한 탓일 테지만 말이다.

굉목은 갑자기 궁금해졌다.

'어떻게 금강권을 하면 옷이 찢어지지?'

백보신권이나 권풍(拳風)으로 옷을 찢을 순 있겠지만, 그래도 갈기갈기 찢긴다는 표현은 이해할 수가 없다.

굉목은 장건의 무공 수련에 참견하지 않겠다는 스스로의 다짐도 잊고 말했다.

"한 번 해보거라."

"네? 하지만 아직 힘 조절을 못하는 걸요. 그리고 그걸 하면 엄청 아프기도 하고……."

"어허!"

굉목이 노한 음성으로 다그치자 장건은 어쩔 수 없이 굉목의 앞에 섰다.

"자, 내가 상대라 생각하고 해보거라."

잠시 망설이던 장건은 굉목의 눈썹이 치켜올라가는 걸 보고 급히 자세를 잡았다.

한 번 숨을 고르고 금강권을 떠올리며, 중심을 이동시켰다.

발밑에서부터 짜릿한 느낌이 든다 싶더니, 온몸의 근육이 비틀어졌다. 금강권을 펼칠 때마다 엄습해 오는 전신의 고통은 이루 말로 할 수가 없었다. 그것을 오늘 몇 차례나 거듭했더니 근육이 끊어질 지경이다.

"악!"

장건은 비명을 지르면서 주먹을 뻗었다.

몸 안에서 '푸앙!' 하고 바람소리가 나며 장건은 앞으로 날아갔다.

데구르르.

그러나 굉목은 가만히 서 있었는데도 맞지 않았다. 장건이 멋대로 날아가 버린 까닭이다.

"이놈아! 뭘 하는 게야?"

하지만 굉목은 적잖이 놀란 상태다. 갑자기 장건이 뛰어들 듯 앞으로 몸을 날린 것도 그렇고, 그 주먹에 담긴 기운도 범상치가 않았기 때문이다.

더욱이 주먹에서 바람이 일었다. 상당한 위력을 머금고 있다는 뜻이다.

'이 녀석이 언제 이렇게 강력한 권경(拳勁)을 익혔지?'

이만한 주먹이면 능히 두터운 나무판자를 부술 만하다. 아니, 나무판자가 아니라 청석판도 깰 수 있을 것 같다.

이 정도면 거의 2, 30년 외가 공부를 한 무인의 권과 비슷한 위력일 것이다.

장건은 아직까지 땅에서 일어나지 못하고 있었다. 온몸이 너무 아파서 끙끙거렸다.

'이상하군. 어디 다치기라도 했나?'

장건은 보는 사람이 안쓰러울 정도로 힘들어하며 일어섰다.

"원래 금강권은 한 번 할 때마다 몸이 이렇게 아픈 거예요?"

"금강권을 할 때마다 몸이 아파? 그야 네가 중심을 못 잡고 넘어지니 아픈 게 아니냐. 그리고 그게 어디가 금강권이냐? 내가 보기에도 이상하긴 이상하구나."

장건은 '역시 그런가?' 하고 중얼거렸다. 하지만 중심을 다리 쪽에 두어야 넘어지지 않는다는 걸 알면서도 그게 되지 않았다.

굉목 역시 아직 의문이 풀리지 않았다. 권경은 어른 못지않게 강력하지만, 이 권경으로 어떻게 옷을 갈기갈기 찢을 수 있는지는 확인하지 못했다.

"다시 해보거라."

"네에?"

장건이 입을 쩍 벌렸다. 아파서 눈물이 다 찔끔 나는데 또 해보라니!

"어서 해보라니까?"

장건은 울상을 지었다.

"잠깐만요. 이건 한 번 하면 너무 아파서 잠깐 건신동공을 해야 돼요."

그리고는 혼자서 건신동공을 했다.

굉목은 이상하게 생각했지만 장건이 기운을 차리도록 기다려 주었다.

잠시 후, 몸이 좀 나아진 장건이 다시 금강권을 준비했다.

아파서 하고 싶지 않았지만, 옷이 왜 찢어졌는지 보여주어야 덜 혼이 날 것이다.

'혼나는 것보다야 낫지.'

장건의 마음속에서 꾸지람을 하는 굉목은 장건이 7년 전에 처음 본 무서운 굉목의 형상이다.

장건이 자세를 잡자, 다시금 내공이 움직였다.

'중심을 잡아야 하니까 상체의 중심만 이동을 하면……'

그러나 생각대로 되지 않았다. 발끝부터 머리끝까지 근육이란 근육은 모조리 뒤틀린다.

"악!"

비명을 지르는 순간 꼬인 근육이 풀리며 몸 안에서 소용돌이가 일었다. 그 소용돌이가 주먹을 타고 쭉 앞으로 쏘아져 나갔다.

굉목은 내공을 손바닥에 모아 장건의 주먹을 그대로 받았다.

탁!

장건의 작은 주먹이 굉목의 손 안으로 들어왔다. 주먹에 실린 힘이 강해 내공으로 손을 보호하고 있는데도 상당한 충격이 왔다. 하마터면 손목이 비틀릴 뻔했다.

'발경이었군. 하지만 이런 발경으로 옷이 찢길 정도는 아닐……'

굉목이 그렇게 생각한 순간.

파—악!

손바닥을 통해 나선형의 소용돌이가 미친 듯이 파고들었다. 이것은 굉목이 미처 예상하지 못한 일이었다.

'내공!'

장건의 주먹에서 뿜어 나온 무자비한 나선형의 진기가 굉목의 팔뚝을 회오리치며 타고 올라가 어깨에 이르자 곧장 온몸으로 퍼졌다.

몸이 빙글 도는 것만 같았다. 뼈가 흔들리고 누군가 몸속으로 손을 넣어 내장을 헤집는 것 같았다.

굉목은 다리가 지면에서 떠오르는 것을 느꼈다. 몸이 거꾸로 돌아가려 한다.

재빨리 천근추의 수법으로 몸을 눌러 몸이 뜨는 것은 막을 수 있었으나, 몸속에서 회오리치는 장건의 내공은 쉽게 저지할 수가 없었다.

"울컥!"

목구멍에서 핏덩이가 솟구쳤다.

굉목은 온 힘을 다해 솟구치는 핏덩이를 삼켰다. 장건의 앞에서 차마 못난 꼴을 보일 수는 없었다.

굉목은 비틀거리며 뒤로 물러섰다. 한데 장건은 앞이 아니라 오히려 뒤로 엉덩방아를 찧었다.

스스로의 중심을 무너뜨릴 만큼 앞으로 쏘아진 강력한 힘이 고스란히 굉목에게 전해졌기 때문이다. 장건이 주저앉은 것은 근육통이 심해서 서 있을 수 없었던 것뿐이다.

"끄응……. 어?"

장건은 자기가 앞으로 날아가지 않은 것에도 놀랐지만, 굉목의 안색이 창백해졌다는 것에도 놀랐다.

"노사님!"

장건은 아파서 끙끙대면서도 굉목이 괜찮은지 걱정스러웠다.

굉목은 손을 들어 장건에게 말하지 말라는 뜻을 전하고는 그 자리에서 가부좌를 틀었다.

설마하니 그 주먹에 내공이 실려 있을 줄은 몰랐다. 아니, 내공이 실려 있다 해도 자신의 내공 수위가 몇 배나 높으니 무리 없이 막아낼 수 있어야 정상이었다.

'실로 무서운 내가중수법(內家重手法)이구나. 단순한 권경이 아니었어.'

 강호행을 거의 하지 않은 굉목이었지만 이런 종류의 내가중수법에 대해서는 알고 있었다.

 타인의 몸에 내공을 쏟아 넣어 지독한 내상을 입히는 것이 바로 내가중수법이다. 이런 내가중수법은 보통 내공의 수위가 높은 사람이 낮은 사람에게 사용하는 방법이다. 반대로 상대의 내공 수위가 높다면 자신이 당할 수도 있다.

 그런데 내공 수위에 차이가 있음에도 지금처럼 일방적으로 공격을 고스란히 받을 수밖에 없을 때가 있다.

 상대의 내공이 혈도를 타고오르는 게 아니라 근육과 장기로 직접 파고들 때다. 더욱이 장건의 내공은 냇물처럼 흐르는 형태가 아니라 회오리의 경(勁)을 가지고 있었다. 좀처럼 막아내기가 쉽지 않다.

 급한 대로 운기행공을 통해 내상을 가라앉힌 굉목은 창백한 얼굴에 사나운 눈빛으로 장건을 쏘아 보았다.

 "이건 금강권이 아니다."

 "뭔가 이상하긴 하죠?"

 "금강권은 외공이지 내가 공부가 아니다. 지금 네가 한 것은 외공과 내공이 결합된 수법이다."

 장건은 아파서 뭐라고 말도 못하고 굉목의 말을 듣기만 했다. 사실 굉목이 무슨 말을 하는지 잘 이해가 안 가기도 했다.

굉목이 싸늘하게 물었다.

"조절이 안 된다 했느냐?"

"네. 노력은 하고 있지만……, 잘 안 돼요. 그리고 한 번 하고 나면 너무 아파서 몇 번씩 연습을 할 수가 없어요."

"무공은 자연스러워야 한다. 한데 아프다는 건 네가 뭔가 잘못하고 있다는 뜻이다."

굉목은 이 이상한 금강권이 위험하다는 것을 알았다.

똑같은 20년의 내공을 가지고 있다 해도 장건의 나이 대에서 그 내공을 제대로 활용할 줄 아는 아이는 드물다. 그에 비해 장건은 그 내공을 십분 활용하고 있으니 엄청난 격차가 있는 것이다.

굉목이 단호하게 말했다.

"속가제전에 나가지 말거라."

장건이 왜 그러냐고 묻기도 전에 굉목이 이어서 말했다.

"죽을 수도 있다."

"네?"

장건이 놀라 눈을 휘둥그레 떴다.

"네가 아니라 다른 아이가."

"……!"

입을 벌리고 다물지 못하는 장건을 보며 굉목이 말했다.

"다스리지 못하는 힘만큼 무서운 것은 없다. 누군가를 상하게 하는 힘은, 가지지 않은 것보다 못하다."

장건은 자신의 손을 내려다보았다.

굳은 살 하나 박히지 않아 여자처럼 고운 흰 손인데, 그 손 어디에서 이런 힘이 나오는 것일까.

자신의 금강권이 위험하다는 것을 알았으니 가능한 하지 않으려 노력하겠지만 만약 실수로라도 이 수법을 쓰게 되면 어떻게 될 것인가.

끔찍한 참사가 벌어질 게 분명하다.

굉목이 일어섰다.

"사부님께 다녀와야겠다."

장건은 아픈데다가 충격까지 받아서 주저앉은 채로 일어서지 못했다.

굉목은 그런 장건을 잠시 바라보다가 곧 암자를 떠났다.

장건이 멍한 얼굴로 중얼거렸다.

"요즘 느릅나무에서 기를 너무 많이 먹어서 힘이 세졌나……."

* * *

홍오는 굉목을 보자마자 대뜸 물었다.

"뭐냐?"

해가 다 져서 사방이 어두웠다.

"벌건 대낮에도 찾아오지 않던 녀석이 야밤에 뭘 얻어먹을 게 있다고 온 게야?"

굉목은 멀찌감치 서서 다가가지 않고 말했다.

"건이를 제전에 내보내는 걸 중단시켜야 합니다."

"뭐?"

홍오가 귀를 후비적거렸다.

"그게 무슨 개떡 같은 소리냐?"

굉목이 힘주어 말했다.

"건이는 아직 자신의 힘을 조절할 줄 모릅니다. 자칫하다가는 큰 사고가 날 수 있습니다."

"큰 사고?"

홍오가 인상을 쓰며 물었다.

"너도 건이가 발경을 하는 걸 알았느냐?"

"도대체 왜 자신의 힘을 제대로 다루지도 못하는 아이에게 그런 위험한 수법을 가르치셨습니까!"

"이놈 보게? 무슨 얘기를 할 때마다 눈을 까뒤집고 덤비는 게 습관이 됐네? 내가 언제 위험한 수법을 가르쳤다고 그래!"

"말장난하자는 게 아닙니다. 그 또래의 속가제자 중에는 건이의 일권을 받을 만한 아이가 없습니다. 조금만 잘못해도 목숨을 잃을 겁니다."

홍오가 얼굴을 찡그렸다.

"무인이 된 이상 목숨을 아까워해서는 안 되는 것이다. 어디 목숨이 아까워서야 어찌 무공을 배울 수 있겠느냐."

"아직 강호로 내보낸 아이들도 아니고 소림사 내에서 가르치는 속가 아이들입니다. 대련 중에 변이 생긴다면 그 부모들의 심정은 어떻겠습니까. 또 건이의 심정은요!"

"쯧. 건이가 그렇게 말하더냐? 사람을 죽일까봐 무섭다고? 그걸 네가 왜 나서서 대변하는 것이냐. 그건 건이의 일이지 네 일이 아니잖느냐."

굉목은 대답을 하지 않았다.

홍오가 고개를 저었다.

"네 말에는 몇 가지 어폐가 있다. 우선 건이가 발경을 할 줄 안다고는 해도 그것이 사람을 죽일 수 있는 정도라고는 생각할 수 없다."

"그건 사부님이 틀렸습니다."

"고작 20년 내공을 가진 녀석이 발경으로 사람을 죽일 수 있을 것 같아? 속가의 다른 아이들도 내로라하는 집의 자식들이고 어떤 아이들은 자질도 건이보다 훨씬 뛰어나다. 아무리 발경을 한다 해도 고작 어디 부러지거나 하겠지."

"……."

"왜 말이 없어?"

"사부님과는 얘기가 통하지 않을 줄 알았습니다."

"이놈이?"

홍오의 눈썹이 꿈틀거렸다.

굉목이 말했다.

"방장 사형에게 가겠습니다. 건이는 스스로 힘을 조절할 수 있을 때까지 절대로 제전에 내보내서는 안 됩니다."

굉목이 툴툴거리는 거야 몇십 년간 보아온 터지만, 지금의 굉목은 정색을 하고 있어 어딘가 이상하다.

홍오가 미심쩍은 얼굴로 물었다.

"한데 네 녀석은 왜 그렇게 멀리서 말하는 게야?"

굉목은 갑자기 몸을 돌리더니 산을 뛰어 내려갔다.

"저놈 보게?"

홍오는 불현듯 굉목의 몸놀림이 어딘가 불편해 보인다는 걸 깨달았다.

"설마……, 저 녀석, 건이의 발경을 안 이유가……."

홍오의 생각이 맞는다면 굉목이 가까이 오지 않은 것은 아마도 불편한 호흡을 감추기 위해서일지도 모른다.

홍오는 웃음을 흘렸다.

"클클. 이거 재미있게 되었구만. 그렇단 말이지?"

홍오의 눈이 반짝였다.

* * *

"쿨럭."

굉목이 기침을 하자, 피가 섞여 나왔다. 진기의 흐름이 원활치 않아 경공법을 사용하기가 쉽지 않았다.

"으음."

손바닥에 떨어진 핏방울을 보니, 자신의 몸이 걱정되기는커녕 마음만 더 조급해졌다.

'지금 건이가 자신의 실수로 사람을 해치게 되면 평생 마음의 짐을 지게 된다. 그 아이의 순수함이 사라지게 되고 말아.'

강호에 몸담고 있는 이상, 언젠가는 장건도 원치 않는 일을 겪게 될 것이다. 하지만 자신과 함께 있는 지금만큼은 그렇게 만들고 싶지 않다.

이것이 누군가를 지켜준다는 마음일까?

진기가 엉켜 몸은 고달프지만 그것이 신경 쓰이지 않는 이유는 뭘까.

왜 장건이 스스로 알아서 하도록 내버려두지 못하고 자신이 조급해하는 것일까.

너 때문에 다른 아이가 죽을 수 있다고, 가뜩이나 불안해하는 장건에게 그런 말을 내뱉었기에 책임을 지려는 것일까?

굉목은 여전히 해답을 찾을 수가 없었다.

머릿속에 수많은 물음들이 떠다녀서 혼란스럽다.

*   *   *

장건은 어둠이 내리깔린 마당에 앉아 생각했다.

경락 입문서에 따르면 기를 몸 안에 쌓아두기만 하면 별다른 일은 일어나지 않는다. 그래서 운기행공을 통해 신체를 활성화시켜 주는 것이다.

장건은 의지대로 운기행공을 하지는 못하지만, 뭔가 해야겠다고 생각한다거나 하면 내공이 움직이긴 한다.

요즘 들어 단전의 실타래가 부쩍 커진 느낌이었다. 느릅나무에서 먹는 기의 양이 꽤 되다 보니 그렇게 된 것 같았다.

"아, 큰일이네. 정말 이러다가 툭 쳤는데 사람이 죽으면 어떡해. 그렇다고 기를 안 먹을 수도 없고. 먹으면 자꾸 세지고."

아무리 생각해 봐도 방법은 한 가지밖에 없었다.

"내 힘으로 운기행공을 해내야 해."

그래야만 금강권을 할 때 힘을 조절할 수도 있을 터였다.

기를 못 먹게 되어 배고파서 죽을 지경이 될 걸 생각하니 정신이 확 들었다.

"할 수 있다. 장건아. 넌 할 수 있어. 자랑스러운 장 씨 가문의 독자잖아."

장건은 아무 관계도 없는 얘기를 중얼거리며 가부좌를 틀고 앉았다. 이렇게 앉아서 할 수 있는데 꼭 건신동공을 통해 운기행공을 할 필요도 없는 것이다.

"기를 안 먹을 수는 없어. 그러니까 기를 먹기 위해서라도 반드시 해야 돼!"

장건의 눈이 활활 타올랐다……가 꼬르륵 소리와 함께 사그러들었다.

"아, 배고파."

역시나 기를 못 먹는다는 건 장건으로서는 생각도 할 수 없는 끔찍한 일이다.

장건은 몸을 한 번 부르르 떨고는 다시 자세를 가다듬었다.

*   *   *

"방장 사형. 제 말을 못 믿으십니까!"

굉목은 본산까지 내려가 불당에서 굉운을 찾았다. 막 저녁 염불을 끝내고 침소로 향하던 굉운은 다소 불편한 기색이었다.

"사제. 꼭 이 시간에 찾아와서 그런 얘기를 해야겠는가?"

"건이를 속가제전에 내보내서는 안 됩니다. 이만큼 중요한 일이 어디 있겠습니까?"

"흐음. 하지만 그건 내가 이 자리에서 결정할 얘기는 아닐세. 홍오 사숙과 계율원의 원호 사질에게도 의견을 구해야 하네."

"사부님은 설득하기 어렵습니다. 하지만, 건이를 이대로 내보냈다가는 다른 아이가 다칩니다. 사형은 그래도 좋다는 말씀이십니까?"

"속가제전에는 나도 참관하고 다른 원주들도 함께할 걸세. 불의의 사태가 벌어진다 해도 얼마든지 대처할 수 있지. 그리고, 정말 위급하다면 대환단이라도 한 알 꺼낼 생각이네."

"음. 대환단이라……."

소림의 대환단은 죽은 사람도 살린다는 최고의 영약으로 천고의 보배와 같은 것이다. 혹시나 잘못된다 해도 대환단이 있다면 안심할 만하다.

"사제가 걱정하는 바를 모르는 건 아니나, 건이의 무공 교육은 홍오 사숙께서 맡고 계시지 않은가. 아직 시간이 많이 남았고. 기다려 보게."

"으음."

그래도 이대로 물러나기에는 뭔가 아쉬운 굉목이다.

굉운이 말했다.

"엄밀히 말하자면 이건 사제가 나설 일이 아니잖은가. 꼭 어린아이처럼 떼를 쓰는구먼."

"끄응."

굉목은 신음소리를 내더니 말했다.

"그럼 제전 전까지만 기다려보고, 그때에도 별 진전이 없으면 무슨 수를 써서라도 막을 겁니다."

"알겠네."

원하는 대답을 얻지 못한 굉목은 잔뜩 인상을 쓰며 돌아갔다.

굉운은 돌아가는 굉목을 보며 살짝 고개를 저었다.

"내일은 해가 서쪽에서 뜨려는가. 30년을 넘게 홀로 살던 사제가 장건이란 아이 한 명 때문에 이 시간에 날 찾아오다니."

굉운의 표정은 반가우면서도 어딘가 쓸쓸하다.

"그러게 왜 그간 제자를 들이지 않았나. 그 순간의 번뇌도 고통도, 다 지나고 나면 부질없는 일인 것을."

굉운은 나지막이 한숨을 쉬며 혼잣말을 하고는 침소로 향했다. 밤하늘의 달무리 사이로 별들이 반짝거리고 있었다.

* * *

늦은 밤에 암자로 돌아온 굉목은 뜻밖의 광경을 목도하게 되었다.

장건이 아직도 마당에서 가부좌를 틀고 앉아 있는 것이 아닌가.

'시간만 나면 운기를 해야 한다고 저러고 있었지.'

그런데 지금은 뭔가 다르다.

장건의 주변에서 유동하는 기가 느껴진다.

'설마?'

자신이 온 것도 모를 정도면 무아지경이 될 정도로 몰입했다는 뜻.

굉목의 얼굴이 한순간에 환해졌다.

'운기를 하고 있는 건가?'

속가제자들이 소림에 입문하고 늦어도 한 달 안에는 해내는 일이다. 그것을 이제야 하고 있음에도 굉목은 반갑기만 하다.

장건의 얼굴에서 어렴풋이 광채가 나는 듯했다.

'이놈. 정말로 해냈구나!'

 꿩목은 자기도 모르게 입가에 자그마한 미소를 걸었다. 워낙 딱딱하게 굳은 인상으로만 살아와서 그런지 화가 난 것도 아니고 웃는 것도 아닌 이상한 표정이다.

 그러나 꿩목은 조금도 그런 것에 연연하지 않았다.

 "너라는 녀석은 정말로 나를 귀찮게 만드는구나!"

 아무도 찾지 않는 산중이니 굳이 그럴 필요가 없는데도 꿩목은 장건이 운기행공을 끝낼 때까지 곁에서 호법을 서기로 했다.

 그것이 지금 장건을 위해 할 수 있는 꿩목의 최선이었다.

 장건은 정말로 무아지경에 빠져 있었다.

 배가 고프다는 의식과 고프지 않다는 무의식의 경계에서 단전의 기가 움직인 것을 깨달은 것이다.

 그것은 장건이 움직이는 것도 아니고 스스로 움직이는 것도 아니었다. 움직여야 한다는 사명감이 없는 상태에서 자연스럽게 이루어진 일이었다.

 장건은 서서히 배고픔도 잊고, 세상도 잊어갔다. 오로지 움직이는 기에만 정신을 집중했다. 장건의 단전에서 뻗어 나온 기가 독맥을 활발히 타고 올랐다.

 건신동공을 할 때보다 몇 배나 자극적이고 경쾌한 느낌이 온몸에 퍼져 나갔다. 움직이는 기의 양도 건신동공을 할 때보다 훨씬 더 많았다.

'대단하다!'

따스함을 넘어서서 후끈할 정도로 기가 활발히 운행되고 있었다. 마치 덩어리처럼 느껴지는 것이 몸을 따라 오른다.

장건은 기의 덩어리를 대추혈까지 올렸다. 목 뒤쪽이 후끈후끈하다.

건신동공을 할 때에는 여기에서 자연스럽게 백회혈까지 올라가 임맥을 따라 내려갔었다. 하지만 기의 덩어리는 대추혈에서 잠시 멈추어 갈피를 못 찾고 있었다.

'여기서 막히네.'

길은 아는데 힘에 겨워 앞으로 나아가지 못하는 느낌.

'이럴 때에는 지식(止息)을 하라 했지.'

장건은 책에서 본 대로 호흡을 끊었다.

지식이란 들숨과 날숨 사이에 호흡을 잠시 멈추는 것이다. 이는 일종의 기운을 모으는 효과가 되어 운기의 힘을 강하게 해 준다.

그렇게 몇 번 실랑이를 한 끝에, 뻥! 하고 뚫린 개운한 느낌이 들더니 기가 백회혈까지 단숨에 올랐다. 백회혈에서 온양을 한 기가 서늘한 기운으로 바뀌어 몸 앞쪽의 임맥을 타고 내려 왔다.

다른 사람 같으면 기를 움직일 수 있게 되었어도 혈도에 돌리는 데에 또 얼마간의 시간이 필요하다. 수풀이 무성한 산길을 처음으로 지나가는 것과 비슷하다.

하지만 장건은 어렸을 때 꿩목의 추궁과혈을 받았고 그 이후로도 무의식적으로 건신동공을 통해 주천을 하고 있었으니, 이미 혈도가 훤히 트여 있었다.

독맥에서 임맥으로 넘어온 기가 가슴의 단중에서 단전까지 내려가는데 말도 못하게 시원했다.

'하아!'

온몸이 날아갈 듯 상쾌하고, 더운 날 차가운 물을 뒤집어쓴 것처럼 정신이 번쩍 들었다.

이미 건신동공을 통해 몸으로 익혔던 방법을 이제야 의식적으로 할 수 있게 된 것이다.

'이런 느낌이었구나……'

순수한 기의 유통이 전해 주는 강렬한 느낌.

장건은 새로운 세상을 맛본 기분이었다.

'몇 번 더 해보고, 전신주천을 해봐야지.'

장건은 밤이 새도록 기와 싸움을 하며 놀았다.

가슴이 벅차도록 느껴지는 성취감에 시간이 가는 줄도 몰랐다.

*   *   *

장건이 눈을 떴을 때에는 이미 해가 환하게 떠 있었다. 새벽도 아니고 오전 중인 것 같다.

"어라?"

장건은 황당한 얼굴로 주변을 두리번거렸다. 마당 한구석에 서 있는 굉목이 보였다.

"노사님? 설마 밤새 거기 서 계셨던 거예요?"

굉목이 헛기침을 하며 대답했다.

"그럴 리가 있겠느냐. 아침 행공을 하고 돌아오는 길이다."

"아아, 죄송해요. 깜박 잠이 들었나봐요."

잠이 들었을 리가 없었다는 건 굉목이 더 잘 알았다. 밤새도록 장건을 지켜보았으니까.

"쯧쯧. 감기라도 걸려야 정신을 차릴 테지."

"헤헤. 금방 아침 공양 준비할게요."

"사부님께 올라갈 시간이 늦었으니 빨리하거라."

장건이 머리를 긁적거리며 부엌으로 갔다. 그런 장건의 등 뒤로 막 기억이 났다는 듯 굉목이 말을 툭 던졌다.

"참. 앞으로는 운기행공을 할 때 사람들이 없는 조용한 곳에서 하도록 해라."

"예?"

"운기행공 중에 누가 건드리기라도 하면 네 몸이 크게 상하게 되니 조심하란 말이다. 꼭 설명을 해줘야 아느냐?"

"아! 네, 앞으로는 그럴게요."

굉목은 왠지 모르게 썰렁한 분위기를 풍기며 방 안으로 들어가 버렸다.
 장건이 고개를 갸웃거렸다.
 "이상하다. 내가 운기를 한 걸 어떻게 아셨지? 하여튼 노사님은 신통하시다니까."
 장건은 운기를 해냈다는 사실에 기분이 좋아져서 웃으며 부엌으로 들어갔다.

제5장

아, 왜 자꾸 접어!

한 떼의 소년들이 소림사의 내원 연무청 앞에서 모였다.
"왕무, 너 얘기 들었어?"
"뭘?"
"이번에 제전에서 일등을 하면 번외 비무를 치른다던데?"
"뭐? 번외 비무?"
"응."
소왕무라 불린 소년이 얼굴을 찡그렸다.
 보통 아이들보다 머리 하나가 더 있을 정도로 우람한 체격을 가지고 있었다. 얼굴도 어지간한 어른보다 험상궂어 열다섯의 나이라고는 믿어지지 않을 정도다.

"도대체 누구랑 번외 비무를 치른다는 거야?"
"홍오 태사백조께서 가르치시는 아이래."
아이들의 표정이 각양각색으로 변했다.
"엄청난 고수에게 무공을 배우다니, 좋겠다."
소왕무는 팔짱을 끼고 험악한 인상을 더욱 구겼다.
"흥. 어쩐지 마음에 안 드는 놈이군?"
"게다가 속가가 된 지 반년도 안 됐다더라고."
"뭐?"
"와. 말도 안 돼. 아무리 타고났어도 그렇지, 반년도 안 된 애를 제전 우승자랑 비무를 시킨다는 게 말이 돼?"
아이들이 말했다.
"그래도 이건 정말 너무한 거 같아. 듣도 보도 못한 녀석이 왜 갑자기 끼어든 거야?"
"낸들 아냐?"
아이들이 투덜대다가 문득 한 아이가 생각난 듯 말했다.
"아, 그러고 보니까 이번에 무진 사형이 강호에서 돌아왔다더라."
아이들의 화제가 속가제전에서 다른 얘기로 바뀌었다.
"정말?"
"응. 이번 강호행에서 악인들을 잔뜩 때려잡아서 강호에 명성이 자자하대."
"와아."

"제전에서 이겨서 무진 사형하고 대련해 보고 싶다. 정말 엄청난 영광일 거야."

"넌 안 돼. 우리 중에서는 그나마 소왕무가 제일 낫잖아. 하지만 소왕무도 무진 사형을 이기긴 힘들걸."

"흥."

소왕무는 팔짱을 끼고 여전히 콧방귀를 뀌고 있었다.

아이들이 다시 수다를 떨었다.

"본산제자들이 배우는 무공이 우리와 다른데 우리가 어떻게 이기냐?"

"그러니까 이번 속가제전에서 반드시 우승을 해야지."

옆의 아이가 끼어들었다.

"이건 너무 불공평해. 그 자식은 이미 홍오 태사백조께 배우고 있는데, 우린 제전에서 우승을 해야 상승 무공을 배울 수 있는 거잖아."

"맞아, 맞아."

아이들이 주먹을 어르며 떠들었다.

"그 자식 결승에서 만나면 아주 묵사발을 내버리자. 아무렴 반년도 못 배운 녀석에게 질까?"

"그래. 그러자."

아이들이 저마다 맞장구를 쳤다. 순식간에 장건은 아이들의 적이 되어 버렸다.

"그런데 도대체 뭐하는 녀석이기에 홍오 태사백조님께 배우는 거지?"
"듣자하니 진상의 집안이라던데?"
"진상?"
갑자기 소왕무가 인상을 쓴 채 말했다.
"그놈. 내가 죽여 버릴 테니까, 너희들은 신경 꺼."
한 아이가 신경질적으로 소왕무에게 말했다.
"왕무, 너 우린 안중에도 없는 거야? 제전에서 누가 우승할지는 아무도 모르는 거야."
"큭큭. 그 말, 장담할 수 있냐?"
소왕무가 웃으면서 인상을 쓰고 그 아이를 쳐다보자, 아이가 어깨를 움츠렸다.
소왕무는 가뜩이나 험악한 얼굴을 찡그려 무시무시하게 만들었다.
"잘 들어. 제전에서 우승하는 것도 나고, 번외 비무에서 이기는 것도 나야. 너희들은 그냥 참가하는 데에나 의의를 두라고."
아이들은 얼굴을 찌푸렸지만 아무 말도 하지 못했다.
"큭큭."
소왕무는 웃으면서 연무청으로 들어갔다.
다른 아이들이 쳇 하고 소왕무를 보며 수군거렸다.
"부모 좀 잘 만났다고 잘난 체 하긴. 그런데 쟤 갑자기 왜 저러는 거야?"
"쟤네 아빠가 안휘성 휴녕 상회의 회주잖아. 휘상 중에서도 진짜 잘나가는 집이래. 원래 진상하고는 경쟁 관계잖아."

"그렇구나. 더러워서. 쳇."

소림의 속가제자가 된 아이들은 대부분 괜찮은 집안의 자제였다. 그러나 진상과 더불어 중원 제일을 다투는 대상인의 자식인 소왕무만큼은 아니었다.

소왕무는 5년 전에 소림의 속가제자가 되어 소림의 무술을 배우기 시작했다.

소왕무가 태어나자마자 소림의 속가제자 모집에 미리 지원을 할 정도로 소왕무의 부모는 열성적이었다. 다른 이유보다도 인맥을 쌓는 데에 그만한 자리가 없다는 상인으로서의 판단 때문이었다.

그런데 천운처럼 소왕무는 천성적으로 무공에 대한 자질이 뛰어났다. 부모는 기뻐하며 소왕무에게 온갖 영약을 먹이고 무공 사부를 초빙해 가르침을 받게도 했다.

그래서 소왕무는 소림에 입문한 후에도 성취가 빨랐다. 자질도 뛰어나 다른 아이들보다 몇 걸음이나 앞서 나가고 있었다.

그래서 수뇌부에서도 속가제자 중 소왕무를 주목하고 있는 상황이었다. 이번 속가제전은 소왕무에게 하나의 도전이면서 기회였다. 반드시 우승을 해 더 강한 무공을 배우고 집으로 돌아가겠다는 열망이 가득했다.

* * *

일주일 뒤.

둥! 둥! 둥!
웅장한 북소리가 울렸다.
드넓은 연무청에는 원래 수많은 속가제자로 꽉 들어차 있어야 했으나 비공개로 비무가 이루어지는 바람에 텅 비어 있어 쓸쓸하기까지 했다.
방장 굉운이 반장을 한 자세로 말했다.
"지금부터 속가제전의 마지막 번외 비무를 치르도록 하겠다."
둥! 둥!
북소리와 함께 연무청의 상석에 서 있던 팔대호원의 원주들과 굉운이 자리에 앉았다.
이윽고 특별히 마련된 비무대에 두 명의 소년이 올랐다.
바로 소왕무와 장건이었다.
무공 교두인 원우가 나와 그 둘에게 규칙을 설명하는 동안 원주들과 굉운이 서로 이야기를 나누었다.
"듣자하니 소왕무란 아이가 자질이 뛰어나다 들었습니다."
"어렸을 때부터 무공을 배웠다 하더군요. 벌써 제전 전부터 우승할 거라는 얘기가 사범들 사이에 돌았다 합니다."

"아, 장건이란 아이는 어떻습니까? 홍오 사백께서 직접 가르치신다고 하니 기대가 되긴 합니다만."

"글쎄요. 제대로 무공을 배운 지 몇 달 안 됐다는데 아무래도 소왕무에게는 무리가 아닐지요."

아무래도 장건에 대한 정보가 없으니 궁금할 것이다. 제자를 받지 못하는 홍오에게 방장의 선처로 하루 두 시진씩이나마 가르치는 아이가 생겼으니 말이다.

정작 홍오는 아무 말도 하지 않고 가만히 있으니, 굉운이 대신 대답할 수밖에 없었다.

"일단 보세. 지금은 나도 뭐라고 대답할 수가 없다네."

모든 이의 호기심이 비무대로 향했다. 그 중에서도 굉운의 표정은 매우 신중하다.

다른 이들과 상관없이 적어도 굉운에게는 이번 번외 비무만큼은 분명한 목적이 있었다.

연무청의 한쪽 구석.

굉목도 장건을 지켜보고 있었다.

둥!

북소리와 함께 대련이 시작되었다.

장건은 심호흡을 했다.

일주일 동안 홍오에게 보법과 권법을 함께 운용하는 법을 배웠다. 하지만 아직 내공을 적절히 유통해 발경의 수위를 조절하는 건 조금 미숙하다.

하나, 혹은 두 개의 경락을 움직이는 보법에 비해 전신의 경락을 쓰는 발경은 조절이 어려웠다. 더구나 운기를 하는 데에 시간이 오래 걸려 빠르게 움직여야 하는 비무에서는 딱히 사용할 여유가 없었다.

그래서 이번 대련에서는 발경을 되도록 쓰지 않도록 주의하기로 했다. 물론 그것은 굉목의 바람이었고, 홍오는 별 상관없다는 태도로 일관하고 있었다.

'노사님을 실망시키지 않을게요.'

장건은 눈앞의 소년을 찬찬히 살폈다.

'그런데 얘, 내 또래라고 했는데 되게 나이 들어 보인다.'

소림에 와서 또래의 소년을 만나기는 처음이었다. 한데 소왕무의 체격이 원체 큰데다 인상이 험악하니 전혀 또래로 보이지 않았다.

소왕무가 포권을 하고 고개를 살짝 숙였다.

"난 소왕무다. 잘 해보자."

"어? 난 장건이야. 그래, 잘 해보자."

장건은 포권의 예를 몰라 그냥 뒷머리를 긁적이며 인사에 답을 했다.

소왕무의 얼굴 근육이 씰룩거렸다.

'이 자식, 비무 전의 예의도 안 배웠나.'

이 모습을 본 홍오가 수염을 훑으며 혀를 찼다.

"끌끌. 깜박 잊고 비무의 순서를 안 가르쳤구먼. 굉목 이놈은 그런 것도 말 안 해주고 뭐했어? 에잉, 나쁜 놈."

소왕무가 신중하게 궁보를 서고 공력을 끌어올리며 주먹을 앞으로 들어올렸다. 안광이 번쩍거리는 게 아이치고는 자못 진중하다.

하지만 장건은 그냥 가만히 서 있었다.

소왕무가 얼굴을 일그러뜨렸다.

"……너 뭐하냐? 안 할 거야?"

"응? 나 지금 하는 중인데?"

가만히 서 있는 것처럼 보여도 장건에게는 그게 준비 자세다. 그걸 모르는 소왕무는 장건이 자신을 업신여긴다고 생각했다.

"홍오 태사백조님께 배웠다고 날 무시하는 거냐?"

"아니. 내가 널 왜 무시해?"

소왕무가 인상을 쓰자 장건이 또 뒷머리를 긁으며 말했다.

"와! 너 인상 쓰니까 되게 무섭게 생겼다."

"뭐?"

소왕무는 잠깐 어이가 없었다. 대련 중에 무섭다고 말을 하는 녀석이 어디 있단 말인가. 그리고 저게 무섭다고 말하는 표정인가?

정신이 흐트러지니 애써 끌어올린 공력이 흩어지려 한다.

소왕무는 이를 악물고 다시 전의를 가다듬었다.

"너 지금 날 우습게보는 모양인데, 얼마나 실력이 좋은지 몰라도 그러다가 큰 코 다친다. 빨리 준비해."

"난 준비됐어. 그리고 너 우습게보는 거 아냐. 오랜만에 나랑 비슷한 또래를 만나니까 반가워서 그래."

"자꾸 말 걸지 마! 비무 중에 누가 말을 걸어!"

"지금 너도 말하고 있잖아."

장건의 순수한 표정이 소왕무에게는 굴욕적으로 받아들여졌다.

'이 새끼. 무공을 배운 지 넉 달밖에 안 됐다는 놈이 뭘 믿고 까불어?'

소왕무의 눈빛이 살기등등해졌다.

"넌 죽었어."

"에?"

쿵!

소왕무가 진각을 밟으며 정권을 내질렀다.

"이얍!"

나이답지 않게 빠르고 강맹하다. 소왕무의 정권이 장건의 인중을 정확히 노리고 날아들었다.

그때까지도 장건은 움직이지 않고 있었다. 소왕무의 정권이 장건의 얼굴 한복판에 제대로 들어갔다.

소왕무는 순간 마음이 풀어졌다.

'뭐야. 시시하게.'

그런데 맞는 느낌이 없다.

"어?"

소왕무는 주먹을 뻗은 채 가만히 서 있었다. 장건의 귀 바로 옆쪽을 헛친 것이다.

횡— 하고 장건의 머리카락이 날렸다. 장건은 눈도 하나 깜박이지 않았다.

홍오의 돌멩이에 비하면 단순한 주먹은 너무 눈에 뻔히 보였다. 긴장해서 조금 두근거렸던 마음이 방금의 한 수로 풀어졌다.

'얼레?'

소왕무는 급히 주먹을 회수했다. 장건이 반격하지 않는 게 이상하게 여겨졌지만, 그게 다 자신을 얕봐서 그렇다고 생각했다.

'이게!'

소왕무는 재차 진각을 밟고 도약하며 장건의 턱을 걷어찼다. 하지만 이번에도 장건의 털끝도 건드리지 못했다. 코끝을 닿을 듯 말 듯 스쳐 지나갔을 뿐이다.

소왕무도 유망주로 기대 받고 있는 만큼 보통 실력은 아니다. 공격이 실패하자 몸을 회전시키며 오른발로 장건의 가슴을 밀어 찼다. 칠성권의 번등퇴(翻騰腿)가 멋진 동작으로 이어졌다.

첫 발차기인 번등퇴를 뒤로 몸을 젖혀 피하게 되면 몸의 중심이 뒤로 밀려나 있고, 가슴이 앞으로 나온 형태가 되므로 두 번째 후소퇴는 반드시 막거나 맞을 수밖에 없는 연환공격이었다. 제대로 피하자면 처음부터 보법을 밟아 옆으로 돌아가야 한다.

하나 장건은 그냥 허리를 뒤로 살짝 눕혀 피했을 뿐이다. 워낙 소왕무의 번등퇴가 깔끔했으니 아예 주저앉지 않는 이상에야 피해내기는 어려울 듯했다.

그런데 장건은 허리가 뒤로 젖혀진 상태에서 뒤로 미끌어지듯 스륵, 하고 이동했다.

많이도 아니고 겨우 두어 뼘 정도였지만 사정권을 벗어나기엔 충분했다. 더욱이 그 동작이 너무 빨라서 거의 움직이지 않는 것처럼 보였다.

팡!

장건의 가슴 앞쪽에서 공기가 터지는 소리가 났다. 소왕무의 공력이 의외로 높다는 증거다.

하지만 소왕무는 이번에도 헛발길질을 한 꼴이 되고 말았다. 소왕무의 얼굴에 낭패한 기색이 떠올랐다. 급히 몸을 추스르며 보니 장건은 조금도 움직인 기색이 없이 처음 그대로 서 있었다.

'왜 자꾸 안 맞지?'

소왕무가 보기에는 장건이 움직이지도 않는데 자기가 자꾸만 헛치고 있는 것으로 생각된다.

방장 굉운과 참관하는 원주들도 '호오' 하고 감탄성을 냈다.

"아미타불. 장건이란 아이의 신법(身法)이 아주 좋군요."

"저 정도면 본산제자와 상대해도 밀리지 않겠습니다. 언제 저렇게 가르치신 겁니까? 가르치신 기간도 짧다 들었는데요."

홍오는 '끌끌' 하고 웃었다.

"저건 신법이 아니라 보법이야."

"허허, 저희를 놀리시는 겁니까?"

팔대호원의 원주라면 적어도 소림 최고의 무력집단인 십팔나한에 필적하는, 혹은 그에 버금가는 무공 실력을 가지고 있다.

"쟤한테는 그게 보법이래도?"

워낙 홍오가 괴짜이고 입담이 좋은 터라 원주들은 더 이상 말을 섞지 않고 입을 다물었다.

엄밀히 보법은 신법의 일부분이다. 신법은 몸을 놀리는 방법이고 보법은 그 중에서도 발놀림을 일컫는다. 보법을 신법이라 하면 틀리지 않지만, 신법을 보법이라 하면 틀리기도 한다.

그러니 원주들은 굳이 그것을 따지고 드는 홍오의 속셈을 이해할 수가 없었다.

그 사이 굉운의 표정은 좀 더 가라앉아 있었다. 원호와 원우 또한 신중한 기색이었다.

이후로도 소왕무가 연신 공격을 퍼부어댔지만 장건은 거의 움직이지도 않고 소왕무의 공격을 피해냈다.

소왕무는 정확히 인지할 수 없었지만, 방장 굉운이나 원주들이 보면 장건은 거의 한 보 이내에서만 움직이고 있는 것이 확실했다.

소왕무도 자존심이 상했다. 홍오에게 무공을 배우고 있으니 보통은 아닐 거라 생각했지만, 고작 서너 달 배운 아이의 옷 끝조차 건드릴 수 없다니.

도대체 무슨 술수일까?

무엇보다 방장까지 지켜보고 있는데 혼자서 몸부림만 치고 때리지는 못하는 격이라 얼굴이 화끈거렸다.

"비겁한 놈."

소왕무의 한마디에 장건이 눈을 동그랗게 떴다.

"어? 내가 왜 비겁해?"

"이상한 수작을 부려서 내가 널 못 때리게 하잖아!"

"난 열심히 피하고 있는 거야. 그렇다고 맞으면 아픈데 안 피할 수도 없는걸."

"이 자식이 정말……."

소왕무는 약 올리는 것보다 저런 천진한 말투가 더 기분 나빴다.

"더러운 놈. 가만 안 둘 줄 알아."

소왕무는 최근에 배운 보법을 활용하기로 했다. 속가제전의 결승전에 올라올 때까지 거의 사용하지 않았던 그만의 숨겨둔

비책이었다.

"나 안 더러운데……."

장건이 말을 하는 사이 소왕무는 계형보(鷄形步)를 밟았다. 공이 탁탁 튀듯 예측하기 어렵게 좌우로 빠르게 움직이며 장건을 현혹시켰다.

소왕무의 모습이 왼쪽에 있는가 하면 어느새 오른쪽으로 돌고 있고, 오른쪽으로 계속 도는가 하면 다시 왼쪽으로 향해 있었다.

단순히 좌우로 도는 것뿐만이 아니라 수시로 앞으로 나아갔다가 뒤로 물러나서, 언제 공격이 올지 어떤 방향에서 올지 판단하기가 쉽지 않다.

장건도 소왕무의 보법에 대응하기가 애매한 상황에 처했다. 상대가 보법을 밟으면 자신 역시 같은 보법을 밟아 대응해야 하는데, 장건은 아직 대응이 익숙지 않았다.

정면에서 보이는 공격이야 눈에 뻔하니 최소한으로 움직여 피할 수 있다지만 이쪽저쪽으로 왔다 갔다 하니 가만히 있어서는 상대할 수 없다.

괜히 눈만 어지럽다.

'방법이 없을까?'

잠시 생각하는 사이 소왕무가 장건의 뒤로 돌았다. 완전히 허점이 노출된 것이다.

'뒤통수를 갈겨주마!'

소왕무는 계형보에서 궁보사형(弓步斜形)으로 전환했다. 같은 기수의 다른 아이들은 생각도 못한 운용법이다. 그 상태에서 화살처럼 빠르게 튀어나가 장건의 뒤통수를 노렸다.

원주들도 감탄한 수법.

그런데 그 순간.

거짓말처럼 장건의 몸이 돌았다. 아니, 도는 것을 보지도 못했는데 어느샌가 소왕무는 장건의 정면을 마주하고 있었다.

"엇!"

소왕무는 깜짝 놀라 신형을 뒤틀었다. 상대가 알아차리고 있었다면 반격을 당할 우려가 있으니 공격은 무의미하다. 소왕무는 공격을 포기하고 다시 계형보를 밟으며 기회를 노리려 했다.

그런데 이게 웬일인가.

계속해서 장건의 주위를 돌아도 그의 정면만 보일 뿐이다!

'뭐야!'

천 개의 눈으로 온 세상을 빠짐없이 보고 있다는 관음보살을 마주한 느낌이었다. 아무리 돌고 돌아도 장건의 등 뒤를 노릴 수가 없었다.

소왕무는 수렁에 빠진 듯 암담한 기분이 들었다.

원주들이 이구동성으로 외쳤다.

"공동파의 제마보!"

원주들이 놀라 홍오를 쳐다보았다.

"소림의 제자에게 다른 문파의 신법을 가르치시다니요!"

홍오는 귀찮다는 듯 귀를 후비적거렸다. 원주들이 홍오에게 해명을 요구했다.

"사백께서야 따로 배운 것도 아니고, 직접 보고 익히셨으니 그렇다 치더라도 아이에게 타 문파의 절기를 가르치신 건 옳지 않은 일입니다."

"왜들 이래? 저게 어딜 봐서 제마보로 보여? 눈 씻고 잘 봐."

가만히 보고 있던 굉운이 한마디 했다.

"그럼 금강부동신법입니까?"

굉운의 말에 원주들의 놀람은 더 커졌다.

"아미타불. 넉 달도 안 되어 금강부동신법을 배운다는 것이 가능한 일입니까? 그것도 저런 어린 나이에?"

그간 많은 소림의 승려들이 강호행을 하며 악인들을 제압할 때 사용한 것이 바로 금강부동신법이다. 강호에서도 소림의 금강부동신법이라 하면 절세 신법이라 하여 다섯 손가락 안에 꼽는다.

그러나 강호에서 유명하다 하여 쉽게 배울 수 있는 무공이 아니다. 금강부동(金剛不動)이라는 것은 어떠한 상황에서도 흔들리지 않는다는 불가의 평정심과 그 가르침에 기반한 무리(武理)로 그에 걸맞은 깨달음을 얻어야 한다.

하니, 열다섯이란 나이에 장건이 금강부동신법을 펼친다는 건 분명 말도 안 되는 일이다.

아무리 불세출의 천재라고 해도 서른은 넘겨야 가능한 것이 금강부동신법이기 때문이다. 하물며 장건은 불세출의 천재도 아닐 터다.

하지만 홍오는 혀를 찼다.

"아까부터 몇 번을 말해야 하나? 저건 신법이 아니래도?"

"금강부동신법이 아니면 대체 뭐란 말입니까?"

"금강부동보야."

"예?"

금강부동보라는 무공은 없다. 가만히 움직이지 않는 것을 보법이라고 할 수는 없는 노릇이니 말이다.

"좀 더 자세히 보면 그냥 나한보라는 것도 알 수 있지."

"허어. 그럼 금강부동……보라는 것입니까, 아니면 나한보라는 것입니까?"

"나한보나 금강부동보나 최소한의 부동을 하는 건 마찬가지니까. 자세히 묻지 마. 골치 아파. 나도 처음엔 제마보인 줄 알았다."

"그럼 신법은 배우지 않았다는 겁니까?"

"신법은 날 만나기 전부터 하고 있었어. 거기에 저 나한금강부동보가 더해진 거야."

원주들은 기가 막혀서 말을 하지 못했다. 홍오의 말은 어딘가 무학의 정도를 벗어난 얘기가 아닌가.

굉운이 다시 물었다.

"곤륜파의 천종미리보를 가르치신 적이 있습니까?"

"천종미리보!"

원주들이 눈을 치켜떴다.

그러고 보니 발을 거의 움직이지 않고 미끄러지듯 작은 원을 그리며 움직이는 것이 천종미리보와도 흡사하다.

"도대체 이 무슨……."

원주들의 눈빛을 피해 홍오가 딴청을 부렸다.

"가르친 적은 없고 한 번 보여주긴 했지. 그게 다일세."

"한 번 보여준 것으로 저런 움직임을……."

"아, 이 정도는 당연히 해야 권위가 선다며!"

홍오는 말을 딱 끝내려는 듯 잘라 버리고 팔짱을 끼웠다.

하나 원주들이 놀라는 사이에도 굉운만은 장건을 유심히 보고 있었다.

아주 미세하지만 장건의 발이 움직이고 있긴 했다. 그 자리에 서서 빙글빙글 도는 듯하지만 거기에는 미세한 발놀림이 한 몫을 하고 있었다.

발끝의 방향이 수시로 바뀌는 것이 확실히 보법의 법칙을 따르고 있다. 다만 다른 사람들이 한 걸음 움직이는 것을 앞꿈치로 한 치도 안 되게 움직이고 있기 때문에 그렇게 보였던 것이다.

"아미타불."

나름대로 무학에 조예가 있는 원주들이라지만, 아무리 생각을 해보아도 홍오의 말을 납득하기는 어려운 노릇이었다.

홍오가 다시 혀를 찼다.

"너무 고지식해서 그래. 경직된 생각을 하고 있으니 눈앞에 길이 있어도 못 보는 게지."

굉운의 표정은 점점 더 어두워져만 갔다.

심판관인 원우와 원호도 마찬가지다. 어차피 소왕무란 아이가 장건을 이기기는 요원해 보인다.

'역시……, 타 문파의 무공을 배우고 있었군.'

'하지만 그 짧은 시간에 어떻게 이 정도냐…….'

장건이란 아이가 배웠든 스스로 깨쳤든 타 문파의 무공을 익힌 것은 확실하다.

원우와 원호가 눈빛을 나누었다.

지금 싹을 뽑지 않으면 소림은 위기를 벗어날 수 없다. 다른 사람은 몰라도 우내십존의 눈을 속일 수는 없을 터다.

주먹에 힘이 들어간다.

한낱 속가제자 주제에 소림을 위기에 빠뜨릴 아이.

원우는 더 이상 망설이지 않기로 했다.

소왕무는 답답해 미칠 지경이었다.

계속 움직이느라 얼마 되지도 않는 내공은 점점 바닥을 드러내는데 도저히 틈을 찾을 수가 없다.

'왜 계속 정면이 보이는 거야? 이렇게 돌고 있는데도?'

스스로 지칠 지경이었다.

'이 자식……, 신법이 장난이 아닌데.'

이렇게 되면 방법이 없다. 그냥 붙어서 마구잡이로 싸움을 거는 수밖에.

몇 번이야 피하고 몇 대야 맞겠지만, 체격차도 있고 내공에 대한 자신감도 높은 터다. 근접에서 박투술을 펼치면 저 왜소한 체구의 장건을 어떻게든 제압할 수 있을 것이다.

'한 대만, 한 대만 때리면 된다.'

소왕무는 다시 궁보사형의 자세에서 장건을 향해 쇄도했다.

'어디, 네 녀석은 어떻게 반격해 오나 보자! 먼저 공격을 해 오지 않는 이유가 있을 거야.'

무식한 방법이지만 체격적인 면에서도 내공에서도 우위에 있다고 생각하니 가능한 방법이다. 무공을 배우기 시작한 지 얼마 안 된 아이가 자신의 30년 내공을 따라올 수 있을 리가 없다고 생각했다.

소왕무가 달려드는 것을 본 장건은 피하기만 할 때가 아니라는 것을 알았다. 계형보를 밟을 때에는 별로 보이지 않았던 불편함이 보이기 시작했다.

내공을 공력으로 전환하면서 달려드는 모습에 몇 군데 허점이 보인다.

예전의 장건이라면 몰랐을 테지만, 본격적으로 운기행공을 할 수 있게 되고 혈도에 대한 인식이 높아지면서 자신의 불편함이 무엇인지를 알게 되었다.
 상대의 동작에 군더더기가 있으면 그것이 불편하게 느껴지는 것이다. 지금처럼 공력을 끌어올릴 때 내공이 지나치게 사용되었다거나 해도 그렇게 느껴진다.
 그래서 소왕무에게서 불편함이 느껴지는 순간 공격이 있을 거라는 걸 안 것이다.
 "탓!"
 일기가성으로 기운을 모은 소왕무가 연신 주먹을 날려댔다.
 장건은 소왕무의 주먹을 슬쩍슬쩍 피했다. 장건의 몸이 흐릿해져서 안개처럼 소왕무의 주먹이 연신 빗나갔다. 소왕무의 등에 소름이 돋았다.
 '이 괴물 같은 놈!'
 그러나 소왕무는 포기하지 않았다. 아예 몸으로 장건을 밀어붙이려 들었다.
 장건도 이번엔 찔끔했다.
 피해야 한다는 생각이 든 순간에 오른쪽의 양교맥으로 내공이 흐르면서 발뒤꿈치의 부양혈에서 멈췄다. 거기서 장건이 호흡을 멈춘 것은 무의식적으로 행한 행동이었다.
 운기 도중 호흡을 멈추자 둑을 일부러 막은 것처럼 부양혈이 막혀 내공이 불어났다. 그러다가 호흡을 튼 순간, 폭발적으로 뒤꿈치 끝의 복삼혈과 신맥혈에 내공이 흘러 들어갔다.
 지식법으로 공력이 순간 증가하면서, 장건의 몸이 쾌속하게 오른 발뒤꿈치를 기준으로 팽이처럼 반바퀴를 핑글 돌았다.

장건을 몸으로 덮치려던 소왕무는 아주 근소한 차이로 장건의 몸을 지나치고 말았다. 이번에도 장건은 최소한의 움직임으로 거의 움직이지 않고 소왕무의 공세를 피해낸 것이다.

소왕무는 창피해서 얼굴이 붉어졌다.

"이 자식아! 비겁하게 피하지만 말고 덤비란 말야!"

소왕무가 화를 내자 장건이 뒷머리를 긁적거렸다. 화를 내는 이유는 알겠는데 딱히 공격을 할 방법을 찾지 못하고 있었다. 보법과 권법을 동시에 사용하는 방법을 배우기는 했으나 실수로 발경이 되어 소왕무가 다칠까 걱정이 되었다.

홍오야 신경 쓰지 말고 하라지만, 장건의 여린 마음은 그것을 허락하지 않았다.

"미안. 사실은……"

장건이 말을 하는 사이 슬금 다가온 소왕무가 번개처럼 몸을 날렸다. 일종의 기습이었다.

"이야아앗!"

장건은 순간 호흡이 끊겨 버렸다. 기의 흐름이 멈췄다.

'아!'

장건의 운기법은 아직 미숙하다. 소주천을 한 번 하는 데에 일다경이 조금 넘게 걸린다. 그것은 기를 움직이는 데에 걸리는 시간이 적지 않다는 뜻이다.

무의식적으로 운기를 할 때에는 쏜살같은 기의 흐름이 발생

하지만 의식적으로 하면 몇십 배의 시간이 걸리는 것이다.

그래서 보통 무인들은 비무 전에 기수식을 하며 미리 기를 움직여 공력을 발생시켜 놓는다.

초식과 내공을 함께 운용할 때는 수천, 수만 번의 연습을 통해 몸이 그것을 기억하도록 한다.

초식의 사용은 의식적이나 운기는 무의식적으로 할 수 있도록 연습하는 것이다. 그것에서 완전히 자유로워지면 흔히 말하는 심검의 경지가 된다.

어쨌든 장건은 사람을 함부로 때리는 게 아직 꺼려진다. 그래서 타격에 있어서는 심생종기도 제대로 할 수 없었다.

하지만 어떻게든 해야겠다고 생각하는 도중인데 소왕무가 달려들었으니, 반사적으로 가장 익숙한 수법이 손에서 튀어나오고 말았다.

장건의 손이 앞으로 뻗어져 소왕무의 양팔을 마주했다. 그 순간 깔끔한 동작으로 장건의 팔이 움직였다. 양손으로 장건의 어깨를 잡으려던 소왕무는 깜짝 놀랐지만 이미 손을 빼기에는 늦고 말았다.

타탁!

장건이 한 손으로 소왕무의 팔 안쪽을 밀어 구부리고 다른 손으로는 팔뚝을 밀었다. 움직이지 못하도록 소왕무의 어깨를 짚으면서 다른 팔도 마찬가지로 팔오금을 밀어 접히게 만들었다.

타탁 타타타타탁!

워낙 순식간의 일이라 소왕무는 정신이 없었다.
'당했다!'
이런 생각만이 들었을 뿐이었다.
소왕무는 마치 반쯤 팔짱을 끼다 만 것처럼 고스란히 가슴에 양팔을 올려놓은 모습이 되었다.
그런데 뭔가 크게 당한 것 같지는 않은 느낌이다.
이상하다고 생각할 틈도 없이 소왕무는 양팔이 봉쇄되자 급히 발에 힘을 주어 몸을 돌렸다. 몸 앞쪽의 급소를 보호하기 위함이었다.
한데 딱히 혈도가 짚였다거나 한 것도 아니었으므로 소왕무는 곧 양팔을 풀 수 있었다.
의아한 생각이 들긴 했지만, 소왕무는 몸을 돌리던 그대로 권배(拳背)로 장건을 후려쳤다. 임기응변치고는 제법 쓸 만한 공격이었다.
지켜보던 이들에게서 탄성이 터져 나왔다.
"멋진 조양권(朝陽拳)이다!"
장건이 급히 손을 내밀었다. 막는 것이 아니라, 자신의 반대쪽 손으로 소왕무의 손목을 잡고 다른 손을 교차시켜 소왕무와 팔뚝을 마주했다.
그리고 장건의 손이 바삐 움직였다.
타타탁! 타타타타탁!
장건이 훌쩍 손을 뗐다.

소왕무는 장건을 때리지도 못하고 그냥 뱅그르르 헛돌고 말았다. 소왕무는 중심을 잡으면서 뒤로 세 걸음을 물러났다. 그러고 나서 보니 왜 때리지 못했는지 알 수 있었다.
 또다시 자신의 팔이 고스란히 가슴 위에 올려져 있었던 것이다.
 마치 부끄러워하는 여염집 아낙네가 저고리를 여미는 것처럼 수줍은 자세였다.
 "……뭐, 뭐야!"
 소왕무가 재수 없다는 듯 팔을 뗐다. 팔은 아무렇지 않게 움직였다. 어디가 아프다거나 이상한 데도 없었다.
 "이 새끼가 지금 뭘 한 거야?"
 묘한 수법을 당해 화가 나는데 기분이 더럽기까지 했다.
 장건이 머쓱하게 웃었다.
 "아하하! 나도 모르게 그만."
 "넌 이게 웃기냐!"
 소왕무가 다시 달려들었다. 그러나 여전히 마찬가지였다.
 타타타타타탁!
 장건에게 손을 대기도 전에 자신의 손이 먼저 고요히 가슴 위에 얹어져 있었다. 분명히 주먹을 쭉 뻗었는데 어느샌가 차곡하게 접혀 있다.
 소왕무는 화가 났다.
 화가 나긴 했는데 뭐라고 말을 해야 할지 몰라 더 화가 났다.

이건 뭐 무공이라고 할 수도 없고, 무슨 금나수라고 하기도 그렇고.

꼭 옷을 개거나 이부자락을 접는……, 그런 느낌?

정신을 차린 소왕무가 이를 갈며 소리쳤다.

"야, 이 자식아! 왜 자꾸 남의 팔을 접어!"

"아하하……!"

장건이 쑥스럽다는 듯 말했다.

"미안. 사실 할 줄 아는 게 별로 없어서 무심코 그랬어."

장건으로서는 대련을 하든 비무를 하든 굳이 이겨야 한다는 생각이 없었다. 맞지만 않으면 된다고 생각했을 뿐이다.

이긴다고 누가 상을 주는 것도 아니고 벌을 받는 것도 아니니 더 그랬다. 하다못해 '이기면 먹을 거라도 주마' 하고 홍오가 미끼를 던졌다면 이기려고 애를 썼을지도 몰랐다.

이를 지켜보던 굉목이 이마에 손을 올렸다.

"끄응. 저 녀석. 못 말리겠군."

장건이 소왕무에게 한 것은 다름 아닌 이불을 접는 수법이었다. 상황이 급박하다 보니 절로 익숙한 수법을 사용한 것인데, 그게 하필 용조수였다.

"……"

원주들은 눈을 끔벅거렸다.

"저 수법은……, 용조수가 아닙니까?"
"그런데 뭔가 좀, 이상하군요."
홍오가 하도 뭐라고 하니 자신 있게 말하지는 못하고 약간 돌리는 투로 말을 했다.
홍오는 머리를 만졌다.
"글쎄, 용조수가 맞긴 한 것 같은데. 전에 건이가 용조수로 과일을 따먹는 걸 본 적이 있거든."
"용조수로 과일을 따먹어요?"
과일만 따먹은 게 아니라 지금은 남의 팔을 고이 접어 올려두기까지 했다.
원주 중의 한 명이 불편한 기색을 보였다.
"실력차이가 극명한데 이 같은 처사는 너무 심하군요."
"상대를 존중하는 마음부터 배워야겠습니다."
그 말에는 홍오를 힐난하는 투도 섞여 있었다.
홍오가 콧방귀를 뀌었다.
"상대를 존중하니까 저렇게 하는 거야. 안 그랬으면 저놈은 이미 뺐었을걸? 저 녀석, 내가 신경 쓰지 말고 열심히 하라 했건만."
홍오의 말뜻을 알아들은 것은 굉운뿐이다. 굉목이 몇 번이나 찾아와 위험하다고 경고를 했기에 안다.
굉운이 말했다.
"이제 그만하지요."

이미 확인해야 할 것은 모두 확인한 터다. 소왕무가 장건을 이길 수 없는 상황에서 더 이상의 비무는 무의미하다.

대부분은 시시한 건 둘째 치고 소왕무가 불쌍하다는 생각부터 하고 있었다.

굉운이 무공 교두인 원우에게 고개를 끄덕여 보였.

원우가 비무를 중단시키기 위해 나서려는 순간이었다. 북채를 들고 북을 쳐 중단을 알리려 했다.

그때 소왕무가 장건에게 돌진했다.

"으아아아아! 죽어도 이대로는 못 참겠어!"

소왕무는 너무 억울해서 눈물이 다 날 지경이었다. 남자답게 두들겨 맞고 진다면야 실력 차이를 인정하면 그만이다. 그러다가 우정이 싹터 친구가 될 수도 있는 것, 그것이 진정 사내다움이 아닌가.

그런데 이건 우롱하는 것도 아니고 왜 자신의 몸으로 장난을 치느냔 말이다.

소왕무는 실력 차이를 느꼈지만 포기를 하려 해도 자존심이 상해 이대로 기권을 할 수가 없었다.

소왕무가 이성을 잃고 미친 듯이 팔을 휘둘러대며 장건에게 돌진했다.

장건은 그런 소왕무를 보며 마음이 씁쓸했다.

'왕무는 아까부터 내가 최선을 다하지 않는다고 생각하고 있었구나.'

어떻게 해야 할까.

주먹을 쓰려 하면 절로 발경이 되니 할 수 있는 거라고는 용조수뿐인데.

창피를 느낀 소왕무가 눈물까지 글썽이며 악다구니를 쓰는 걸 보니 장건도 마음이 아프다.

'홍오 대사님이 말씀하신 무인의 자존심이란 게 바로 이런 거구나.'

다시 용조수를 쓰면 소왕무의 마음에 더 크게 상처를 입힐 것만 같다.

장건은 마음을 다스리며 주먹을 들어 정면으로 소왕무를 마주했다.

'조절해야 돼. 조절할 수 있어. 반은 성공하잖아.'

장건이 차분히 마음을 가다듬고 공력을 일으키려 하는데 몸이 먼저 반응했다.

마치 움직임이 없이 권법의 파괴력을 극대화시키려면 이렇게 해야 한다는 듯, 무정하게도 장건의 몸에 역근경의 내공이 돌기 시작했다.

나선형으로 회오리친 내공이 장건의 몸을 비틀었다. 장건은 머리가 새하얘지는 것 같았다. 고통도 고통이지만 소왕무를 다치게 할까봐 그게 더 걱정이었다.

'안 돼!'

장건이 그렇게 생각한 순간 똑같이 외친 사람이 있었다.

"안 돼!"

굉목이었다.

굉목의 외침에 장건은 정신이 번쩍 들었다. 고통 때문에 통제할 수 없었던 근육의 감각이 돌아왔다.

장건은 최대한 공력을 끌어내리고 통제하려 애썼다. 하지만 그럴수록 공력은 오히려 증폭되어 강해져만 갔다. 지식법으로 내공을 증강시킨 것과 비슷했다.

팡!

발아래에서 소용돌이가 친다.

내공 20년 수위의 공력치고는 기세가 자못 살벌하다.

사실 장건의 내공은 벌써 30년에 다다라 있다. 끊임없이 기를 먹는 것도 모자라서 느릅나무 근처에서도 매일 기를 먹은 덕분이었다.

거기에 발경의 기운이 더해져서 통상적인 30년 내공보다도 더 강한 공력이 생겨났다.

장건은 조금도 의도하지 않았지만 양 주먹에 스멀거리는 기운은 누가 보더라도 심각할 정도로 파괴적이었다.

취릭.

옷이 부풀어 오르며 끝자락이 비틀린다. 참고 참으려다 보니 오히려 공력이 들끓는 것이다.

원주들의 표정이 흔들린다. 입을 벌리고 다물지 못하는 원주도 있었다.

"넌 달도 채 안 된 아이가 저런 공력을!"

원주들이 놀라 벌떡 일어섰다.

"당장 중지시키시오!"

그러나 자그마한 꼬투리라도 잡으려던 원우와 원호에게는 더할 나위 없는 기회였다.

'지금이다!'

즉시 원우가 비무대 위로 뛰어 올랐다.

"이놈! 멈춰라! 여기가 어디라고 악랄한 수를 쓰는 게냐!"

원우는 순식간에 소왕무의 뒷덜미를 잡아 뒤로 던지면서 오른손의 검지와 중지를 접었다가 튕겼다. 약 두어 걸음 정도의 거리에서 달마지(達磨指)로 공간을 격하고 장건의 어깨 혈도를 때린 것이다.

그야말로 상승의 점혈법!

"엇!"

장건은 본능적으로 몸을 틀었다. 어이없게도 번개처럼 튕겨진 원우의 달마지가 장건의 몸을 투과하듯 스쳐갔다.

'아니, 이놈이?'

원우는 놀라면서도 다시 손을 퉁겼다.

파팡!

공기가 터지는 소리가 연이어 울리더니 마침내.

팍!

장건의 어깨 견정혈에서 작은 격타음이 울렸다.

원호의 눈빛이 돌변했다.

'나를 원망하지 말거라!'

원호의 손이 장건의 목 뒤로 뻗어졌다. 일견 소왕무처럼 잡아 던지려는 것 같지만, 실제로는 내가 장력으로 혈맥을 파괴하려는 생각이다.

'이것으로 끝이다!'

뒷일은 원호가 알아서 해줄 것이다. 이미 장건이 타 문파 무공을 사용하는 걸 보았으니 다른 원주들도 별말을 할 수 없을 터.

그러나 당연하게도 장건은 원우가 왜 그러는지 몰랐다. 몸 안의 기운이 밖으로 뛰쳐나가려고 하는데 갑자기 막혀 버린 느낌이었다.

'팔을 움직일 수가 없어!'

미칠 것 같았다.

나갈 곳을 잃은 공력의 기운이 마구 몸 안을 헤집었다. 어딘가로 발출해야 하는데 문이 막혀 나갈 곳을 잃었다. 장건의 몸 안을 돌아다니던 공력이 사납게 문을 두드렸다.

쿵, 쿵!

몸이 떨린다.

'아!'

눈앞에 흐릿한 사람의 모습이 보였다. 문을 부순 공력이 그 사람을 향해 날아갈 준비를 한다.

장건은 갈가리 찢겨나가던 승복을 떠올렸다. 지금의 기운은 그때보다 몇 배나 강력하다.

"사람이 죽을 수도 있다."

굉목의 말이 떠올랐다.
괜한 후회가 된다. 왜 이 힘을 조절할 수 있다고 생각했을까.
'에이 씨!'
찰나의 상황에서 장건은 눈물을 머금고 결정을 내렸다.
팍.
날카로운 가시로 뒤덮인 덩굴이 가슴으로 파고드는 듯한 느낌이 들었다.
'으악!'
심장이 한 번 크게 요동을 치더니, 이윽고 머리가 아득해지며 눈앞이 캄캄해졌다.
장건은 비명도 지르지 못하고 쓰러졌다.

원우는 손을 내민 채로 멍하니 서 있었다.
"이, 이게 무슨……."
원우가 채 손을 쓰기도 전이었다. 장건이 스스로 자신의 몸을 때려서 쓰러진 것이다.
더구나 점혈을 당해 몸을 움직일 수 없는 상황에서 말이다.
"건아!"

홍오와 굉목이 비무대 위로 뛰어오르는 바람에 더 손을 쓸 기회도 없어졌다.
 원우는 당황한 얼굴을 감추지 못했다.
 그것은 원호 역시 마찬가지였다.

제6장

방장의 결정

환한 빛이 실내로 들어와 방 안을 밝게 비치고 있었다.

장건은 언제 깨어났는지 눈을 뜨고 있는 상태였다. 한참 전에 깬 것인지, 아니면 지금 깬 것인지 확실하지 않았다.

머리는 몽롱하고 몸은 나른했다. 여기저기가 쑤신 것은 덤이었다.

'내가 왜 이런 데에 있지?'

장건은 일어나려고 했다.

그런데 몸이 움직이지 않는다.

들썩들썩.

일어나려고 애는 쓰는데 이불만 흔들릴 뿐, 일어날 수가 없었다.

 그제야 장건은 손가락 하나 까딱하기가 어렵다는 걸 깨달았다.

 그 순간 장건의 머리에 주마등처럼 지난 일들이 스쳐갔다.

 발경의 힘을 제대로 조절하지 못해 몸 안에서 공력이 폭주하던 일, 그러다가 어쩔 수 없이 자신의 몸을 스스로 때렸던 일.

 한데 왜 이렇게 안 아프지?

 발경을 한 번 하기만 해도 죽을 것처럼 아픈데, 그 힘으로 자기 자신을 때렸음에도 그리 아프지 않다니.

 혹시?

 너무 많이 다쳐서 고통을 느끼지 못하게 된 걸까?

 장건은 심장이 조여드는 것 같았다.

 '그럼 난 이제 평생 이렇게 누워서 살아야 되는 거야?'

 장건이 크게 소리쳤다.

 "싫어! 그건 싫어!"

 들썩들썩.

 침상이 흔들거렸다.

 그때, 굵고 푸근한 목소리가 들려왔다.

 "아, 이런 미친놈을 보았나. 가만히 좀 있어."

 장건은 샘솟는 눈물을 참을 수가 없었다.

 "하지만 전……."

이런 게 아니었는데, 이럴 생각이 아니었는데.

불쑥, 하고 장건의 눈앞으로 노안의 의원이 얼굴을 들이밀었다. 의원은 장건의 눈동자를 까뒤집어 보기도 하고 입을 벌려 혀를 보기도 하더니 씩 웃었다.

"많이 좋아졌구먼. 그럼 이제 풀어도 되겠어."

"뭘 풀어요?"

장건은 아직 울먹이는 채다.

"가만있어 보자. 일단 침 좀 뽑고."

의원의 손이 분주히 오가면서 장건의 몸에 박힌 침을 거두기 시작했다.

한두 개가 아니라 한 뼘은 족히 넘어 보이는 장침(長針)을 수십 개나 뽑는다. 장건이 다 질릴 지경이었다. 만약 정신이 멀쩡한 상태에서 저런 장침을 맞았다면 눈이 돌아갔을지도 몰랐다.

의원이 말했다.

"이제 움직여도 된다. 좀 아프긴 하겠지만 무리하지만 않으면 돼."

정말로 침을 뽑고 나니 갑자기 뼈를 찌르는 듯한 아픔이 느껴진다.

"어?"

"뭐가 '어' 냐?"

"저 못 움직이는 거 아니었어요?"

"그럼 불구라도 된 줄 알았냐? 하긴, 하마터면 그리될 뻔은 했지. 내 뛰어난 의술이 아니었다면 말이다. 에헴."

장건은 팔다리를 움직이려 해보았다. 하지만 여전히 움직이지 않는다. 다시 울상이 지어진다.

"안 움직이잖아요."

심지어는 고개도 돌아가지 않는다.

"아, 당연하지. 듣자 하니까 네 녀석은 점혈이 안 된다고 해서 어쩔 수 없이 줄로 묶어 놨다. 침놓고 있는데 깨서 난리를 치면 안 되니까. 지금 보니 묶어 놓길 잘했다는 생각이 드는구먼. 일어나자마자 발광을 했으니."

의원이 장건의 팔다리에 묶은 줄을 풀기 시작했다. 팔다리뿐 아니라 허리와 가슴, 이마까지 친친 묶어 놓았다.

"에에?"

곧 팔다리가 자유로워지는 것이 느껴졌다

장건은 팔을 들었다. 아프긴 하지만 멀쩡히 움직인다.

장건은 눈물을 글썽인 채 웃었다.

"헤헤."

상체를 일으키고 오랜만에 친구를 만난 것 같은 얼굴로 자신의 손을 내려다보았다. 손을 뒤집어 보고 흔들기도 했다.

'손이 자유롭게 움직이는 게 이리도 반가운 일이었다니. 고맙다, 내 손아.'

그 모습을 바라보던 의원이 혀를 찼다.

"쯧쯧. 하여간 무인이란 것들은 다쳐봐야 제 몸 소중한 줄 안다니까."

　　　　　*　　　*　　　*

 의원이 밖으로 나오자 기다리던 굉목이 다짜고짜 물었다.
 "어떻습니까?"
 기본적으로 무인은 인체에 대해 해박한 지식을 가졌다. 어지간한 내상이나 외상에 대해 손볼 수 있는 실력도 있다.
 하나 심각한 내상이나 정확한 진단을 위해서는 의원이 필요한 때가 있다. 그래서 소림에도 내외상을 전문적으로 돌보는 의원을 가까이에서 초청한다.
 의원이 말했다.
 "온몸의 근맥이 상했고 장기의 손상도 적지 않습니다만, 그 정도야 몇 달 요양하면 일상생활에는 지장이 없을 것입니다. 한데……."
 의원의 표정은 밝지 않았다. 굉목의 가슴이 덜컥 내려앉았다.
 "다른 문제가 있습니까?"
 의원이 고개를 갸웃거렸다.
 "단전을 다친 것도 아닌데 몸에 내공이 남아 있질 않더군요."
 "그게 무슨 말입니까? 내공이 사라지다니?"

"중요 혈맥이 손상당했는지, 단전이 훼손되었는지……, 아니, 그러니까 단전은 멀쩡한 것 같은데……."

의원이 횡설수설하자 굉목은 답답해졌다.

"그러니까 그게 무슨 뜻이냐고 묻질 않습니까!"

"저도 의원 생활 50년 동안 이런 일은 처음인지라……."

"알아들을 수 있게 차근차근 말해 보십시오."

의원이 머리를 긁적거렸다.

"간혹 겉으로는 멀쩡하게 보이나 단전이 제 역할을 하지 못하는 경우가 있습니다."

"그렇다면……."

"아마 몸이 다 낫는다 해도 앞으로 무인의 길을 걷기는 힘들지 않을까……, 계속 무공을 해도 상승의 길은 어렵지 않을까, 하는 것이 제 개인적인 소견입니다."

상승의 길을 걸을 수 없다는 것은 아예 내공을 사용하지 못한다는 말이나 다름없다.

주천을 할 수 있게 되었다고 좋아한 지가 엊그제인데, 이제 다시는 할 수 없는 몸이 되고 말다니.

굉목의 가슴이 아련하다.

굉목은 낮은 한숨을 쉬며 고개를 끄덕였다.

"목숨을 건지고, 살아가는 데에도 문제가 없다면 그것만으로도 다행이지요."

의원의 쭈글쭈글한 주름살이 놀란 듯 움찔거렸다.

"무인에게 있어 내공은 목숨보다 중한 줄 알고 있습니다만, 소림에서 대사님 같은 분은 처음이군요."

"살날이 창창한 아이에게 목숨보다 중한 것이 어디 있겠습니까."

굉목의 표정은 딱딱한데 그 안에서 말로 형언할 수 없는 자비가 보였다.

의원은 자기도 모르게 합장을 했다.

"나무아미타불."

굉목도 조용히 반장을 했다.

의원은 굉목을 바라보다가 조심스럽게 말했다.

"대사님께서 저 아이를 유달리 아끼시는 마음을 알겠습니다. 무공을 배우지 않아도 상관없다면, 제가 굳이 이런 말씀을 드릴 필요는 없겠습니다만……."

"좋은 길이 있다면 마다하지는 않을 것입니다."

"그냥 동네 돌팔이가 하는 얘기라 생각하고 들어 주십시오."

의원이 방법을 얘기하자, 굉목의 얼굴에 점점 주름살이 깊어갔다.

의원은 전혀 불가능한 것은 아니나 불가능하다고 해도 과언이 아닌 그런 방법을 얘기하고 있었다.

"음."

"저는 단지 그런 방법이 있다는 걸 말씀드렸을 뿐입니다만,

아마 수뇌부에서는 알고 계실 겁니다. 그런 점에 있어서는 저보다도 더 잘 알고 계실 테니까요. 혹 모르니 저 말고 다른 의원을 불러 진맥하게 해보시는 것도 좋겠습니다. 그럼 전 이만 가보겠습니다."

의원이 다시 합장을 하며 떠났다.

굉목은 그 자리에 서서 깊은 생각에 빠졌다.

그러고 보니 홍오는 장건의 상태를 본 직후 방장 굉운을 만나기 위해 나갔다.

'사부님은 이미 알고 계셨던 것일까?'

그랬다면, 적어도 이번만큼은 홍오를 응원하고 싶은 마음이었다.

* * *

속가제전의 마지막 비무에 참관했던 원주들이 방장실에 모두 모였다.

비무에서 다치는 경우는 흔하나 이번 일은 그보다도 중한 다른 의미가 있기 때문이다.

백의전주 굉충이 원우에게 물었다.

"어찌된 것인가? 왜 사질이 대번에 아이를 제압하지 못했지?"

계율원주 원호가 대신 대답했다.

"원우 사제는 최선을 다했습니다. 잘못된 것은 하나도 없습니다."

"자네에게 물은 것이 아닐세. 왜 원우 사질의 달마지에 점혈을 당한 아이가 스스로 자신의 몸을 때렸는가, 그것이 궁금하단 말일세."

원우가 불호를 읊조리며 마음을 가라앉히고 대답했다.

"그것이…… 이상한 일이었습니다. 분명 점혈을 하였는데 아이의 몸에 일어난 공력이 가라앉지 않았습니다."

추보당주 굉선이 낮게 호통을 치듯 말했다.

"원우 사질은 한 점의 꾸밈없이 소상히 말할지어다."

원우가 다시 말을 이었다.

"제가 어찌 거짓을 고하겠습니다. 첫 수의 달마지를 아이가 피하길래 다시 한 번 손을 썼습니다. 하지만 실수는 없었습니다."

곤(棍)을 든 긴나라전주 원상이 혼잣말처럼 중얼거렸다.

"원우 사제는 정확히 혈도를 점하였는데 점혈이 실패했다……. 그런 경우는 아이의 공력이 사제의 공력을 넘어섰거나 스스로 해혈을 했다는 뜻인데."

장경각주 굉봉이 무거운 눈꺼풀을 들어 올리며 쉰 듯한 낮은 목소리로 첨언했다.

"자가해혈(自家解穴)을 하려면 일각의 시간이 필요하네. 더구나 달마지의 점혈수법을 모르는 아이가 자가해혈을 하는 것은 불가능하지. 이상공력(異常攻力)이 점혈을 방해했다고 보는 것이 옳네."

속가제자가 된 지 넉 달도 채 안 된 아이가 소림 이대제자의 점혈을 파훼했다는 것은 상식적으로는 이해하기 힘든 일이었다.

방장 굉운이 굉봉에게 물었다.

"굉봉 사제의 고견은 어떠한가? 어떤 이상공력이라 볼 수 있겠나?"

굉봉은 장경각주인 만큼 해박한 지식을 갖고 있었다. 홍오가 많은 무공을 알고 있다 하나, 무학으로 따지자면 소림에서 굉봉이 으뜸이다. 자그마치 살아 있는 장경각이라 불리는 굉봉이다.

"아이의 내공 수준은 20년 정도라 합니다. 그런 아이가 원우 사질의 점혈을 순수한 공력으로 극복할 수는 없는 노릇이지요. 듣자하니 아이가 발경을 한다지요?"

"그렇다네."

굉봉이 잠시 생각하더니 담담한 얼굴로 말했다.

"침투경(浸透勁)의 공력이 활성화되던 중이었다면 어느 정도는 설명이 됩니다."

"침투경?"

"갓 무공을 배운 아이가 발경을 한 것도 놀라운데 침투경이란 말씀이십니까?"

원주들의 놀란 목소리가 방장실을 어지러이 울렸다. 일부

원주는 굉봉의 말을 듣고 수긍하기도 하는 모습이었다.

침투경은 경력을 상대의 체내 깊숙이 파고들게 해 내부 장기와 근육에 손상을 입히는 일종의 내가중수법이다.

근육을 이용해 몸 안의 힘을 나선형으로 끌어내는 외가발경에 내공의 회전력을 더하는 고급 수법이라 어지간한 성취로는 흉내도 못내는 것이 이 침투경인 것이다.

침투경은 내공이 혈도를 따라 급속히 회전하며 공력을 일으키기 때문에 그 순간에는 점혈이 잘 되지 않는다.

이를테면 거세게 흐르는 물줄기를 막기 힘든 것과 마찬가지다.

굉운이 고개를 끄덕였다.

굉목이 장건을 속가제전에 내보내면 안 된다고 한 이유를 알 것 같았다.

"확실히 침투경이라면 설명이 되는군."

굉봉이 염주알을 굴리며 계산했다.

"20년 내공에 외가발경의 파괴력을 더하고 거기에 내공의 회전력을 더하면, 적어도 그 순간 아이는 일갑자의 내공을 가진 무인이 팔성의 공력을 일으킨 것과 비슷한 수준의 공력을 가지게 되었을 것입니다. 아마도 원우 사질은 사성 이하의 공력으로 달마지를 발출하였을 테지요."

원우가 침중한 얼굴로 고개를 끄덕였다.

"굉봉 사숙의 말씀대로입니다."

원주들이 저마다 한마디씩 했다.

"이것 참."

"일갑자 내공을 가진 무인의 팔성 공력이라니. 십 년간 진산 절기를 익힌 무자배의 실력과 다를 바가 없다는 말이 아닌가."

원호가 '끙' 소리를 냈다.

"홍오 사백조께서 너무 욕심을 내셨군요. 걷지도 못하는 아이에게 나는 법을 가르치시다니요."

긴나라전주 원상이 동조했다.

"맞습니다. 아무리 홍오 사백조라 하여도 이번 일을 그냥 넘겨서는 아니 될 것입니다. 어찌 힘을 쓸 줄도 모르는 아이에게 파괴적인 수법을 가르치셨단 말입니까."

백의전주 굉충이 뺨을 긁적거렸다.

"힘을 조절하지 못했다고는 하나 상대를 다치게 할 수 없어서 스스로를 친 아이의 착한 심성은 나 말고 아무도 생각하지 않는 건가?"

원호가 차갑게 말했다.

"아이의 심성은 문제가 아닙니다. 지금은 홍오 사백조의 문제를 거론하는 것입니다."

확실히 원자배와 굉자배의 의견은 반으로 갈라진 상태였다. 원자배의 원주들은 홍오를 질책하는 반면, 굉자배는 장건의 자질에 대해 더 중점을 두고 있었다.

굉운은 착잡한 표정을 지었다.

세대교체의 시기가 되면 늘상 벌어지는 일이지만, 이번엔 원자배도 단단히 마음을 먹은 것 같았다.
 굉운이 누구의 편도 들지 않고 있는 동안 원자배는 홍오의 잘못에 대하여 성토하고 있었다.
 그때 문이 열리며 홍오가 뛰어들었다.
 "뭐가 어째? 누구 마음대로 날 천하의 나쁜 놈으로 만들어!"
 원호가 계도 끝으로 바닥을 찧었다.
 쿵!
 "다른 이의 모범이 되어야 할 사백조께서 솔선수범하여 경내의 규율을 무시하시렵니까!"
 "흥!"
 홍오는 코웃음을 쳤다. 천방지축 홍오지만 계율원은 껄끄럽다.
 "귀가 간지러워서 못 참겠는 걸 어쩌냐."
 굉운이 어두운 얼굴로 반장을 했다.
 "마침 잘 오셨습니다."
 "나도 때맞추어 잘 온 것 같네. 더 있었다가는 귀를 후벼파내야 했을 거야."
 굉운은 홍오의 말에 장단을 맞추지 않고 물었다.
 "대체 장건이란 아이에게 뭘 가르치신 건지 설명해 주십시오."
 "알잖아. 몰라?"

"사숙께서는 제자를 받을 수 없으나 무량무해의 심득을 전한다는 전제하에 하루 두 시진 아이를 가르치셨습니다."

"맞다."

"아이가 제전에서 보인 그것이 무량무해였습니까?"

홍오의 심득인 무량무해가 어떤 것인지 아는 이는 드물다. 계율원의 원호도 그것이 무언지 모르고 있다.

"아니."

홍오가 귀를 후비며 말했다.

"배웠다면 배웠다 할 수도 있는데, 무량무해를 익히기엔 맞지가 않더군. 해서 그건 더 이상 건이에게 가르치지 않을 생각이야. 건이도 무량무해를 거의 익히지 못했어."

"그럼 넉 달 동안 배운 것은 무엇입니까."

"돌멩이 피하기. 대충 보법이라 해두지."

"그럼 아이가 스스로의 몸을 파괴한 수법은 무엇입니까?"

홍오는 한 치의 망설임도 없이 대답했다.

"금강권."

"예?"

홍오는 다른 이들이 놀라건 말건 투덜거렸다.

"에이, 바보 같은 녀석. 왜 그런 멍청한 짓을 해. 내가 걱정하지 말고 마음껏 쓰라 했는데. 왜 지 몸을 지가 때려?"

굉운이 말했다.

"사숙님. 아무래도 좀 더 자세히 설명을 해주셔야 할 것 같습니다. 어떻게 그것이 금강권입니까. 우리가 모르는 금강권의 비전이 있었습니까?"

"비전 같은 게 어디 있나."

"그런데 어떻게 아이가 금강권으로 침투경을 사용했단 말씀이십니까."

"죄다 썩은 동태눈인 줄만 알았더니 그래도 그건 알아보았구만?"

홍오가 수염을 만지면서 말했다.

"좋네. 그럼 내 설명해 주지. 대신 내 부탁을 한 가지 들어주어야겠네."

원호가 홍오의 말을 가로막았다.

"규율에 어긋나는 것은 방장 사백께서 허락해도 계율원에서는 허락할 수 없습니다."

"규율이고 계율이고 간에 전혀 어긋나지 않을 게야."

굉운이 조용히 말했다.

"들어보지도 않고 허락할 수는 없습니다."

"엥?"

늘 웃던 굉운의 표정이 심히 어둡다.

그제야 홍오도 굉운의 변화를 눈치챘다. 장난으로 하는 말이 아니라고 하더라도 무언가 이유가 있는 표정이었다.

"흠……."

굉운이 다시 말했다.

"이번 사태에 대해 사숙께서는 조금의 의심도 없이 해명을 해주셔야 합니다."

"무슨 일이 있는 게로구만?"

"먼저 말씀해 주십시오."

"끄응."

장건을 위해 방장에게 부탁이나 해볼까, 하고 왔던 홍오로서는 날벼락을 맞은 기분이었다.

"방장 사질이 그렇게 말하니 할 수 없지. 어험."

홍오가 말했다.

"공격(攻擊)의 기본이 무엇인지 아나?"

홍오의 말에 아무도 대답하지 않았다. 괜히 말을 섞느니 그냥 듣고 있는 게 차라리 낫다는 생각이다.

"에잉, 무공을 수십 년이나 익혔다는 것들이 그걸 몰라. 아, 쉽잖아. 그냥 때리는 거야. 공방(攻防)은 자기는 안 맞고 때리는 거고, 공격은 잘 때리는 거야."

굉운은 조금도 웃지 않고 대답했다.

"그렇군요."

활불이라 불리는 굉운이 웃지 않고 있으니 홍오는 어쩐지 불안하다.

"잘 때리려면 어떻게 해야 되겠어? 한 번을 때려도 제대로 때려야 하고, 무조건 때릴 때마다 상대에게 타격을 입혀야 되는 게야."

"아!"

그제서야 원우가 눈을 동그랗게 떴다.

"설마, 그래서 아이에게 금강권을 가르쳤더니 발경을 했단 말씀이십니까?"

"그래. 발경이라면, 그 중에서도 침투경이라면 절대로 막을 수가 없지. 피한다면 모를까, 어디로 막아도 경기가 침투하게 되니 막는 건 불가능해. 설사 나라고 해도 말이지."

"으음."

원호가 물었다.

"하지만 제아무리 무재라 해도 금강권에서 권공(拳攻)의 오의(奧義)를 보는 것은 불가능합니다."

"답답하긴, 누가 그게 오의라고 했어? 기본이라니까. 건이는 말야, 금강권을 통해 권공의 기본을 보고 거기에서 극대의 효율을 뽑아낸 것이라 할 수 있지."

그렇게 말을 하는 홍오도 그동안 장건의 기이한 행태를 보아왔으니 안 것이다.

기본이다.

어떤 무공에서든지 장건은 그 기본을 본다. 그러다 보니 대부분의 보법이 익힐수록 비슷비슷해졌다.

최근 그것을 안 이후, 홍오는 심각한 고민을 하고 있었다.

홍오에게 있어 무공은 수싸움이었다. 상대보다 하나를 더 알고, 예측하지 못한 수를 두어 쉽게 제압하는 것.

그래서 젊었을 때 수많은 문파의 무공을 연구했고, 무량무해를 얻었다.

하지만 그것이 그가, 혹은 모든 무인이 추구하는 궁극의 경지라고는 할 수 없었다.

절정고수를 넘어 극한의 경지에 오르면 기본의 대결이 된다. 단순한 기본공으로 내로라하는 절세의 무공을 모두 제압할 수 있다. 평범한 태산압정으로 삼백 가지의 보법과 백 가지의 진식을 파훼할 수 있다.

누구나 알고 있지만, 알면서도 할 수 없는 것. 그래서 극한의 경지에 이르러서야 몸으로 실천할 수 있는 것.

그것이 바로 기본이며 궁극적으로 추구해야 할 경지인 것이다.

"기본이란 그런 거야. 심생종기가 기본인 걸 알지만 그걸 할 수 있는 놈이 얼마나 돼? 해탈의 기본은 모든 번뇌에서 벗어나는 게지만 그걸 할 줄 아는 중놈이 얼마나 되겠어?"

말투는 경박하지만 뜻은 심오하다.

장경각주 굉봉이 탄성을 내며 말한다.

"모든 법을 얻을 수 있으나 사로잡히지 아니하여 다시 처음의 자세를 견지하니, 출도보리 일체지(出到菩提 一切智)!"

출도보리는 불가의 깨달음이다. 많은 깨달음을 얻어도 초심을 잃지 않아야 한다는 뜻이기도 하다. 소림사의 무공이 불가에 기반을 둔 만큼 그러한 깨달음은 곧 무공의 발전으로 이어진다.

굉봉이 반장을 하며 고개를 숙이고 감탄을 한다.

"아미타불. 소림에서 용이 나왔군요."

"흐흐흐."

장건의 칭찬을 하니 홍오가 웃는다.

"내 말을 이제 알겠지? 그놈 아주 크게 될 놈이야. 용을 하나 건진 거란 말이지."

원호가 물었다.

"그래서, 사백조께서 원하시는 게 무엇입니까?"

홍오가 대뜸 손을 내밀었다.

그리고 말했다.

"별로 어려운 거 아냐. 대환단 좀 내놔봐. 이번에 하나 꺼내놓았다며."

그 말에 방 안에 있던 모든 이의 얼굴이 노랗게 떴다.

대환단이 누구 집 개 이름이던가!

그러나 굉운은 그럴 줄 알았다는 듯 침착하게 고개를 저었다.

"불가합니다."

쉽게는 주지 않을 거라는 건 알았지만 너무 빨리 대답을 하니, 홍오의 눈살이 찌푸려졌다.

"의원의 말을 듣자하니 내공이 다 없어져서 이상한 몸이 되었다더만. 그냥 놔두면 평생 무공하고는 길이 멀어질 텐데?

일상이야 지장이 없다 해도 그러면 무인으로는 끝이지."

"내공이 없어졌다구요?"

굉봉이 고개를 갸웃거렸다.

"정기신(精氣神)이 합일(合一)을 이루어 일체(一體)하더라도 내공이 완전히 사라지는 경우는 드문데……. 단전이 훼손당한 것이 아니라면, 어딘가 절맥(絶脈)이라도 된 건가?"

가만히 내버려두면 한참을 주절거리는 굉봉인지라 원호가 그의 말을 가로막으며 홍오에게 말했다.

"그냥 두는 편이 아이를 위해서도 좋습니다."

"뭐라?"

홍오가 노한 눈으로 원호를 보았다.

"말해 보시게. 왜 내가 애써 찾아낸 인재를 부정하려는지?"

"먼저 묻겠습니다. 다른 사람들이 장건의 무공을 보게 되면 뭐라고 할지 생각해 보셨습니까?"

"뭐?"

홍오의 긴 눈썹이 꿈틀거렸다.

"사백조께서는 아니라 하시지만, 그 자리에 있던 대부분이 장건의 보법이 제마보와 닮았다 하였습니다. 또한 저는 거기서 천종미리보를 보았습니다. 소왕무란 아이의 공격을 피할 때에는 개방의 취팔선보가 아닌가 싶기도 하더군요."

"그래서? 언제부터 소림이 다른 문파의 눈치를 보게 되었지? 내가 그렇게 가르쳤다는데 누가 뭐라고 할 거야!"

홍오가 노성을 냈다.

긴나라전주 원상이 말했다.

"얼마 전에 전서구를 받았습니다."

"무슨 전서구인데?"

"우내십존이 움직이고 있다 합니다."

"엥?"

우내십존이라 하면 당금 강호의 최강자 십인(十人)이요, 동시에 과거 홍오와 강호행을 하던 동료들이다.

"그놈들이 왜? 마교가 들이닥치기라도 했대?"

"우내십존의 목적이 어디인지 아십니까?"

"그걸 내가 어찌 알……."

홍오가 눈을 치켜떴다.

"설마 여기로 오는 겐가?"

"그렇습니다."

"아니, 여긴 왜? 죽을 때도 다 되어 본산에 처박혀 있어야 할 놈들이 왜 강호로 기어 나와? 나더러 시체에 염이라도 해달라는 거야, 뭐야?"

굉운이 홍오를 바라본다.

"그건 사숙님께서 잘 아실 겁니다."

"험, 난 정말 몰라. 정말 모르네."

"잘 생각해 보아주십시오."

"글쎄……."

홍오는 수염을 쓰다듬으며 생각에 잠겼다.

"그놈들이 왜 그러는지 기억이 안 나는걸? 농담이 아니라 정말로 기억이 안 나네."

원호가 말했다.

"그 중에서 몇 분은 포함되어 있지 않습니다. 하나 제가 따로 알아보니 화산의 검성께서 그 근원인 듯싶습니다. 검성께서 소림을 나가신 이후, 우내십존의 다른 분들께 연락이 간 것 같습니다만."

"언강이 그놈이?"

홍오가 한참을 생각해 보다 고개를 저었다.

"잘 모르겠는데? 언강이 놈하고야 젊었을 때 곡차를 마시면서 한 가지 약속을 한 적이 있긴 하네만."

"그 약속과 우내십존의 다른 분들은 아무 연관이 없습니까?"

"정말 모른대도? 지금이야 우내십존이니 뭐니 하지만, 내가 어울릴 때에만 해도 그 녀석들, 내 발치에도 못 오던 놈들이야. 언강이 놈만 좀 나았지. 그런 놈들을 내가 왜 신경 쓰겠어?"

굉운이 나지막이 한숨을 쉬었다.

"다음에라도 기억이 나면 알려 주십시오. 중요한 일이 될지도 모릅니다."

홍오가 돌연 화를 냈다.

"그런데 그 망할 놈들하고 우리 건이가 무슨 상관이 있다고!"
 원호가 날카로운 어조로 따졌다.
 "다른 사람도 아니고 사백조께 자파의 무공을 빼앗기고 한(恨)을 품은 분들입니다. 그분들이 장건을 보면 무슨 생각을 하겠습니까?"
 "그야⋯⋯. 하지만 난 정말로 건이에게 타문파의 무공을 가르치지는 않았네. 그냥 보여준 것뿐이지."
 "그분들은 이제 제자가 아니라 한 문파의 존장이십니다. 어떤 식으로든 자파의 무공이 소림에서 이어지기를 원치 않을 것입니다."
 "그래서 일부러 번외 비무 자리를 만든 겐가? 내가 타 문파의 절기를 가르쳤을까봐?"
 원호가 긍정했다.
 "사백조의 생각이 맞습니다. 하지만 정말로 가르치실 줄이야 생각도 못했지요. 넉 달도 되지 않았는데 그만큼이나 할 줄도 몰랐지만요."
 "에잉! 그러니까 내 얘기가! 언제부터 소림이 남의 눈치를 보게 되었느냐 말일세."
 "지금의 소림은 과거의 소림이 아닙니다. 사백조께서는 정세에 어두우시니 잘 모르실 테지만, 타 문파에서 소림을 보는 눈이 심상치 않다 합니다. 본산제자들이 대놓고 핍박을 받는다 하니 속가들이야 어떠하겠습니까."

홍오도 얼마 전 본산제자인 무진이 강호행에서 돌아온 것을 기억해냈다. 몰골이 초췌하더니 그래서였던 모양이다.

더 화가 났다.

"전에도 끽소리 못하던 놈들이 왜 이제 와서 난리야?"

굉운이 다시 한숨을 쉬었다.

"지난 몇 년간 소림이 내내 어려웠지 않습니까. 그 틈에 타 문파의 세력이 크게 흥했다 합니다. 그런 중에 강호에서 소림의 입지가 많이 줄었습니다."

홍오는 자신의 사부 문각을 생각하며 코웃음을 쳤다.

"그 노친네가 나를 소림에 가두어두지만 않았어도 이런 일은 없었을 게다. 내로라할 녀석 하나가 나와 주어야 다른 놈들이 찍소리도 못하지. 그게 강호의 법칙이니까."

홍오도 그제야 사태의 심각성을 깨달았다.

우내십존은 한 명 한 명이 강호를 움직일 수 있는 실력자이며 거물이다. 소림의 입지가 좁아진 이때에 그들이 소림에 와 꼬투리라도 잡는다면 방장으로서는 대응하기가 쉽지 않을 터다.

하지만 정말로 윤언강을 제외한 다른 우내십존이 왜 소림을 찾는지에 대해서는 기억이 나지 않는다. 솔직히 다른 이들은 홍오의 눈에 차지 않아 관심도 두지 않았다.

'내가 치매에 걸렸나?'

워낙 위치가 위치인 만큼 한 번 움직이기가 쉽지 않은 우내십존이다. 그들이 소림으로 오고 있다 하면 결코 작은 일은 아닐 텐데 말이다.

홍오가 고개를 저었다.

"아무튼 건이를 이대로 내버려둘 수는 없네."

원상이 말했다.

"반대합니다. 차라리 아이에게는 지금이 더 나을 수도 있습니다. 일상생활에는 지장이 없다 하지 않습니까."

"다른 놈들의 눈치를 보느라 대성할 아이를 그냥 버려? 그게 지금 말이나 되는 소리인가!"

홍오가 방장 굉운을 보았다.

"방장 사질! 사질도 같은 생각인가?"

원주들이 모두 굉운을 바라본다. 그의 한마디에 앞으로 소림의 행보가 결정될 것이다. 또한, 굉운이 무슨 생각으로 홍오에게 장건이란 아이를 맡겼는지에 대한 해답도 알게 된다.

중요한 순간이다.

굉운이 잠시 눈을 감았다.

홍오가 계속해서 따졌다.

"방장 사질이 내게 건이를 맡긴 것도 그 녀석이 대성할 걸 알아보았기 때문이 아니었나? 그런데 이제 와서 나 몰라라 버리겠다고?"

한참이나 말이 없던 굉운이 눈을 떴다.

"홍오 사숙께서 아이를 한 명 가르치고 있다고 해서 우내십존이 움직인다는 것은 어불성설일 것입니다. 무언가 다른 이유가 있는 것으로 보아야 옳겠지요."

천불전주 원당이 매서운 어조로 말했다.

"그 아이가 어디 보통 아이더랍니까? 넉 달도 안 되는 기간에 너댓 가지의 보법을 익히고 발경에 침투경을 한 아이입니다. 그런 아이를 계속해서 홍오 사백조께 맡겨둔다면 구파일방의 무공을 다 익히는 것은 시간문제입니다. 누군가 소림의 무공을 무단으로 배우고 있다 하면 저희라고 가만히 있을 수 있겠습니까?"

홍오가 도끼눈을 했다.

"가르친 게 아니래도! 그냥 한 번 보여줬더니 제가 알아서 따라 한 거야! 게다가 나도 정작 그놈들의 비전 절기는 모른다고!"

"세상에 홍오 사백조 같은 분이 둘이나 있단 말씀이십니까? 우내십존은 절대 그렇게 생각하지 않을 겁니다."

"게다가 그놈들이 건이가 자기네 무공을 하는지 안 하는지 어떻게 알아?"

"검성께서 보고 가셨다면서요. 그러니 더욱 주목하는 것이 겠지요. 장건이란 아이가 자파의 무공을 쓴다는 걸 알게 된 순간, 큰일이 벌어질 겝니다."

"이런 답답한! 그놈들이 두려워서 용이 될 아이를 시궁창에 처박겠다고?"

얘기가 원점으로 돌아갔다.

이러다가는 끝도 없이 이어질 것 같았다. 누군가 양보하고 말고의 문제가 아니라 소림의 운명이 달린 문제이기에 더 그러했다.
 생각을 정리한 굉운이 결정을 내렸다.
 "다른 의원을 불러 아이를 진맥케 하겠습니다. 다른 소견이 나온다고 하면 그때 다시 회의를 하도록 하지요."
 홍오가 물었다.
 "그럼 대환단은? 우내십존 놈들이 자파의 무공 때문에 소림에 껄떡대는 게 아니라면?"
 "이유가 무엇인지 밝혀진 후에 상의를 하는 것이 옳다 생각합니다. 그때까지는 아이를 가르치는 것도 중단해 주십시오."
 "어차피 내공도 없는 아이를 무슨 수로 가르쳐?"
 "소림에서 용이 나온다면 그 역시 좋은 일이나, 타 문파의 무공을 익힌 아이가 소림을 대표하는 용이 될 수는 없는 일입니다."
 홍오의 표정은 여전히 불만 일색이다.
 굉운이 담담하게 말했다.
 "제 소임은 소림을 지키는 것입니다. 아이 하나 때문에 소림을 위험에 처하게 할 수는 없습니다. 본산의 제자뿐 아니라, 몇만에 달하는 속가제자들이 강호에서 타 문파의 견철(牽掣) 속에 고생을 하게 됩니다. 신중에 신중을 거듭해도 부족한 문제입니다."
 "끄으으응!"

홍오는 유난히 긴 신음소리를 냈다.
"그만 가겠네!"
"우내십존과의 일, 생각나시면 꼭 말씀해 주십시오."
"알았네!"
어쩐지 쓸쓸한 얼굴로 홍오가 자리를 벗어났다.
굉운의 표정도 어두워졌다.
'내가 너무 욕심을 부렸는가…….'
홍오라면 무언가 다른 방법으로 아이를 가르칠 거라 생각했다. 타 문파 무공이 가진 약점을 찾아내거나 하는 비열한 방법이 아니라, 그만의 심득을 전수할 거라 여겼다.
그러나 아직까지 홍오는 40여 년 전 그때에서 벗어나지 못하고 있다. 이제는 오히려 굉운의 성취가 홍오를 넘어서서 홍오의 수준을 볼 지경이 되었는데도 여전히 진전이 없는 것이다.
'유난히 속세에 연이 많은 분. 쉽게 버릴 수도 끊을 수도 없을 테지. 길은 바로 눈앞에 있는데.'
굉운은 조용히 눈을 감았다.
'내가 강해져야 한다. 소림을 짊어질 수 있도록, 적어도 다시는 건이 같은 아이가 빛을 보지도 못하고 스러지는 모습을 보지 않도록.'
아미타불…….
굉운의 불호소리가 조그맣게 울려 퍼졌다.

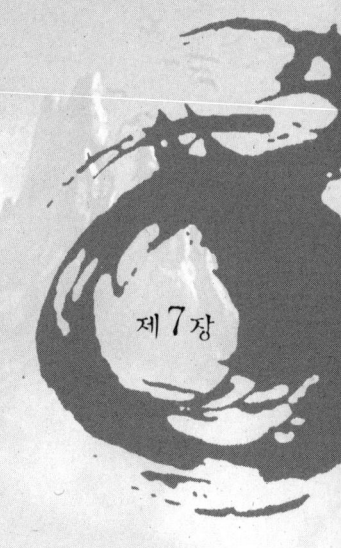

제 7 장

기를 먹는 다른 방법

　장건은 부상당한 이들이 휴식을 하는 소림사 내원의 요양원에서 사흘이나 누워 있었다.
　꼼짝 않고 가만있는 것도 불편해 죽겠는데 가장 큰 문제는 배가 고픈 것이었다.
　꼬르르륵.
　먹는 것도 굉목과 함께 있을 때보다는 좀 더 잘 먹는데 이상하게도 배는 더 고팠다.
　'왜 움직이지도 않는데 배가 고프지?'
　장건은 이상하게 생각했다.
　최근에는 이 정도로 배가 고픈 적이 없었다. 오히려 막 산속 암자에 들어와 생활할 때보다도 더 배가 고플 지경이었다.
 침을 다 놓고 회수하던 허 의원이 장건의 뱃속에서 나는 소리를 듣고 혀를 끌끌 찼다.
 "또 배가 고프냐?"
 "네."
 "네 배에는 아귀가 들어찬 모양이구나. 먹어도 먹어도 배가 고프니 말이다. 내가 오면서 떡도 좀 가져왔는데 그걸 다 먹고도 배가 고프냐?"
 허 의원은 민간 의원으로 그제부터 장건을 담당했는데 장건을 귀여워해 종종 먹을 것을 가져다 주곤 했다. 무인의 내상을 잘 고치기로 유명한 의원이라 굉운이 직접 초청한 이다.
 장건이 배를 문지르며 상체를 일으켰다.
 "허 의원님. 저 아무래도 이상한가 봐요. 왜 이렇게 맨날 배가 고프죠?"
 "쯧쯧. 뭐, 하긴 그럴 만도 하다마는."
 "예? 왜 그런데요?"
 허 의원은 침구를 챙기면서 말했다.
 "너는 막대한 내가 경력에 의해 몸 안이 크게 손상된 상태란다. 다친 내장과 혈맥을 치료하는 데에는 정의 힘이 필요하고, 또 이 정의 원천이 바로 기지."
 "그래서 요즘에 맨날 배가 고팠나?"
 침상에 누워 있는 동안, 배가 고파서 기를 몇 번이나 먹으려

해 보았는데 잘 되지 않았다. 요즘은 거의 기를 먹지 못했다.

"그러니 배가 고플 수도 있단 얘기다. 모자란 기를 가장 쉽게 섭취할 수 있는 방법이 바로 음식을 먹는 거거든."

"헤에? 음식에도 기가 있어요?"

장건의 눈빛이 갑자기 맑아졌다. 천지만물에 다 기가 존재한다는 건 알고 있었지만, 음식으로도 기를 섭취할 수 있다는 건 처음 듣는 얘기였다.

"당연히 있지. 정확히는 음식이 아니라 음식을 만드는 재료에 말이다. 풀도 나무도 다 기를 머금고 있지만 날 것으로는 먹기가 힘드니 음식으로 만들어 먹으면……."

"기를 먹을 수 있는 거군요!"

"뭐, 그렇지. 그게 보통은 사람이 알게 모르게 기를 섭취하는 방법이란다. 한방에서는 좋은 약재로 아픈 사람의 기를 충만하게 만들어 스스로 병을 고치는 것을 으뜸으로 본다. 이 약재가 뭐냐? 기가 풍부하게 함유되었다는 것만 다르지 식재료와 똑같은 풀과 나무가 아니냐?"

주섬주섬 침구를 다 챙긴 허 의원이 듬성듬성 난 염소수염을 올리며 웃었다.

"왜 좋은 음식을 먹으면 정력(精力)이 좋아진다고 하지 않느냐. 다 그게 그런 이유가 있느니라. 흐흐흐."

무슨 말인지 알아듣지 못하는 장건이 눈만 꿈벅거렸다. 그러자 허 의원이 장건을 타박했다.

"아, 이놈아! 넌 무공을 배우는 놈이 정력을 몰라? 아까 네 몸의 정이 부족하다 했잖아. 이게 그 정이야! 절대 내가 이상한 말을 한 게 아니다?"

정(精)은 생명을 유지하는 근원이며 그 힘이 바로 정력이다. 보통 농축된 정이 진액이 되면 바로 그게 정액(精液)이 되는데 그런 의미에서 성적인 능력을 정력이라고도 한다.

도가에서는 정을 누출하지 않기 위해 정액을 뇌까지 끌어올리는 환정의 법(還精之法)을 방중술로 수련하기도 하니, 그런 면에서 허 의원은 전혀 뜬금없는 말을 한 것도 아니었다.

하지만 허 의원이 말한 것은 바로 후자 쪽, 세속적인 의미의 정력이었다. 선도에서 말하는 정력과 근원은 같으나 가리키는 바가 살짝 다르다.

허 의원은 기분이 찝찝했다. 정식 입적 제자도 아니고 속가인데다 열다섯이면 알 만한 건 다 알겠거니 하고 실없는 농담을 던졌는데, 졸지에 자기만 이상한 사람이 된 기분이다.

"아하, 그렇군요."

정말로 아는지 모르는지 장건이 그렇게 맞장구를 쳤다.

허 의원이 헛기침을 하며 말했다.

"험험, 무인이라면 이 정도는 상식으로 다 알아두어야 한다. 그러니까 다른 스님들에게 말할 필요가 없어. 다들 아는 얘기니까. 알았지?"

"그게 아니구요."

"응?"

"사실은 뭘 먹어야 저도 정력이 좋아질지 생각하고 있었어요. 헤헤."

"허! 요놈 좀 보게?"

장건은 허 의원이 한 말을 곧이곧대로 들었다. 정력의 속칭이 뭔지 알아들을 리가 없다. 남녀 간의 관계를 전혀 모르는 장건에게 중요한 것은 기를 음식으로도 먹을 수 있다는 사실뿐이었다.

도둑놈이 제 발 저리다고 오히려 허 의원이 오해한 것이다.

"넌 지금 탕약을 먹고 있지 않으냐. 그것도 몸에 아주 좋은 것이다."

그러고 보니 탕약을 먹고 나면 어쩐지 배가 덜 고팠다. 하지만…….

"그것 가지고는 모자라요."

"탕약이 모자랄지 어쩔지는 의원이 결정하는 게지, 네가 결정하는 게냐?"

장건이 애원하며 허 의원의 팔에 매달렸다.

"정력에 좋은 음식이 뭔지 제게도 가르쳐 주세요. 네?"

허 의원이 기겁을 하며 장건의 입을 막으려 했다.

"이놈아, 절간에서 왜 정력이 필요해! 누가 들으면 큰일 날 소릴!"

"그래야 빨리 낫는다면서요."

기를 먹는 다른 방법　231

몸 상태가 좋지 않아 평소에 먹던 만큼 호흡으로 기를 먹을 수가 없으니 정력에 좋은 음식, 즉 기가 풍부한 음식을 먹어서라도 기를 먹어야 했다.

이렇게 마냥 배가 고플 수는 없는 노릇이었다.

그래서 장건은 절박했다.

"이, 이 녀석이?"

허 의원이 당황하며 고개를 두리번거렸다. 다행히도 주변에는 아무도 없었다.

"끄응."

허 의원은 괜한 말을 했나 싶어 장건을 곱지 않은 눈으로 쳐다보았다. 하지만 장건의 초롱거리는 눈망울을 보니 차마 냉정하게 뿌리칠 수도 없었다.

"젊은 놈이 밝히긴……. 에이, 좋다. 내 네가 구할 수 있는 약재를 알려주마. 하지만……, 약간의 부작용이 있으니 조심해야 한다."

"부작용이요?"

"뭐……, 네가 알아서 하리라 믿는다만."

알쏭달쏭한 얘기를 한 허 의원이 봇짐을 뒤져서 풀 한 포기를 꺼내 들었다.

"절간에서 육식을 할 수도 없으니 다른 건 알려줄 수 없고, 이렇게 생긴 풀을 보면 잘 뜯어서 말려 두었다가 차처럼 끓여 마시거나 그냥 입에 넣고 심심할 때 씹거라. 이건 가을이 제철인데 지금 뜯어도 상관은 없을 거다."

허 의원이 보여준 풀은 한 줄기에 잎이 세 개씩 달린 특이한 모양의 풀이었다.

"이게 뭐예요?"

"삼지구엽초라 하는 귀한 약초지. 워낙 비싼 거라 우린 천량금(千兩金)이라고도 부른다. 흔히 구할 수 없는 거지만 소림의 뒷산에는 약초꾼들도 함부로 갈 수 없으니 아마 많이 자라 있을 게야."

허 의원은 보여준 풀을 다시 봇짐에 넣었다.

"어? 그거 안 주세요?"

"이거 비싼 거여!"

허 의원은 다짐하듯 말했다.

"어차피 넌 속가제자이니 곧 소림을 나가게 될 거라서 알려주는 거다. 절대로 다른 사람에게는 말하면 안 된다."

그 말을 듣자, 장건은 말없이 손을 내밀었다.

"다른 사람에게 말 안 할게요."

"헙! 이놈 보게? 지금 날 협박하는 거냐?"

"협박이라니요. 그럴 리가요. 헤헤."

"끄으으응. 비싼 건데……."

허 의원은 투덜거리면서 삼지구엽초 한 포기를 장건의 손에 건넸다.

"너, 내가 이렇게 비싼 약초를 주었으니 다른 사람에게 절대 말 안 하기다? 만약 내가 알려주었다 말을 하면 이자까지 쳐서 돈을 받을 테다."

"네. 약속할게요. 고맙습니다."

"오냐오냐. 그럼 난 가마. 탕약은 제때에 복용하도록 하고……. 내일 보자꾸나."

"예, 안녕히 가세요."

허 의원이 방을 나가자 장건은 그가 준 삼지구엽초를 코에 대고 냄새를 맡았다. 냄새는 없는데 무언가 기감이 느껴졌다.

"우와. 이게 정력에 좋은 약초구나."

장건은 여전히 허 의원이 말한 '정력에 좋다는 것'의 의미를 잘못 알아듣고 있었다.

삼지구엽초는 장건이 원하는 정력이 아니라 허 의원이 말한 성적인 면에서의 정력이 증강되는 효능이 있다. 음양이 조화되어 정을 보하는 약초가 아니라 양기가 강해 과다 복용하면 자칫 해가 되는 약초다.

장건은 약초의 끝을 살짝 깨물어 씹었다. 어렸을 때부터 배가 고파 산을 돌아다니며 이것저것 일단 먹고 본 장건이었다. 먹는 것에 대한 두려움은 없었다.

약간 맵다 싶으면서도 단맛이 났다.

씹을 때마다 입 안에서 기가 굴러가는 듯한 느낌이 들었다. 확실히 기가 풍부하게 들어 있는 것을 알 수 있었다.

"아! 행복하다. 이런 편한 방법이 있었다니."

장건은 정말로 기분 좋은 표정으로 눈을 감고 삼지구엽초의 맛을 음미했다.

그런데 문득 이 맛이 익숙하다. 하긴 하도 싸돌아다니며 이것저것 풀을 뜯어 먹었으니 언젠가 한 번은 먹은 것도 같다.

"응?"

자세히 보니 모양도 전혀 생소하진 않았다.

"이거 어디서 본 것 같은데……?"

장건이 고개를 갸웃거렸다.

* * *

"어떻습니까?"

방 밖에서 기다리고 있던 굉목이 허 의원을 보자마자 물었다.

허 의원이 뚱하게 대답했다.

"그렇게 궁금하면 들어오시지 그랬습니까? 왜 꼭 두 번씩 말하게 한담."

허 의원이 보기에 굉목은 참으로 이상하다. 항상 진맥 시간이 되면 와서 기다리고 있다가 나오면 경과를 묻는다.

'그럴 거면 안에 들어와서 같이 있던가. 이건 뭐 숨겨놓은 자식도 아니고. 방장 대사에게 가서 똑같은 말을 또 해야 되는데 말이지.'

굉목이 대답을 하지 못하고 가만히 허 의원을 보았다. 차마 장건을 볼 수 없어서, 라고 말을 할 수 없었다. 무공을 잃게 되어 상심한 아이의 얼굴을 어떻게 볼 것인가.

방법이 없는 것도 아닌데 자신이 해줄 수 있는 일도 없으니, 굉목은 스스로 장건을 볼 낯이 없다.

"아이는 어떻소?"

다시 한 번 묻는데 워낙 딱딱한 나무껍질처럼 표정이 굳어 있어서 허 의원은 깜짝 놀랐다.

'내가 미쳤구나. 굉자배면 보통 배분이 아닌데.'

허 의원이 급히 고개를 수그리며 대답했다.

"경과는 좋습니다만, 여전히 내공은 느껴지지 않습니다. 아무래도 혈맥 중의 어딘가가 막히거나 손상당해 운기가 안 되는 듯합니다."

"그게 어디인지 찾아내는 것이 의원이 할 일이잖소. 아직도 그게 어디인지 못 찾았단 말이오?"

허 의원은 떨떠름하게 대답했다.

"아시다시피 구음절맥(九陰絕脈)이라 하는 것도 마찬가지인데, 대맥(大脈)이 아니라 세맥(細脈)이 상하면 찾기가 어렵습니다. 게다가 회복은 아주 빠른지라……."

허 의원으로서도 답답하기가 이루 말할 수 없을 지경이다. 기맥(氣脈)이 상하면 증상이 있기 마련인데, 증상은커녕 오히려 회복되는 속도가 놀랄 정도로 빠르기만 하다.

"뒤틀린 경락은 시간이 걸려도 회복이 되겠지만, 손상된 것은 저도 손을 쓸 도리가 없습니다. 천고의 영약이라도 있다면 모를까요."

굉목은 씁쓸한 표정을 지었다.

방장 굉운이 신경을 써 좋은 약재를 쓰고는 있지만 역시나 대환단이 필요한 모양이다.

"아, 그리고 말입니다."

허 의원이 갑자기 뭔가 생각난 듯 말을 하려 했는데 굉목은 벌써 들을 얘기를 다 들었다는 듯 저 멀리 암자로 돌아가고 있었다.

"쩝. 성질도 급하시지. 저런 성격으로 어떻게 승려가 되었누?"

허 의원은 입맛을 다시더니 다음 환자를 보러 가면서 중얼거렸다.

"그 좋은 약재들을 쓰는 탕약이 별로 효과가 없다고 말하려 했는데……. 에이 나도 몰라. 어쨌든 낫고 있으니 된 거지 뭐."

허 의원은 서둘러 발걸음을 옮겼다.

"아, 바쁘다. 바빠."

방장실에 가서 경과를 보고해야 하고 다시 환자를 돌보려면 몸이 두 개라도 부족할 지경이었다.

* * *

장건은 허 의원이 돌아간 후에도 이런저런 생각을 하느라 여념이 없었다.

이제 슬슬 걸어 다니는 데에는 문제가 없는데 아직은 여기저기가 아프다.

하지만 그래서 움직이지 않는 건 아니었다.

'내공이 있어야 될 데에 없으니 되게 불편하네.'

단전에서 실타래처럼 뭉쳐 있던 내공이 조금도 느껴지지 않았다. 대신 몸 안의 여기저기에 실타래의 흔적은 남아 있었다. 마치 집을 떠나 쉴 곳을 찾지 못하는 것처럼 내공이 경락의 곳곳에 흩어져 있다.

어느 정도 기를 다룰 수 있게 되었으니, 다시 원래 자리로 돌려놓으려고 해도 단전에 머물었다가도 삐친 아이처럼 순식간에 다른 곳으로 도망가 버렸다. 꼭 구멍이 나 새는 듯하다. 그러다가도 다시 단전으로 몰리고 또 달아나고 한다.

움직일 때마다 자연스럽게 단전에서부터 내공이 풀려나와야 편한데, 계속 단전으로만 몰릴 뿐이니 움직이는 동작이 어쩐지 거추장스러웠다.

아직은 장기나 근육도 다 낫지 않아 그런지 몰라도 팔다리에 무거운 추를 달고 움직이는 느낌이었다.

늘 최소한으로 움직이다가 평범하게 움직이려니 거부감이 잔뜩 드는 건 어쩔 수가 없다.

"하아, 몸이 다 나을 때까지는 운기행공도 못하는 건가?"

장건은 침상에 누워 팔베개를 하고 천장을 올려다보았다.

그 사이에도 내공은 흩어졌다가 단전에 모이기를 반복하고 있었다.

"소주천을 하면 기분이 되게 좋았는데."

겨우 소주천을 할 수 있게 되었는데 그것을 하지 못하게 되니 실망이 이만저만이 아니었다.

"빨리 나아서 다시 소주천도 하고 그랬으면 좋겠다."

장건은 그렇게만 생각하고 있을 뿐이다.

그러나 장건은 아직 역근경으로 변화된 자신의 신체가 어떤 식으로 움직이고 있는지 몰랐다. 스스로도 깨닫지 못하는 사이 장건의 신체는 상처 회복을 위해 쾌속하게 움직이고 있었다.

손상된 몸을 고치는 데에는 정의 기운이 필요한데, 정과 기가 이미 일체화된 시점에 있는 장건의 내공은 몽땅 정으로 바뀌어서 다친 부위에 몰려 회복력을 극대화시키고 있었던 것이다.

다른 사람들이 생각하듯 완전히 내공을 잃은 것이 아니었다. 다만 단전이 잠시 비어 있을 뿐이었다.

심지어 제아무리 좋은 약재로 달인 탕약을 먹어도 그 기운이 순식간에 흡수되어 몸을 고치는 데 사용되고 있었다.

그러니 장건이 음식을 아무리 먹고 또 먹어도 배가 고픈 것은 당연한 일이었다.

가만히 누워 있던 장건이 하릴없이 손가락과 발가락만 꼼지

락거리고 있을 무렵, 깜짝 놀랄 만한 이가 장건을 방문했다.

"어? 방장 대사님!"

굉운이 혼자서 장건을 방문한 것이다.

장건이 일어나서 합장을 했다.

"나무아미타불. 안녕하셨어요?"

"아미타불. 그래, 몸은 어떠하냐?"

장건이 웃으면서 대답했다.

"많이 좋아졌어요. 이젠 이렇게 일어서도 별로 아프지 않아요."

"잘 되었구나."

굉운은 미소를 머금고 장건을 보았다.

바쁜 와중에도 잠시 짬을 내어 장건을 찾아왔다. 어쩌면 그것은 작은 죄책감 때문인지도 몰랐다.

"할 얘기가 있어서 왔다."

"부르셨으면 갔을 텐데요."

"아니다. 아픈 사람에게 오라 가라 할 수 있겠느냐. 멀쩡한 내가 움직여야지."

"헤헤. 아직 좀 아프긴 해요."

장건의 표정은 그다지 어둡지 않다. 무공을 잃게 된 아이의 얼굴치고는 너무 밝아서 굉운은 그것이 더 의아하게 생각될 정도다.

아마 아직 자신의 상태가 어떤지도, 앞으로 어떤 일이 닥치게 되는지도 모르는 것 같다.

굉운이 천천히 입을 열어 물었다.

"소왕무와 비무를 할 때 말이다. 왜 공력을 분산하지 않고 네 몸을 쳤는지 묻고 싶구나."

장건은 너무 당연하다는 듯 대답했다.

"공력을 끌어올리는 건 조금 할 줄 아는데 풀어 버리는 건 아직 못 배웠거든요. 그렇다고 다치는 걸 알면서 계속할 수도 없고 해서요."

새삼 홍오의 가르침이 잘못되었다는 것을 확신하고 있는 굉운이다.

"상대가 다칠 줄 알았다면 왜 발경을 했느냐?"

굉운은 최대한 부드럽게 물었다. 장건이 낮게 한숨을 쉬면서 대답했다.

"소왕무에게 너무 미안했어요."

"미안해?"

"네. 제가 비무하는 법을 제대로 몰라서 소왕무를 화나게 했잖아요. 원래 발경은 위험하니까 굉목 노사님께서도 하지 말라 하셨는데, 소왕무가 최선을 다하지 않는다고 생각하는 거 같아서 그만……."

"허!"

도대체 어디부터 잘못된 것인가.

무인이라면 응당 당연하다 생각하는 일을 모르는 것이니 일일이 가르쳐 줄 수도 없는 노릇이 아닌가.

하나, 아무리 그렇다 해도 남을 다치게 하기 싫어 스스로의 몸을 해한 마음씨가 너무나도 순수하다.

굉운은 장건을 지그시 바라보았다.

이런 착한 아이에게 못된 말을 해야 하는 자신이, 자신의 위치가 참으로 원망스럽다.

굉운이 말없이 바라보자 장건이 쑥스러운 얼굴로 머리를 긁적였다.

"제가 자초한 일이니 너무 신경 쓰지 않으셔도 돼요."

"그래서 그런 것이 아니란다."

"네? 그럼요?"

"만약에 말이다. 네가 무공을 할 수 없게 된다면……, 그러면 어떻게 하겠느냐?"

"글쎄요. 실수로라도 다른 사람을 다치게 할 일이 없으니 안심이 되긴 하겠지만……, 불편할 것 같아요. 지금도 많이 불편하거든요."

정말로 장건은 그렇게 생각했다. 큰 힘을 가졌어도 행복하지 않았다. 스스로 편해지고자 무공을 연습한 게 아니라 돌멩이에 맞아 피멍이 들면서 배워야 했고, 다른 사람을 다치게 할까봐 걱정이 되어 수련을 해야 했다.

장건이 원한 것은 그런 것들이 아니라 그저 작고 소소한 것이었다.

배가 고프지 않도록 적게 움직이는 것.

그것이라면 굳이 무공을 배우지 않아도 상관없었다. 어차피 조금만 더 참으면 집으로 갈 수 있고, 그럼 배가 고플 때마다 마음대로 먹어도 될 테니까.

"그래. 그렇구나."

굉운은 차마 말을 할 수가 없었다.

"괜찮아요. 빨리 정려……, 아니 기를 먹고 나을 거예요. 걱정해 주셔서 감사합니다."

굉운은 장건이 말을 흐린 '정력'이라는 단어에서 이상한 느낌을 가지지 못했다. 그저 왠지 모르게 흘러나오는 한숨을 속으로 삼키며 물었다.

"만약에 말이다. 네가 무공을 하지 못하게 되었는데 다시 무공을 할 수 있는 방법이 있다면, 그 때문에 다른 사람에게 피해를 끼칠 수 있지만 그런 방법이 있다면 하겠느냐?"

"괜찮아요. 전 굳이 다른 사람에게 피해를 끼치면서까지 무공을 하고 싶지는 않아요. 죽을 지경도 아닌데 조금 편하자고 그럴 수는 없죠."

장건은 자기가 무공을 못하게 될 거라는 건 생각하지 못하고 있었다.

"그래……. 그거 다행이구나."

굉운은 왠지 모르게 안도가 되었다. 오히려 장건에게 자신이 위로를 받은 기분이었다.

'사실은 장건이의 생각이 정상적이지 않은가.'

영약 하나 때문에, 절세의 비급 하나 때문에 수많은 강호인들이 죽고 죽인다. 주인 없는 보검이라도 하나 발견되었다 하면 그 얼마나 많은 혈겁(血劫)이 일었던가.

'모두가 이 아이처럼 생각한다면 적어도 부질없는 희생과 피바람은 불지 않을 것을.'

그러나 그렇게 생각하는 굉운조차 소림을 위해 장건을 내버려두고 있는 것이다. 대환단이 물론 귀하긴 하나 한 사람의 걸출한 인재에 비할 바가 아님에도.

우내십존이 소림을 찾아온다는 소식만 듣지 않았다면 이런 일도 없었을 테지만, 이미 지나간 건 어쩔 수 없는 일이다.

"당분간은 홍오 사숙께 무공을 배우지 않아도 되니, 이곳이 편하다면 계속 머물러 있어도 좋다."

장건은 별로 생각해 보지도 않고 고개를 저었다.

"전 굉목 노사님의 암자에 있어도 괜찮아요."

"하지만 아무것도 없는 산중에 있으면 불편할 텐데? 의원에게 들으니 족히 몇 달은 요양이 필요하다고 하더구나."

"그래도 전 노사님하고 있는 게 편해요."

"그래? 허허. 그럼 그렇게 하려무나."

이러니 굉목이 장건의 일이라면 팔부터 걷어붙이는가 보다. 참으로 선한 마음과 똘망똘망한 눈빛이 마음에 드는 아이다.

그러나 우내십존이 발길을 돌린다 해도 장건이 속세로 나갔을 때를 생각하면 대환단을 줄 수가 없다.
 굉운은 가만히 있을 수는 없었다. 그가 할 수 있는 최선을 이 아이에게 해주고 싶었다.
 "이것을 받거라."
 굉운이 손을 내밀었다. 굉운의 손바닥에는 손가락 한 마디만 한 크기의 작은 구슬이 염주에 꿰어져 놓여 있었다.
 "이게……, 뭔데요?"
 "피독주(避毒珠)라는 거란다. 이걸 목에 차고 있으면 나쁜 독을 어느 정도 막아주기도 하지만 몸에서 나쁜 기운을 몰아내 건강하게도 만들어 주지."
 "헤에?"
 장건이 눈을 휘둥그레 떴다. 아무리 물정을 모르는 장건이라 해도 굉운이 내민 물건이 보통 보물이 아님은 쉽게 알 수 있었다.
 "이런 귀한 걸 왜 제게 주시나요?"
 "나중에라도 네가 소림을 섭섭하게 생각하지 않기를 바라서란다."
 "전 지금도 별로 섭섭하지 않은걸요?"
 "받아두면 다 쓸모가 있을 게야."
 굉운은 직접 손바닥에 내공을 운기해 피독주에 주입했다. 굉운의 내공은 역근세수경(易筋洗髓經)이다. 뿌리는 역근경과 같으나 역근경보다 한 단계 더 위의 상승심법이다.

원래 하나인 것이 후대에 이르러 오히려 역근경과 세수경으로 분화되었고 지금에 이르러서는 가장 항렬이 앞선 적전의 대(代)에만 전해지는 소림 최고의 심공이다.
  그 최고의 내공을 피독주에 주입하자 피독주가 은은한 백색의 광택을 내기 시작했다.
  "색이 엄청 예쁘네요?"
  "혹여 나쁜 마음을 지닌 이들이 보면 탐을 낼지도 모르니 조심히 간직하거라."
  "예. 감사합니다."
  장건이 합장을 하며 고개를 숙이자, 굉운이 직접 장건의 목에 피독주를 걸어 주었다.
  그제야 굉운의 마음에서도 부담이 조금은 덜해지는 기분이었다.

  * * *

  "휴우. 오늘이 돌아가는 날이구나."
  장건은 사흘간 머물었던 방을 둘러보았다. 별다른 것도 없이 침상과 탁자 하나만 달랑 놓인 채 벽에 걸린 말린 약초의 냄새만 가득한 작은 방이다.
  그나마도 굉운이 신경을 써서 다른 환자들과 함께 있지 않고 혼자서 편히 쉴 수 있도록 배려해 준 것이다.

장건은 길게 기지개를 켰다. 오래 돌아다니지 않아서 그런지 온몸이 다 찌뿌듯했다.

"돌아가기 전이니 청소라도 해둘까?"

아직 몸이 다 낫지 않아 불편했지만 그것은 장건이 생각하기에나 그런 것이다. 허 의원은 장건의 빠른 회복을 보고 어안이 다 벙벙할 지경이었다.

내가중수법에 당해서 근골이 상했는데 사흘 만에 일어나 산으로 가겠다고 떼를 썼으니 말이다.

장건은 별것도 없는 방 안을 이리저리 돌아다니며 꼼꼼하게 청소를 했다.

먼지를 털고 침상을 정리하고, 탁자 위를 닦았다. 벽에 걸린 약초들도 잘 정돈해 다시 걸어 놓았다.

"아, 이제 보기 좀 좋네. 썩 마음에 들진 않지만."

내공이 움직이지 않다 보니 효과적으로 할 수도, 완전히 마음에 들 정도로 정리할 수도 없었지만 그래도 대충 깔끔해진 것을 보니 기분이 좋아졌다.

"정력에 좋은 걸 많이 먹어서 빨리 나아야지."

장건은 허 의원이 주었던 삼지구엽초를 들고 흐뭇하게 웃었다. 그것이 어디에서 자라고 있는지 기억이 난 까닭이었다.

끼익.

그때 문을 열고 허 의원이 들어왔다. 장건이 담백암으로 올라가기 전에 탕약재를 챙겨 온 것이다.

"짐은 다 쌌느냐?"

"예. 그동안 감사했습니다."

"감사는 무슨……. 아무튼 몸조리 잘 하고 약은 때맞춰 먹어야 한다?"

"예."

허 의원은 장건에게 약재를 넘겨주고는 두리번거렸다.

"그런데 방이 좀 이상하구나? 원래 방이 이랬나?"

뭔가 말로는 표현할 수 없는데 기분이 꺼림칙하고 찝찝한 느낌이었다.

"아, 제가 방금 정리했거든요."

"그래?"

허 의원은 다시 주변을 둘러보며 이마를 찡그렸다.

겉으로 보면 다른 방과 별다를 것이 없었다. 침상과 탁자, 벽에 걸린 약재.

"왠지 답답하구나. 공기가 텁텁한 것 같기도 하고……."

허 의원은 창가로 가 창문을 열었다.

시원한 공기가 들어온다.

그런데도 이상한 기분은 영 사라지질 않는다. 꼭 아무것도 안 하고 집에 틀어박혀 있으면 돈 벌어오라 마누라가 성화를 부리고 바가지를 긁는 느낌이라고나 할까?

"되게 묘하네 그려."

"예? 왜요?"

"아니다. 이제 그만 올라가거라. 수다 떨다가 해 다 지겠다."
"그럼 전 이만 가볼게요. 다음에 또 뵈어요."
"의원과 산적은 다신 안 만나는 게 좋은 거다. 다른 사람들한테 내가 말하지 말라고 한 거 잊지 말고."
"헤헷, 네."

장건이 인사를 하고 떠났음에도 허 의원은 한참이나 방을 벗어나지 못했다.

"도대체 뭐지?"

알 수 없는 찜찜함이 자꾸만 그의 발걸음을 붙들었다.

허 의원은 좀 더 세심하게 방 안을 살폈다.

"거 참, 희한한 노릇일세."

문득 벽에 걸린 말린 약초가 눈에 들어 왔다.

말린 약재 말고 방 안에 별 물건이 없으니 이상한 게 있다면 그것뿐이었다.

"이게 상했나?"

허 의원은 줄줄이 꿰어 걸어둔 약초를 집고 킁킁대며 냄새를 맡았다.

이상한 건 없다. 그저 약초 특유의 향만 날 뿐이다.

"안 상했는……."

하지만 허 의원은 미처 말을 끝내지 못했다.

약재가 상했다거나 곰팡이가 피었다거나 해서 그런 게 아니었다.

"뭐, 뭐냐?"

어이없게도 약초의 모양이 하나같이 판박이였다. 마치 틀로 찍어낸 것처럼 다 똑같은 모양이다.

야생에서 자라던 약초를 채취해 짚끈으로 엮어 말린 것이다. 하나같이 생김이 다르고 크기가 다르고 잎의 개수가 달라야 하는데, 허 의원이 집어든 것은 다 비슷비슷하게 생겼다.

칼로 끝을 맞추어 자른 것도 아닌데 크기까지 똑같은 건 말도 안 되는 일이다.

허 의원은 귀신에 홀린 것 같았다.

"도, 도대체 이건 무슨……."

눈을 비비고 자세히 보니 아주 똑같은 것은 아니었다. 어떻게 장난을 친 것인지 약초들은 참으로 신기한 수법으로 네모반듯하게 잎과 뿌리가 접혀 있었다.

"누가 이런 쓸데없는 짓을 한 거야. 쯧쯧."

허 의원은 말린 약초를 다시 걸어 놓았다.

그래도 기분이 이상하다.

"……."

아직 어딘가 찜찜한…….

허 의원은 고개를 돌렸다.

"얼씨구?"

침상을 보니 이불도 그렇다. 구김살 하나 없이 쫙 펴져 있었다. 얼음이 언 것 같다고 하면 과장일 테지만, 아무튼 깔끔하게 정돈이 되어 있었다.

"누가 침상 위로 다림질을 해놨어?"

어떻게 이렇게 기가 막히게 해놓았는지 눕기가 다 부담스럽다.

"으음."

허 의원은 침상을 한참이나 노려보았다.

그러더니 손을 치켜들었다.

탁!

휘리리릭.

침상 위를 마구 손으로 휘저어 흐트러뜨렸다. 그래도 마음에 들지 않자 이불 끝을 잡고 휙 하니 들어 올렸다가 다시 내려놓았다. 자연스럽게 천의 주름이 생겨났다.

허 의원은 이어 벽에 걸려 있는 약초도 삐딱하게 돌려놓았다. 일부러 약초를 잡고 흔들기까지 했다.

바스락 바스락.

말라 있던 약초 잎의 부스러기가 떨어졌다.

"이제 좀 낫네. 사람이 사람답게 살아야지, 이게 뭐여."

그제야 답답한 기분이 풀어지는 듯했다.

허 의원은 몇 번 숨을 크게 마시고 내뱉었다.

정돈되어 있던 것을 어지럽혔더니 기분은 좋아졌는데 불현듯 왜 자신이 여기서 이러고 있는지 모르겠다는 생각이 들었다.

"에잉, 모르겠다."

허 의원은 방을 나가면서 내친김에 침상과 벽 사이에서 절묘하게 직각으로 놓여 있던 탁자의 다리를 걷어찼다. 탁자 다리가 미끄러지며 비스듬히 놓여졌다.

허 의원은 손을 탁탁 털고 방을 나갔다. 왠지 모르게 찜찜한 기분과 개운한 기분이 동시에 들어 떨떠름했다.

"하여간 괴상한 녀석이라니까."

하지만 허 의원은 몰랐다.

만약 장건이 완전히 내공이 회복되어 있었다면 단순히 찜찜한 정도가 아니었을 거라는 걸.

*   *   *

제전에서 사고가 생긴 지 사흘 만에 장건은 꿩목과 다시 암자로 올라갈 수 있게 되었다.

장건의 몸놀림은 확실히 예전 같지 않았다.

역근경에 의해 변한 몸이라 걷는 자세는 여전히 최소의 움직임을 고수하고 있긴 한데, 어딘가 걸음이 툭툭 끊어지는 느낌이다.

숨도 거칠다.

그 평온하고 온유하게 흐르던 호흡이 이제는 평범한 아이의 호흡으로 바뀌었다. 몸이 힘드니 호흡을 유지하지 못한다.

꿩목은 헉헉대는 장건을 보면서 마음이 짠하다. 차라리 딱딱한 발걸음이 그리워졌다.

"휴우."

장건은 암자를 오르는 동안 몇 번이나 짧은 숨을 내쉬었다. 손에는 당분간 먹어야 할 탕약들을 바리바리 싸들고 있어서 걸음도 무겁다.

하지만 굉목은 조금도 도와주지 않았다. 오히려 힘들어 하는 장건에게 호통을 쳤다.

"빨리 걷지 않고 뭘 하느냐! 이러다가 해가 다 지겠다."

장건은 그간 보이지 않던 땀까지 흘리며 멀리 작은 점처럼 보이는 담백암을 보았다.

"예전으로 돌아간 것 같은 기분이네요. 처음 이 봉우리를 올랐을 때처럼요."

그 말이 왜 그렇게 가슴을 저리게 만드는지 굉목은 갑자기 말문이 탁 막혔다.

잠시 장건을 응시하던 굉목이 코웃음을 치며 인상을 썼다.

"몸이 다 낫지 않았으면 더 누워 있을 것이지, 왜 올라가겠다 해서 날 귀찮게 하는 거냐. 에잉…… 네 녀석도 처음이나 지금이나 전혀 변한 게 없구나."

굉목은 낚아채듯 장건의 손에서 탕약 꾸러미를 빼앗고는 앞서서 걸어가 버렸다.

휘적휘적 걷는 굉목의 뒷모습을 보면서 장건은 코밑을 손가락으로 문질렀다.

"헤헷."

처음과 변한 게 없다 하지만, 적어도 굉목 자신은 변했다는 걸 모르는 모양이었다.

*   *   *

계율원의 원호와 긴나라전주 원상, 그리고 원우를 비롯한 원자배의 승려 몇이 모였다.

문수각주 원전이 말했다.

"홍오 사백조의 말씀이 틀리지 않습니다. 장건이란 아이는 내공을 완전히 상실한 것 같습니다. 의원에게 직접 물어 확인하였습니다."

"흐음."

원자배의 승려들은 미심쩍은 느낌을 지울 수가 없었다.

천불전주 원당이 사나운 눈매를 일그러뜨리며 물었다.

"아무리 침투경으로 내상을 입었다 하더라도 내공을 잃는 것이 가능한가?"

원전이 대답했다.

"소제도 그 점이 미심쩍으나 내공을 상실한 것은 사실입니다. 몇 달간 요양하며 지켜보아야 하지만 앞으로 상승 무공을 익히기 어려운 몸이 될 것이라 합니다."

"설사 그것이 사실이라 하더라도 너무 우연찮은 일이지 않은가."

원호가 불호를 외었다.

"아미타불, 당장에 큰 짐은 덜었으나 소림의 미래가 달린 만큼 신중을 기해야겠지. 사제들은 아이의 몸이 다 나을 때까지 경각심을 늦추지 말게."

"알겠습니다, 사형."

"나는 조만간 홍오 사백조의 과거 문제를 매듭지을 생각이네. 스스로 떳떳하지 못하고서야 어찌 남들 앞에 당당할 수 있겠는가."

원호가 단호하게 말했다.

"강호의 은원은 강산이 바뀌어도 변하지 않는 법이니, 비록 우리 대에서는 어려울지 모르나 적어도 무자배에까지 부끄러움을 남길 수는 없도록 해야 하네."

긴나라전주 원상이 말을 받았다.

"그러기 위해서는 방장 사백을 비롯해서 굉자배가 모두 책임을 져야 할 것입니다."

"그래야 하고말고."

원자배의 얼굴에 비장한 각오가 어렸다.

원자배의 목표는 어찌 보면 반란에 가까운 일. 자칫하면 사문을 거스르는 행동이 될 수 있는 위험한 일이었다.

그러나 적어도 이곳에 모인 이들은 그만한 각오를 하지 않고서는 소림을 위기에서 구해낼 방법이 없다고 생각했다. 이것만이 당금 강호에서 타 문파에 배척받고 있는 소림을 위한 최선이라 여겼다.

"아미타불……. 우내십존과 홍오 사백조와의 문제가 장건이란 아이 하나로 해결될 수 있다면 좋겠구나."

원호의 눈이 고심에 젖어들었다.

제8장

홍오의 텃밭에 생긴 일

장건은 담백암에 겨우 도착해 한숨을 돌렸다.
"후아!"
전에는 본산에서 담백암까지 반시진도 안 걸렸는데, 이제는 7년 전에 그랬던 것처럼 한나절은 걸린 느낌이다.
슬슬 겨울이 와서 날이 서늘한데도 땀투성이가 된 장건을 보며 굉목이 혀를 찼다.
"쯧쯧. 겨울은 나고 올 것이지."
"아녜요."
장건은 대충 땀을 닦은 다음 다시 일어섰다. 지금 장건의 머릿속에는 한 가지 생각밖에 없다.

"노사님, 저 잠시 다녀올게요!"

성치도 않은 몸으로 장건은 다시 산을 오른다. 굉목은 말리지도 못하고 가만히 장건을 보기만 했다.

'꼭 암자로 올라가야 한다고 조르더니 사부님을 찾아가는 겐가?'

장건의 발걸음은 홍오의 암자로 향하고 있었다.

"흠."

굉목은 낮은 신음소리를 내더니 이내 고개를 절레절레 흔들면서 암자 안으로 들어갔다.

한편, 장건은 낑낑대면서 비탈길을 올랐다.

"전엔 힘든 줄도 몰랐는데……."

빨리 기를 먹고 나아서 마음껏 활개를 치고 싶었다. 품속에서 삼지구엽초를 꺼내 다시 보았다.

"이렇게 생긴 풀, 분명히 봤어."

몸이 덜 나아 치료를 받아야 한다고 허 의원이 강력하게 주장했지만, 그만 암자로 돌아가고 싶다고 떼를 쓴 것은 바로 그 때문이었다.

"정력에 좋은 풀이 눈앞에 있다!"

장건은 다시 힘을 내 걸음을 옮겼다. 눈앞에 삼지구엽초가 어른거려서 이젠 피곤함도 별로 느껴지지 않았다.

* * *

홍오는 유난히 거무스름한 색의 차를 홀짝 마셨다.

"차 맛은 좋은데 영 기분이 안 나는구나. 에잉."

홍오는 아직도 장건에 대한 미련을 버리지 못하고 있었다.

"대환단 하나면 다 해결되는데……."

죽은 사람도 살린다는 소림의 대환단이다. 대환단만 있다면 장건은 몸을 회복할 수 있음과 동시에, 누구에게도 뒤지지 않을 내공 또한 갖게 될 것이다.

장건은 어떤 상태에서도 최적화된 움직임을 보일 수 있는 재능이 있다. 그러나 아무리 그런 재능이 있다 할지라도 자신보다 빠르고, 힘이 센 이를 이길 수는 없다.

침투경을 한다 해도 타격이 되었을 때에나 경력이 침투하지, 때리지 못한다면 소용이 없는 것이다.

게다가 내공의 수위가 크게 차이난다면 별다른 해를 입힐 수도 없다. 원우가 발경 중인 장건을 붙들어 내상을 입었다지만, 중상이라고는 할 수 없다. 그게 만약 홍오였다면 한 번 소주천을 하는 것으로 해결했을 터다.

그래서 내공이 필요하다.

내공은 장건의 몸을 더 빠르게, 더 강력하게 만들어 줄 것이다.

"다비(茶毘)를 해도 사리 한 조각 떨구지 않을 못된 방장 같으니. 그깟 우내십존이 뭐가 무서워서."

솔직히 우내십존이란 이름 하나만으로도 그들을 결코 무시할 수 없다는 것은 안다. 과거에 계속해서 강호행을 했다면 자신도 그중 한 명이 되어 있었겠지만.

홍오는 식어 버린 차를 다시 따르며 수염을 쓰다듬었다. 어지간해서는 움직이지 않는 우내십존이 왜 소림을 눈여겨보고 있는 것일까.

"과거에 도대체 무슨 일이 있었지?"

아무리 생각해도 알쏭달쏭하다. 무슨 일이 있긴 있었으니 윤언강이 다녀간 이후 그런 움직임을 보였을 텐데 말이다.

"에잉, 모르겠다. 갔다 와서 생각해야지."

홍오는 자리를 박차고 일어섰다.

"슬슬 시간이 됐으니 물건이나 받으러 가야겠군."

홍오는 바랑 하나를 챙겨들고 암자를 내려갔다.

굉운의 명령 때문에 장건을 가르칠 수도 없어 낙이 사라진 홍오다. 그나마 전엔 장건을 가르치며, 장건이 무공을 희한하게 받아들이고 성장하는 모습을 지켜보는 낙이라도 있었다. 그것이 사라진 지금, 홍오의 유일한 낙은 차를 마시는 것이다.

홍오가 마시는 차는 특별하다.

흔히 말하는 독초를 이용해 차를 만든다.

젊었을 때부터 든 습관이다. 아니, 습관이라기보다는 강호의 모든 무공을-심지어는 독공까지도- 익혀야 한다는 생각에 젊었을 때부터 독을 다루다 보니 그런 취미가 생겼다.

평범한 사람은 꿈도 못 꿀 일이지만 홍오의 내력이면 어지간한 독초는 영향을 주지 못한다. 오히려 특이한 독초의 향과 맛을 즐길 정도다.

홍오는 곧장 본산으로 내려왔다.
소림 최고의 괴짜가 작은 바랑을 들고 일주문을 서성거리니 지객승들은 괜히 불안해졌다.
지객승 중 한 명이 물었다.
"저희가 도와드릴 일이라도 있습니까?"
"아니. 그런 거 없어. 그냥 누굴 좀 기다리는 게야."
기다리던 사람이 왔는지 홍오가 반색을 하며 그에게로 갔다. 작은 망태기를 짊어진 허 의원이다. 허 의원이 홍오를 보고 합장을 했다.
"평안하셨습니까요, 아미타불."
"아미타불. 나야 평안하지. 그래, 그건 그렇고, 오늘은 또 어떤 좋은 걸 가져왔나?"
"예. 그것이 말이지요."
허 의원이 망태기를 열어 그 안에 있는 풀들을 보여주었다.
"호오. 향이 아주 좋군."
허 의원이 물었다.
"약으로 쓰셔도 달여 드시기에는 적은데 도대체 제가 그간 드린 독초들은 어디에 쓰시려고 그럽니까?"

"심어서 키우려고."

"네? 이 독한 놈을 키워요? 아무 데서 쉽게 자라지도 않을 텐데요?"

"잘 자라는 데가 있으니 자넨 그런 거 신경 쓰지 말고 다음에 또 좋은 놈 있으면 가져다 주게."

홍오가 자신이 가져온 바랑을 주고 허 의원에게서 망태기를 받았다.

허 의원이 바랑을 살펴보고 히죽 웃었다.

"늘 이렇게 챙겨주시니 고맙습니다만, 오늘이 마지막 날이라 아쉽군요. 이처럼 약효가 뛰어난 천량금은 소림에서밖에 얻을 수 없는데 말입니다."

"승려들에게 천냥이고 만냥이고 뭐가 필요하겠나. 아무튼 다음에 또 보세나. 좋은 놈을 구하면 아무 때나 들러."

홍오가 인사를 하고 가자 허 의원은 히죽히죽 웃으면서 몇 번이나 바랑 안을 보았다.

안에는 말린 삼지구엽초가 가득 들어 있다. 질이 워낙 좋아 보통의 삼지구엽초보다 두세 배는 더 값을 부를 수 있을 것이다.

"몇 년은 족히 놀고먹을 수 있겠구나."

허 의원의 입에서는 웃음이 끊일 줄 몰랐다.

홍오가 자신이 가져온 독초들을 어디에 쓰려는지는 그에게 별로 상관이 없는 문제였다.

홍오는 암자로 올라가다가 중간에 옆으로 틀어 자신의 비밀 장소로 갔다.

"잘 자라는구나. 귀여운 것들."

홍오가 도착한 곳에는 각양각색의 풀과 꽃들이 수북하게 자라 있었다. 이 자리는 유난히 음기가 강해 음기를 먹고 자라는 독초들이 잘 자랐다.

지형적으로 주변에 비해 약간 오목한데 그 주위를 온통 양기가 강한 약초들이 가득 메우고 있어서, 오히려 중앙으로 습한 음기가 몰려든 기묘한 곳이었다.

덕분에 이곳은 홍오가 심어둔 온갖 독초들이 사시사철 계절을 가리지 않고 성하게 자랐다.

이곳이 홍오에게는 일종의 텃밭인 셈이다. 더구나 수십 년 동안 가꿔왔기에 홍오에게는 보물이나 다름없었다. 어차피 가만 내버려두어도 잘 자라지만.

소림의 산문을 나가지 못하는 홍오가 약초를 얻는 방법은 아까처럼 누군가에게 받는 것이다. 텃밭 주변에 자라고 있는 약초를 뜯어 말려 두었다가 의원이나 약초꾼들이 독초를 가져오면 그것과 교환해서 얻는 식이다.

홍오는 오늘 허 의원에게 받은 독초를 정성껏 심었다. 지금이야 한두 포기 정도지만 시간이 지나면 풍성하게 자라 있을 것이다.

"오늘은 뭘 따볼까나. 떨떠름하니 입맛도 없는데 오두(烏頭)

라도 가져다 끓일까?"

약초꾼들이 들으면 기겁을 할 말을 홍오는 태연스럽게 했다.

오두는 법제(法製)하지 않으면 독이 되는 초오(草烏)의 뿌리다. 사냥을 할 때 화살촉에 바르거나 사약의 재료로도 쓰일 만큼 치명적인 독을 가지고 있었다. 혈액에 섞이면 신경이 마비가 되어 순식간에 사람이 죽는다.

홍오는 옹기종기 초오를 모아 심은 곳으로 가다가 문득 뭔가 이상한 것을 느꼈다.

"얼레?"

홍오가 갑자기 인상을 썼다.

"산짐승이라도 왔다 갔나?"

산짐승이든지 뭐든지 왔다 간 듯한 흔적이 있었다. 여기저기 풀을 뽑은 흔적이 보였다. 게다가 멀리 삼지구엽초가 잔뜩 자라고 있는 풀밭도 일부가 비어 있었다.

가까이 다가가 자세히 보았으면 사람의 흔적인지 알았을 테지만, 홍오는 별로 신경 쓰지 않았다. 워낙 삼지구엽초가 흔하기에 얼마쯤은 있으나 없으나 티도 나지 않는다.

삼지구엽초뿐 아니라 간혹 사람은 못 먹는 독초를 먹고 사는 산짐승들도 있어서 홍오도 그 정도는 그냥 내버려두고 있었다.

"산짐승들이 새끼를 낳을 때가 되었나? 고놈들도 좋은 약초는 아는구만. 헐헐."

홍오는 다시 초오를 보았다.

푸른색의 예쁜 꽃들이 달려 있어 겉으로 보기에는 그것이 치명적인 독초라고 생각하기 힘들다.

"음. 아무래도 이건 좀 더 아껴두어야겠군. 구하기 힘든 녀석이라 아깝단 말이지."

홍오는 초오 몇 뿌리만 조심스럽게 캐서 망태기에 얹고는 흥얼거리면서 암자로 돌아갔다. 정오를 지나면서 홍오의 텃밭을 드리우고 있는 커다란 느릅나무의 그림자가 길게 늘어갔다.

* * *

장건이 가는 곳은 바로 느릅나무가 있는 곳이다.

전처럼 오르기가 쉽지 않지만 그럴수록 빨리 기를 먹고 나아야 한다는 의지가 샘솟았다.

"하아, 힘들다."

장건은 잠시 느릅나무의 그늘에 앉아 쉬었다. 느릅나무 아래에서 단전호흡을 좀 하다가 다시 일어섰다. 단전호흡을 해도 기를 먹는 느낌이 별로 없다. 그래서 장건은 다른 방법에 희망을 걸고 있었다. 바로 허 의원이 말한 정력에 좋다는 삼지구엽초를 먹는 것이다.

"내가 기가 부족해서 정이 약하고, 정이 약해서 몸이 낫지 않는다고 했으니 정력에 좋은 걸 많이 먹어서 빨리 나아야지."

이미 자신의 기가 모두 정으로 변해 회복되고 있다는 걸 모르는 장건이었다. 기는 의념으로나마 느낄 수 있지만 정은 느껴지는 것이 아닌 까닭이다.

 장건은 느릅나무에서 약간 벗어난 언덕배기 쪽으로 갔다. 그곳에는 흰 꽃잎을 가진 삼지구엽초를 비롯해서 온갖 약초가 빼곡하게 자라 있었다. 허 의원이 준 삼지구엽초를 어디선가 봤다 싶었더니 바로 느릅나무 근처였다.

 장건은 눈에 보이는 대로 한 아름 풀을 뽑은 후 냇가로 가서 흙을 털어냈다. 그리고는 하나씩 입에 넣고 오물오물 씹었다.

 풍부한 기의 맛이 느껴진다.

 한 아름 뽑아온 삼지구엽초를 씹으니 곧 몸 안이 열기로 후끈해졌다. 장건도 자신의 몸에 변화가 있는 것을 느꼈다. 일부러 관조하지 않아도 느낄 수 있을 정도로 뜨거운 것들이 몸 안을 뱅글거리고 돌아다닌다.

 운기행공을 할 때와 같은 느낌은 아니고, 뜨거운 덩어리들이 방황하며 온몸을 돌아다니는 듯하다.

 '끄응, 이게 단전으로 들어가야 하는데.'

 단전으로 가는 듯하다가 다시 나와 버리니 안달이 난다.

 이유를 모르는 장건은 자꾸만 의문이 들 수밖에 없었다.

 몸속에서 그렇게 하염없이 빙 돌던 덩어리들이 결국은 몸 전체로 퍼져 버리는 것이다.

 장건은 발을 동동 굴렀다.

 삼지구엽초는 음양곽(淫羊藿)이라고도 부르는데, 숫양이 이 풀을 먹고 하루에 백 차례나 교접을 하게 되었다 해서 부르는 명칭이다.

그만큼 뛰어난 효과가 있는 약초지만 많이 먹는다 해서 내공이 확 늘어나는 것은 아니다. 극양의 성질을 가지고 있어서 오히려 수양에는 방해가 된다.

내공이 불어나는 것보다 직접적으로 정(精)을 보완해 주는 약효가 더 뛰어나다. 정기신의 일체가 거의 이루어져 반신(半神)에 가까운 우내십존이라면 모를까, 보통의 무인들이 내공을 늘린다고 보약을 마구잡이로 먹어대지 않는 것과 같다.

그러나 내공이 황하만큼이나 깊은 우내십존에게 몇 뿌리의 약초는 기를 늘리는 데에 큰 도움이 되지 않는다. 그들쯤 되면 한 번의 깨달음이 더 중요한 상태가 된다.

하지만 아직 그 경지에 이르지 못했으면서 기와 정이 일체화 된 장건에게는 삼지구엽초와 같은 극양의 약초가 영물의 내단을 복용한 것과 비슷한 효과가 있었다.

장건은 암자로 돌아온 후, 그렇게 일주일 내내 산을 오르락내리락했다. 굉목이 보기에는 아직 몸도 덜 나은 것 같은데 뭔 일이 있는지 뻔질나게 산을 오른다.

오늘도 오후가 되기도 전에 느릅나무를 찾은 장건이었다. 벌써 한 아름 삼지구엽초를 따다 놓고 반을 넘게 먹었다.

"후우우우."

곧 장건의 입에서 뜨거운 입김이 흘러 나왔다.
몸이 뜨거워지며 열이 펄펄 끓었다.
"왜 이러지?"
배가 아파오며 이마에 슬슬 땀이 맺힌다.
사실 장건의 몸은 거의 완치가 된 상태였다. 7년도 넘게 역근경으로 단련된 신체다. 보통 사람보다 몇 배는 더 빠른 회복력을 가지고 있는데 거기에 보약과 삼지구엽초의 약효가 더해져서 한층 회복이 빨라졌다.
침투경으로 내상을 입었으니 그래도 이 정도나 걸린 것이지 일반적인 외상이었다면 벌써 낫고도 남았을 터였다.
"끙."
장건은 열기 때문에 현기증과 통증을 느꼈지만 몸을 비비 꼬며 참았다.
"정력에 좋은 거라는 데 조금이라도 참아야지."
계속 입에서 열기가 쏟아져서 장건은 입도 막았다.
'아까운 내 정력!'
힘들고 고통스러웠지만 몸 안에 남기려고 참고 또 참았다. 설사가 나오려는 것도 힘주어 참았다.
애써 먹은 걸 버릴 순 없는 노릇이다.
한데 몸에 잠복했던 열기가 슬금슬금 모이더니 다시 한 덩어리가 되어 장건의 몸을 일주한다. 너무 뜨거워서 속살을 데인 듯했다.

'후아!'

눈이 뒤집힐 정도로 몸이 뜨거웠다. 허벅지 사이가 팽팽해지고 야릇한 기분이 들었다.

주륵.

"어?"

코피까지 났다.

"오늘은 왜 이러지?"

어제까지만 해도 이렇지 않았기에 장건은 겁이 났다.

"앗 뜨거!"

코피를 닦는데 코피가 엄청나게 뜨겁다.

이제 더 이상 정으로 화(化)할 필요가 없으니 드디어 삼지구엽초의 양기가 내공으로 바뀌고 있었던 것이다. 그 와중에 불필요하게 몸에 쌓여 있던 양기가 배출되는 중이었다.

다만 워낙 약효가 뛰어난 약초인지라 그 열기가 장건의 상상을 초월할 뿐이었다. 마음을 가다듬고 운기행공을 하면 쉽게 다스릴 수도 있었다.

그러나 그것을 모르는 장건은 마음이 급해졌다.

너무 아파서 바닥을 데굴데굴 굴렀다.

"우아아!"

장건은 기운을 짜내 일어서서 느릅나무 쪽으로 달려갔다. 온몸에서 열기가 뿜어져 살이 익을 것 같았다. 눈알이 탈 지경이었다.

느릅나무 쪽으로 가니 서늘한 기운이 감돈다.

느릅나무.

그곳 주변만 유독 시원하다.

장건은 이미 그곳이 왜 서늘한지 알고 있었다.

느릅나무의 아래에 자라고 있는 풀들이 그런 서늘한 기운을 내뿜고 있는 것이다. 장건은 더 볼 것도 없이 풀 한 포기를 뽑아 씹었다. 뜨거운 몸에 한줄기 청량한 한기가 스쳐갔다.

조금이지만 몸이 시원해지는 기분이 들었다.

"휴우."

전에도 홍오에게 두 시진씩 수업을 받고 다니면서 먹어 봤기에 안 사실이다. 이곳의 풀들은 찬 기운이 있어서 더울 때에는 이 풀들을 씹으면 한결 나아졌다.

"이제 좀 살 것 같네."

다른 사람이 본다면 전혀 살 것 같다고 생각할 리 없음에도 장건은 그 자리에 앉아 색색의 풀들을 뽑아 먹었다.

어떤 것은 달고 어떤 것은 썼다. 가만히 보면 예전에 산을 돌아다니면서 먹었던 것들도 있다.

그 중에서도 가장 기가 맛있는 것은 뿌리에 덩이가 달린 꽃이다. 꽃잎이 파란색인데 뿌리가 고구마처럼 생겨서 먹을 수 있었다.

아작.

덩이를 캐 깨물자 시원한 음기가 입을 타고 흘러들었다.

금세 혀가 마비된 듯 얼얼했다.

그래도 아직 열기가 가시지 않았다. 장건은 몇 개를 더 뽑아 먹었다. 평소에는 하나만 먹어도 열기가 가셨는데 오늘은 유독 열기가 심하다.

한참을 그렇게 먹다 보니 열기가 서서히 가셨다.

그런데.

어느 순간 순식간에 열기가 가시면서 추워졌다.

이렇게 갑자기 추워진다는 건 분명 이상한 일이었다.

"윽!"

온몸이 으실으실 떨렸다. 너무 추워서 참을 수가 없었다.

"으으으."

장건은 또 데굴거리고 구르다가 삼지구엽초가 잔뜩 있는 곳으로 달려갔다. 거기서 급하게 몇 포기를 뜯어 먹고 나니, 이번엔 또 미칠 듯이 뜨거웠다. 장건은 당황해서 이리저리 오가며 양기와 음기가 어린 풀들을 계속해서 집어 먹었다.

그래도 도저히 기운이 가라앉지를 않았다.

한참이나 지난 후에 배가 땡땡해졌다고 느낄 지경이 되어서야 장건은 겨우 진정이 되었다.

장건은 오들오들 떨면서 이마의 땀을 훔쳤다.

"으으, 정말 오늘따라 정신이 하나도 없어."

한데 장건은 곧 몽롱한 가운데 단전에 한줄기 진기가 생겨나 있음을 깨달았다.

"어라? 실타래가……, 내공이 생겼네?"

장건의 얼굴이 환희에 가득 찼다.

"역시 의원님의 말씀이 맞았어. 정력에 좋은 걸 먹었더니 금방 다 나은 거야."

몸을 이리저리 움직여 보아도 크게 불편함이 없었다. 아직은 내공이 적어 예전 같지는 않았지만 그래도 기야 계속 먹어 채워 넣으면 될 일이다.

"내일도 또 와서 먹어야겠다. 오늘처럼 아프면 큰일이니까 조금씩만 먹어야지. 노사님도 내가 다 나았다는 걸 알면 좋아하실 거야."

장건은 팔을 쭉 뻗어 몸을 폈다가 문득 주변이 꽤 지저분해져 있다는 걸 알았다.

흙바닥을 데굴데굴 구르며 막 풀을 뽑아 먹었더니 자기도 모르는 새에 어지럽혀진 모양이다. 얼마나 고통이 심했는지 평소의 장건답지 않게 반쯤 뜯다가 만 풀도 있고, 대충 흙바닥을 파헤쳐 놓은 곳도 있었다.

누가 보면 멧돼지라도 나타나서 땅을 헤집은 것처럼 보일 것이다.

"음……."

그냥 가자니 뒷간에 갔다가 뒤를 안 닦은 것처럼 기분이 찝찝하고, 그렇다고 집 안에 있는 방이나 마당도 아닌데 자연 그대로의 풀밭을 청소한다는 것도 좀 이상한 일이다.

"그냥 갈까?"

발길이 차마 떨어지지 않았다.

"에이, 그냥 치워야겠다. 지금도 이렇게 찝찝한데 매일 이 꼴을 어떻게 봐."

잠깐 고민하던 장건은 주변을 깔끔히 정리하고 돌아가기로 했다. 조금이나마 내공이 생겨서 그런지 장건은 신나게 주변을 정리했다. 원래는 주변만 살짝 할 생각이었는데 하다 보니 흥이 나 멀리까지 치우게 되었다.

정리를 하는 동안 절로 내공이 움직여 몸을 도니 기운이 샘솟는 것 같았다.

오랜만에 느껴보는 쾌적한 기분!

그 바람에 장건은 시간이 가는 줄도 몰랐다.

"휴우. 이 정도면 됐겠지?"

장건의 얼굴에 흐뭇한 미소가 떠올랐다.

아주 마음에 쏙 들 정도로 주변을 정리했더니 마음도 편해지고 기분도 좋았다.

"보기 좋다. 진작 이렇게 할걸."

장건은 땀도 거의 흘리지 않았다. 보법을 밟으면서 최소의 움직임으로 정리하다 보니 별로 힘들다는 생각도 안 들었다.

"아, 그런데 왜 이렇게 바지가 불편하지."

아까부터 바지 앞이 불룩해져서 이상하게 피가 몰리는 느낌이었다. 가뜩이나 남자에게 좋다는 삼지구엽초를 내내 잔뜩 먹어댔으니 멀쩡할 수가 없었다.
"기분이 이상한데……."
장건은 '쩝' 하고 입맛을 다시면서 머리를 긁적거렸다.

산을 내려온 장건은 마당에 있는 굉목을 발견하고는 힘차게 뛰어갔다.
"노사니임!"
굉목은 장건이 뛰는 모습을 보고 눈을 부라렸다.
"이놈. 아무리 산중이라지만 경망스럽게 왜 뛰어다니며 소리를 지르는……."
이내 굉목의 눈이 휘둥그레졌다. 제대로 걸음을 못 걸어 이상하던 아이가 뛰고 있었으니 놀라지 않을 수가 없었다.
"뛰어? 아니, 너……."
"늦어서 죄송해요!"
장건이 담백암으로 금세 뛰어왔다.
"대체 무슨 일이 있었던 거냐?"
"네?"
장건은 허 의원이 말하지 말라고 한 것을 생각하고 잠시 꾸물거렸다. 굉목에게 거짓말을 할 수도 없고, 그렇다고 약속을 저버릴 수도 없는 노릇이었다.
그때 굉목이 다시 물었다.
"너 얼굴이 왜 그러냔 말이다."

"얼굴이요?"
"정말 왜 그런지 모르는 게냐?"
굉목은 황당해했다.
장건의 얼굴은 수시로 색이 바뀌고 있었다. 화가 난 사람처럼 붉게 달아올랐다가 다시 푸르스름하게 질린다.
흔히 붉으락푸르락한다고 말하는데 장건의 얼굴색이 딱 그 모양이다.
"음?"
굉목은 다시금 놀라 입을 막고 물러섰다.
장건이 내뱉는 숨에 심한 독기(毒氣)가 뿜어져 나오고 있었다. 굉목은 급히 역근공을 운용하며 독기를 차단했다. 자칫하다가는 자신도 중독이 될 뻔했다.
"이게 무슨 일이냐!"
장건이 머리를 긁적이며 어색하게 웃었다.
"아아, 오늘은 좀 많이 먹어서 그런 거 같아요. 조금 지나면 괜찮아질 거예요. 이러다가 괜찮아져요."
"흡!"
장건이 말을 하자 독기가 새어 나와 굉목은 잔뜩 긴장했다.
'도대체 뭘 먹은 거냐!'
굉목은 퍼뜩 홍오를 떠올렸다.
홍오가 예전에 그랬다. 독공에 저항력이 있어야 한다며 독초를 우려낸 차를 주곤 했다. 먹지 않으려고 해도 몰래 일반

차와 섞어 놓는 바람에 먹지 않을 수가 없었다.

그렇게 중독이 되어 곤혹을 치룬 것이 한두 번이 아니었다. 그때만 생각하면 끔찍하고 치가 떨려서 자다가도 이가 다 갈릴 지경이다.

"으음, 사부님이 이젠 건이에게까지 이런 짓을 한단 말인가!"

굉목의 얼굴에 노기가 떠올랐다.

멀쩡한 아이도 아니고 내공을 상실해 보통 사람이 되어 버린 아이다. 저항력이 급격히 떨어져서 독초를 먹으면 큰일이 날 수도 있었다.

"내 이번 일만큼은 그냥 넘어가지 못하겠구나!"

장건이 황급히 굉목을 말렸다.

"노사님, 그게 아니에요. 홍오 대사님은 뵌 적도 없는걸요."

"분명히 네가 모르는 사이에 수를 부렸을 게다. 나 역시 그렇게 많이 당……."

"네?"

굉목이 당황해 말을 돌렸다.

"사부님을 만난 게 아니라면 왜 네 숨에서 독기가 나온단 말이냐. 뭘 먹었느냐. 사실대로 말하거라."

장건이 주저하며 대답했다.

"저 위에 홍오 대사님 암자로 가다보면 커다란 느릅나무가 한 그루 있거든요. 거기에서 약초를 캐 먹었어요."

아무래도 홍오가 독초를 재배하는 곳 같다. 굉목이 그걸 모를 리 없었다.

"무슨 약초를 먹었는지 빨리 말해 보거라."

"거기에 잎이 세 개씩 달린 풀이 있거든요. 그걸……."

"이 녀석이?"

굉목은 소리를 지르려다가 참았다. 역근공으로 독기를 몰아내고는 있지만 엄청나게 독하다. 입을 함부로 벌릴 수가 없었다.

"무슨 약초에서 독기가 나온단 말이냐, 이 녀석아! 네가 말하는 건 아마 삼지구엽초일거다. 그건 또 어떻게 알고 먹은 게야?"

장건은 차마 허 의원이 가르쳐 주었다고 말할 수가 없었다.

"그냥……, 정력에 좋다고 해서요."

"허어."

굉목은 말을 잃었다.

산중에서만 자라 아무것도 모를 거라 생각했던 아이였는데, 역시나 속세의 때가 많이 묻어 있었나 보다.

그러고 보니, 장건의 바지 앞이 불룩하다. 바지가 헐렁하고 품이 커서 몰랐는데 정말 삼지구엽초를 먹긴 먹은 것 같았다.

정력에 좋다고 삼지구엽초를 먹은 건 어차피 승려가 될 것도 아니니 대충 넘어갈 수도 있는 문제였다. 그러나 다른 사람에게라면 몰라도 굉목에게는 그것이 결코 평범한 일이 아니었다.

굉목의 얼굴이 순식간에 굳어졌다.

'삼지구엽초! 그것 때문에 내가 이리 되었다. 내 어찌 그날을 잊을 수 있겠는가!'

지울 수 없는 과거의 상처가 굉목을 마구 뒤흔들었다.

자기도 모르게 주먹에 힘이 들어가 손등 위로 핏줄이 솟는다.

"아무래도 사부님이 관계된 것 같구나. 이 인간이 너 같은 어린애에게 그런 망할 것을 먹이다니……. 노망이 단단히 들었나 보다!"

그래도 꼬박꼬박 사부라고 부르던 굉목의 입에서 '이 인간'이란 말이 튀어나오자 장건도 크게 놀랐다.

"노사님! 정말로 홍오 대사님이 먹으라고 하신 거 아니에요. 몸이 빨리 나으려면 정력이 좋아져야 한대서 제가 먹은 거예요. 정말이에요. 이것 보세요. 덕분에 저 정말로 다 나았어요."

굉목의 흔들리는 눈에는 장건이 보이지 않았다. 어딘가에서 혼자 킬킬대고 있을 홍오의 얼굴이 어른거리기만 한다.

"노사님!"

굉목은 마음을 가라앉히는 데에 한참이나 시간을 보내야 했다. 그만큼 잊을 수 없는 상처인 것이다.

"그래. 어쨌든 네가 다 나았다면 다행이구나."

굉목은 대충 상황을 짐작할 수 있었다. 삼지구엽초가 잔뜩 자라는 곳에는 홍오의 텃밭이 있다. 장건이 삼지구엽초를 먹는다고 하다가 텃밭의 독초 몇 뿌리를 집어 먹은 것이리라.

"내일부터는 산을 올라가지 말거라. 사부님의 암자 근처에는 가지도 말고. 알겠느냐?"

"예? 하지만……."

몸이 다 나았으니 열심히 기를 먹어야 하는데……. 힘들여 정리도 다 해놓았는데, 라는 말이 목에 걸려서 나오질 않는다. 굉목의 표정이 여느 때와 너무나도 달랐기 때문이다.

"알겠어요. 내일부터는 거기 가지 않을게요."

잔뜩 풀이 죽은 장건을 보며 굉목이 옅은 한숨을 내쉬었다.

"널 생각해서 하는 말이다. 거긴 독성이 강한 독초들이 있으니 자칫하면 큰일이 벌어질 수도 있다."

"제가 정말 독초를 먹어서 그런 건가요?"

"아마도…… 그럴 거다."

"그럼 괜찮아요. 방장 대사님께서 이걸 주셨거든요."

장건은 목에 건 피독주를 굉목에게 보여 주었다. 굉목은 그것을 한눈에 알아보았다.

"피독주? 흠…… 네가 독초를 먹고도 멀쩡했던 것이 다 그 피독주 덕분이었구나. 그걸 제대로 쓰려면 입에 물고 있어야 하느니라."

"이렇게요?"

장건은 입에 피독주를 물었다. 입 안이 상쾌해지며 탁한 숨이 순식간에 정화되는 느낌이다.

"아아, 이르케 하느 거여꾸나."

장건은 피독주를 물고 중얼거렸다. 장건의 숨에서 더 이상 독기가 느껴지지 않자 굉목은 공력을 풀었다.

피독주를 차고 있는데도 굉목이 두려움을 느낄 만한 독기가

홍오의 텃밭에 생긴 일 *281*

느껴졌으니 피독주가 아니었다면 어쩔 뻔했을까.

'그럼 지금 품은 독기는 걱정하지 않아도 되겠군. 하지만 왜 방장 사형이 건이에게 피독주를…….'

굉목의 눈썹이 파르르 흔들렸다. 주름살이 자르르 떨린다.

'역시 방장 사형과 사부님이 뭔가 수작을 부린 게야.'

아니라고 하기엔 너무나 상황이 절묘하게 맞아 떨어졌다.

굉목은 다시 장건을 찬찬히 살펴보았다. 어딘가 모르게 딱딱하고 틈이 없어 보이는 자세로 서 있는 장건이다.

'혹시?'

"잠깐 오너라."

굉목은 장건의 맥문을 잡아 내공을 흘려 넣었다. 크지는 않지만 반발감이 느껴진다.

'내공이 회복되고 있다?'

굉목은 눈살을 찌푸렸다.

방장 굉운과 홍오가 장건의 내공을 회복시키기 위해 이 같은 짓을 자신 몰래 저질렀던 것일까?

그러나 소림에서 삼지구엽초와 독초를 이용해 내공을 회복시키는 방법이 있다고는 들어본 적이 없다.

극양의 약초와 극음의 독초를 이용한 내공 수련은 독공을 익히는 문파에서나 가능한 것이다.

'설마 독공을 가르치려고?'

아무리 따져 봐도 그것 외에는 없다.

'타 문파의 무공도 모자라서 독공까지?'

홍오가 늘 독차를 마시는 것도 독공을 익히다 취미가 들린 것이다. 그런 걸 생각해 보면 전혀 근거 없는 추측이 아니었다.

언제인가, 아주 오래전에 홍오는 독으로 유명한 사천당가의 대제자를 독으로 상대해 크게 창피를 준 적도 있다 했다.

사천당가는 은원을 잊지 않기로 유명하다. 은혜를 입으면 반드시 두 배로 갚고, 원한을 가지면 시간이 얼마나 걸리든 열 배로 갚는다 했다.

정작 당사자인 홍오는 별생각 없이 자랑을 하고 나서 까맣게 잊어버린 모양이지만, 굉목은 그 말을 들은 후 한참을 공포에 떨며 살아야 했다. 무림의 일에서 손을 뗀 것이 그때만큼 잘했다고 생각한 적이 없을 정도였다.

'그런데 장건에게 독공을 가르치겠다고?'

당시야 소림이 문각이라는 절대고수를 얻어 한창 융성하던 시기였고 그의 적전을 이은 홍오였으니 별 탈 없이 넘어갔겠지만, 소림의 세가 많이 약해진데다 정식 제자도 아닌 속가제자 장건이 사천당가의 독수를 피해 갈 수 있겠는가.

'이건 안 된다. 절대 안 돼!'

그러나 방장에게 가서 말해 봐야 홍오와 이미 입을 맞추었으면 별 소용이 없을 것이다. 아무리 애원을 해봐야 굉운은 굉목의 말을 들어주지 않을 것이다.

"나는 무인이기 이전에 승려이네만, 동시에 소림을 지켜야 할 책무를 지고 있는 한 문파의 장문일세."

굉운의 말이 머릿속을 맴돈다. 활불이란 별호처럼 너그럽고 이해심이 많긴 하나 소림을 위해서라면 굉운은 무엇이든 할 만한 이다.

'하필이면 왜 건이란 말인가. 본산에도 뛰어난 제자가 많거늘 왜 건이에게 사부의 진전을 잇게 한단 말인가.'

물론 장건이 강호에서 손꼽는 고수가 될 수도 있을 것이다. 그러나 그것이 과연 장건이 원하는 길일까?

굉목은 길게 고민하지 않았다.

"건아."

장건은 모처럼 굉목이 부드럽게 부르는데도 풀이 죽은 목소리로 대답했다.

"네, 노사님."

"나는 네가 무공을 배우지 않길 바란다."

장건이 무슨 뜻이냐는 듯 빤히 굉목을 바라보았다.

"너는 눈에 보이는 자질보다도 훨씬 더 큰 자질이 있다. 하지만 그 때문에 많은 사람들이 너를 이용하려 들고, 또 시기하기도 할 것이다. 넌 그런 것들을 다 참아낼 수 있겠느냐?"

잠시 생각하던 장건이 고개를 저었다.

"아뇨. 하지만 무공을 배우기로 약속했으니 어쩔 수 없잖아요."

"그 약속은 이제 지키지 않아도 된다."

"예?"

"네가 애초에 무공을 배우게 된 이유가 무엇이었더냐. 소림의 무공을 몸에 익혔기 때문이 아니냐."

장건이 고개를 끄덕끄덕했다.

"무공이란 문파에 있어 그리도 소중한 것이다. 하물며 소림이 아닌 다른 문파는 또 어떻겠느냐."

"하지만 다른 문파와 저는 상관이 없잖아요."

"상관이 없다면 얼마나 좋겠느냐마는……."

굉목은 장건에게 무림에 대해 소상히 말해 줄 필요를 느꼈다. 귀찮아서, 어쩐지 쑥스러워서 그간 해주지 못했던 일들이었다. 어쩌면 장건이 이 지경에 처한 것도 자신이 제대로 얘기를 해주지 않아서였을지도 몰랐다.

"네가 사부님께 배운 무공 중에 다른 문파의 무공이 있다. 그것을 그 문파의 사람들이 본다면 어떻게 생각할지 감이 오느냐?"

장건의 눈이 휘둥그레졌다.

"정말요? 제가 다른 문파의 무공을 배웠어요?"

"그래."

장건은 끙끙거리면서 자신이 알고 있는 것을 구별하려 애썼다. 그러나 워낙 기반 지식이 부족한데다 어느 것이 어떤 문파의 무공인지 알 수가 없어 구별하지 못했다.

"하지만 제가 제대로 배운 건 나한보랑 금강권뿐인걸요."

"사부님의 말씀에 의하면 네게는 무공을 한 번씩 보여주기만 했다고 하더구나."

"예. 그랬어요."

"넌 그것을 생각하며 연습했을 테고."

"아!"

장건은 그제야 감을 잡은 듯했다.

"하지만 타 문파의 무공을 배우면 안 된다는데 어떻게 홍오 대사님은 그걸 다 알고 계세요?"

굉목은 천천히 홍오와 소림, 그리고 타 문파와의 관계에 대해 설명하기 시작했다.

이제껏 그가 장건과 나눈 대화 중 가장 긴 시간이 될 터였다. 그러나 그것이 조금도 귀찮거나 지루하지 않았다.

처음 보았을 때에는 영악하기까지 하던 아이가 지금은 아무것도 모르는 백치처럼 느껴지는 것은 그가 '무림'이란 미지의 세계를 처음으로 접해 위축되었기 때문일 터다.

어차피 앞으로 시간이 많으니 굉목은 하나하나 모두 설명해 주어야겠다고 생각했다.

그리고 적어도 장건이 무림에 익숙해질 때까지는 적어도 장건이 회복되었음을 홍오와 굉운은 모르도록 최대한 숨길 작정이었다.

* * *

"에잉, 심심해 죽을 지경이구나."

장건을 가르치는 맛에 새로운 활력을 찾았던 홍오는 요즘 갑자기 시간이 길게 늘어지는 기분이었다.

"오랜만에 건이나 좀 보러 갈까……."

그러자니 굉목을 마주쳐야 하고, 또 한바탕 설전을 벌여야 한다는 생각이 들었다.

그것은 그것대로 귀찮은 일이다.

"무슨 놈의 제자가 돌아가신 사부보다 더 대하기 껄끄러우니, 에잉!"

자신의 수업 방식을 따라오지 못해 사이가 벌어졌다는 건 알고 있지만 너무 오래 방치해 두었더니 이제는 돌이킬 수 없는 지경이 되어 버렸다.

그렇다고 자신이 먼저 굽히고 들어간다는 건 홍오의 자존심상 무리였다.

홍오는 가만히 앉아 자신의 암자 밖 넓게 펼쳐진 풍경을 내다보았다. 한없이 넓어 보이는 세상이지만 홍오는 그곳으로 갈 수가 없다.

장건은 홍오에게 있어 세상과 소통하는 유일한 출구였다. 하지만 이제는 더 이상 만날 구실도 없다.

"고 녀석이 강호에 나가 활보하는 모습은 보고 죽으려 했는데……."
 장건을 통해 자신의 진전을 이으려는 생각도 있었지만 그런 생각은 애초에 접었다. 이제와 생각하면 그저 장건을 가르치는 것만으로도 하루하루가 기다려지고 사는 보람이 있었다.
"끌끌. 내가 나이가 들긴 들었나 보구나."
 야생마처럼 강호를 질타하던 옛날이 한없이 그리워졌다. 이제는 소림의 산문조차 벗어날 수 없어 방구석에 처박힌 초라한 노인네가 되어 버린 그다.
"끌끌끌."
 홍오는 혀를 차며 빈 바랑을 지고 일어섰다.
 장건마저 만나기 힘들어진 지금, 그의 유일한 낙은 하루에 한 번 독초를 따다 차를 마시는 것뿐이다.
"오늘은 칼칼한 녀석으로 골라야겠구나."
 텃밭으로 향하는 홍오의 발걸음은 한없이 쓸쓸했다.

"응?"
 텃밭에 거의 도착한 홍오가 돌연 걸음을 멈추었다.
 기분 나쁜 느낌이 그의 발을 멈추게 한 것이다.
 홍오가 눈썹을 꿈틀대며 주변을 둘러보았다.
 조용하다. 아무런 기척도 느껴지지 않는다.
 그래서 더 수상하다.
"이상하군."

깊은 산중에서 산새가 지저귀는 소리도, 산짐승의 걸음소리도 들리지 않는다는 건 정상이 아니다.

"너무 고요해."

홍오가 기감을 최대한 퍼뜨려 기척을 감지해 보았다.

반경 수십 장 내에 살아 있는 생명체라고는 전혀 감지되지 않았다.

"도대체 무슨 일인고?"

홍오는 불길한 느낌을 떨굴 수가 없었다.

보통 강호에서 이런 일은 매복한 살수(殺手)와 마주쳤을 때 발생한다. 실력 있는 살수는 자신의 살기를 주위와 동화시키지만, 조금만 실수해도 민감한 동물들이 그 주위를 벗어나 버리기 때문이다.

"설마하니 소림의 앞마당에서 간 큰 살수가 활보할 리도 없고……"

장건과의 두 시진 수업도 날아간 지금, 텃밭은 그의 유일한 안식처다. 그런데 아무래도 그 텃밭에 무슨 일인가가 생긴 듯하다.

홍오는 걸음을 서둘렀다.

작은 구릉에 느릅나무가 보인다.

일단 겉으로 훑어보면 별반 다른 일이 없어 보인다 싶었다.

그러나 자세히 보니…….

"으헉! 내 텃밭!"

홍오는 기겁했다.

그만의 비밀스러운 공간이었던 독초 밭에 누군가 침입한 흔적이 고스란히 드러나 있었던 것이다!

단순히 침입한 것이 아니라 그가 그토록 아끼던 독초들을 잔뜩 뽑아가기까지 했다.

자그마한 홍오의 독초밭. 독초가 있어야 할 곳엔 이름도 모르는 잡초가 심어져 있었다. 그 귀한 초오도 반이 넘게 사라져 있었다. 초오가 있던 자리에도 잡초가 대신하고 있다.

얼핏 비슷해 보이는 모양이지만 분명 초오가 아니라 다른 풀이다.

그것이 꼭 홍오를 기만하려는 것 같지 않은가!

"으으으……. 감히 저따위 잡초로 내 이목을 속이려 들어? 어떤 건방진 놈이……."

눈에 안력을 돋우어 보니 독초뿐 아니라 근방에서 자라고 있던 삼지구엽초도 잔뜩 캐갔다. 곳곳에 빈 땅이 보인다. 아니, 빈 땅이 아니라 다른 풀을 옮겨다 심은 것이 보였다.

보통 사람이 보았다면 구별도 못할 만큼 정교하게 가려져 있었지만 홍오는 확실히 알아볼 수 있었다.

아이가 아빠 몰래 술을 마시고 술병에 물을 채워 넣은 격이다.

그으으으.

발밑에서부터 기류가 생겨나 홍오의 전신을 휘감았다. 승복이 팽팽하게 부풀었다.

파앙!

바랑이 부풀다가 터져 버리기까지 했다. 홍오의 수염이 하늘거리며 떠올랐다.

"어떤 놈이 감히……."

홍오는 크게 분노했다.

그의 유일한 낙을 건드리다니.

만약 범인이 눈앞에 있다면 살계를 범하면서까지 일장에 때려죽이고 싶은 심정이었다.

어떤 놈인지 가만두지 않을 테다!

공력을 잔뜩 품은 홍오의 사자후가 봉우리를 뒤흔들었다.

족히 백여 장은 떨어진 먼 곳에서 산새들이 나무 위로 날아올랐다.

으드득.

홍오는 이를 갈았다.

"네놈도 사람이라면 흔적을 남겼을 터. 내 터럭만 한 흔적이라도 놓칠 성 싶으냐?"

그러나 홍오는 선뜻 걸음을 옮길 수가 없었다. 대신 극도로 온몸의 감각을 곤두세웠다.

텃밭과의 거리는 고작 오륙 장에 불과하다. 마음만 먹으면 한 걸음에도 갈 수 있는 거리. 성격 급한 홍오라면 능히 한달음에 갔어야 옳건만 그렇게 하지 않은 것이다.
 무인으로서의 날카로운 감각이 홍오를 움직이지 않게 만들었다.
 홍오의 텃밭을 훼손하고 독초를 캐간 거야 그렇다 치더라도 그것 때문에 주변에 산짐승들이 없을 리는 없지 않은가.
 '아무래도 이상한 기분이다. 이대로 들어가면 안 될 것 같구나.'
 이런 긴장감은 홍오로서도 처음이었다.
 한 걸음만 내딛으려 해도 어딘가 모르게 불쾌감이 느껴졌다.
 심장이 조여 오는 듯한 답답하고 무거운 공기.
 그 누가 있어서 천하의 홍오를 멈추게 할 수 있단 말인가.
 그래서 홍오는 더욱 흥분이 되었다.
 다만 이 불쾌한 감각이 느껴지는 이유를 몰라서 자존심이 상할 뿐이다.
 곧 늘어진 눈썹 사이로 홍오의 눈빛이 빛났다.
 "흐흐흐, 흐흐흐흐."
 홍오는 실성한 사람처럼 웃음을 흘렸다.
 "하마터면 당할 뻔했구나. 고얀 놈. 감히 나를 함정에 빠뜨리려 들어?"
 홍오는 기세를 풀었다.
 불안함의 원인, 그 이유를 깨달은 것이다.

제9장

거지와 진법

 홍오는 텃밭 안으로 달려가는 대신 쭈그리고 앉아 주위를 관찰했다. 텃밭 주위에 있는 풀 한 자락, 바위 한 덩어리까지 어느 것 하나 이상하지 않은 것이 없었다.
 "참으로 교묘하고 대담한 도둑놈이로구나. 내 차밭을 망친 것도 모자라서 다른 놈들이 오지 못하도록 진법까지 펴 놨어?"
 아무리 보아도 인위적인 느낌이 강하게 든다. 어딘가 모르게 번쩍거리는 바위도 그러하고 마치 검기로 벤 양 일정한 높이로 서 있는 풀들도 그러하다.
 두 번 세 번 생각해도 인위적으로 배치된 듯하다. 그렇지 않고서야 멀쩡한 독초를 캐놓고 그 자리에 비슷한 잡초를 심어

놓을 리가 있겠는가.

"흐음."

홍오는 눈살을 찌푸렸다.

진법에 일가견이 있다고는 못해도 어지간한 진법은 알아볼 수 있는 홍오다.

그런데도 이 같은 진법은 처음 보는 것이다.

"진법은 의도적으로 기의 흐름을 막고 왜곡하는 것인데, 기를 흘려 보아도 전혀 왜곡되고 있다는 느낌이 들지 않는구나. 그러면서도 보는 것만으로도 기분이 답답해져 오니 보통의 진법은 아닐 터. 얼마나 위력이 강하길래 이런 느낌이 드는 것이냐."

홍오는 자신의 텃밭을 훼손한 도둑놈에게 감탄할 수밖에 없었다.

"한낱 도둑놈이 이만한 진법을 펼칠 줄 알다니. 허!"

이런 들도 보도 못한 강력한 진법이라면 홍오라 해도 발을 내디딘 순간 꼼짝없이 갇혀 나올 수 없을 것이다.

"도둑놈이 진법을 설치한 이유는 둘 중 하나일 거다. 다른 사람이 이 약초와 독초들을 건들지 못하게 하는 것, 또는 나를 골탕 먹이려 하는 것."

홍오가 고개를 갸웃거렸다.

"하지만 그렇다면 대체 이 진법의 효과는 뭐지? 다른 사람들이 접근하지 못하도록 한 거라면 아예 눈으로 보지 못하게 만들 수도 있었을 테고, 나를 목표로 한 거라면 내가 느끼지

못하도록 은밀히 진법을 설치할 수도 있었을 터인데……. 이
건 둘 다 아니니."

곧 홍오가 콧방귀를 뀌었다.

"흠, 길게 생각할 필요도 없는 문제였군. 이렇듯 대놓고 진
을 설치한 것은 명백한 도발이 아닌가. 해체할 수 있으면 해체
해 봐라 이거겠지. 그것도 감히 내 텃밭에서 말이야."

홍오의 승부욕이 불타올랐다.

"이놈, 어디 두고 보자."

반나절을 서성거리며 진을 살피던 홍오가 길게 한숨을 내쉬
었다.

"으으음. 아무래도 인정할 수밖에 없구나. 내 실력이 부족
하다기보다는 이 진법을 설치한 놈이 뛰어난 것이다."

아무리 주역과 팔괘를 다 따져 보아도 어떤 방식으로 진법
이 구성되어 있는지 알 수가 없었다. 최소한 진법을 통과할 수
있는 생문이나 사문 정도는 보여야 할 텐데 그조차도 보이지
않았다.

"하지만 네놈을 놓칠까보냐? 내 소중한 텃밭을 도둑질하고
내게 도발을 한 놈을?"

홍오의 오기가 발동했다.

"진법을 설치했다는 것은 조만간 다시 들린다는 뜻. 아직도
캐 갈 삼지구엽초와 독초가 많이 남았으니 그냥 버려둘 리는

없을 것이다."

홍오는 우거진 나무 덤불 사이로 그림자처럼 숨어들었다.

"이놈! 내가 쉽게 포기할 줄 알았다면 오산이다. 네놈이 걸릴 때까지 며칠이고 이곳에서 기다려주마."

홍오는 조금씩 기척을 죽였다. 숨쉬는 소리가 잦아들고 몸도 축 늘어지며 기척이 서서히 사라져 갔다. 얼마 지나지 않아 홍오의 존재감은 완전히 없어졌다.

부스스.

홍오는 몸에 쌓인 풀잎과 흙을 털고 일어섰다.

"지독한 놈."

절로 이가 갈린다.

닷새를 이곳에서 기다렸는데 그간 아무도 나타나지 않았다. 원래가 사람의 출입이 거의 없는 봉우리이고, 텃밭이 길에서도 떨어진 곳에 있는지라 사람 그림자도 구경하기가 힘들었다.

"그래도 5일이면 나타날 줄 알았거늘……."

5일 동안 아무것도 먹지 못했지만 그 정도는 아무것도 아니었다. 이대로 도둑놈이 나타나지 않을지도 모른다는 불안감이 더 컸다.

"아무래도 안 되겠군. 본산에 가서 진법을 좀 아는 녀석을 데려와야겠어. 이 진법을 해체하지 않으면 저 안에 있는 놈의 흔적마저 사라질 게야."

생각 같아서야 지난 일주일간 소림을 찾은 방문객을 일일이 확인하고 싶지만, 하루에도 수천 명이 찾는 대사찰인지라 불가능한 일이었다.

홍오는 그 자리에서 가부좌를 틀어 가볍게 일주천을 마치고 경공을 발휘해 산 아래로 뛰어 내려갔다.

5일 동안 아무것도 먹고 마시지 못해 안색은 초췌했지만 반드시 도둑을 잡겠다는 일념 하나는 잔뜩 불타오르고 있었다.

* * *

"가만있자. 그 녀석이 굉충이었던가? 지금은 백의전주가 되어 있지?"

홍오는 곧장 백의전으로 갔다. 박학다식한 면에서는 장경각주를 따를 사람이 없으나 진법은 굉충이 훨씬 조예가 있었다.

굉충은 새로 날아든 정보들을 살피고 있다가 방으로 들어서는 홍오를 보고 깜짝 놀랐다.

"어라? 사백께서 백의전에는 어인 일이십니까? 아미타불?"

얼마나 뜻밖이었는지 불호조차 질문하는 어조였다.

"자네가 진법을 좀 알지?"

진법 얘기가 나오자 굉충의 눈이 반짝거렸다. 굉운이 차라면 사족을 못 쓰듯 굉충도 진법에는 그러했다.

"오호, 무슨 진법을 말씀하시는지요. 말씀만 하십시오."

홍오가 투덜거리면서 말했다.

"어떤 놈이 남의 집 앞마당에다 진법을 펴놓고 갔는데 당최 어떤 진법인지 알 수가 있어야지."

"사백님의 암자에 말입니까?"

"내 암자는 아니고 그 밑에 내가 차를 마시려고 키우는 풀들이 좀 있어."

홍오가 독차를 즐겨 마신다는 사실을 알 만한 이는 다 안다.

"그 느릅나무가 있는 곳 말이군요."

"자네가 그걸 어찌 알아?"

홍오의 수상쩍은 반문에 굉충이 허허 하고 웃었다.

"굉자배에서 사백님께 불려가서 독차를 마시지 않은 이가 몇이나 되겠습니까. 저도 그때 꽤 고생했었습니다, 그려."

"그게 한둘이었어야 말이지. 말이 나왔으니 말인데 내공 좀 쌓았다는 녀석들이 그깟 차 한 잔에 쩔쩔매는 게 말이나 돼?"

"사백님의 차 한 잔이 어디 그냥 차 한 잔이어야 말이지요. 그나저나 어떤 간 큰 협객이 사백님의 영역에 그런 짓을 했단 말입니까?"

홍오는 '협객'이란 말에 심기가 거슬렸으나 부탁을 하는 입장이었으니 참았다.

"나도 모르니까 잡으려고 하지."

"그것 참 놀랄 일이군요. 다른 곳도 아니고 소림에서, 그것도 사백님의 이목을 속이고 그런 짓을 할 만한 이가 있었다니요."

"아무튼 쓸데없는 얘기는 됐으니까 빨리 와서 봐주게. 이러다가 놈이 달아나기라도 하면 다 자네 책임이야."

"허허. 저도 당장 달려가고 싶지만 지금은 어렵습니다. 이 문서들을 좀 보십시오."

굉충의 책상에는 죽간을 비롯해서 각종 문서들이 수북하다.

"이게 다 사백님 때문이 아닙니까."

어지간히 진법을 좋아하는지 굉충은 홍오를 원망하는 투를 섞어 말했다.

"내가 왜?"

"이게 다 우내십존의 동향에 관한 정보입니다."

"끙! 그놈의 우내십존."

"정말 기억나는 게 아무것도 없으십니까?"

"아, 없대도! 아무튼 올 거야, 안 올 거야?"

"저도 가고 싶기야 한데……. 아!"

굉충이 다시 눈을 반짝 빛냈다.

"혹시 외인이라도 괜찮습니까? 제 벗이 와 있으니 그 친구에게 부탁을 해볼까 합니다만."

"소림의 영역에 누군가 함부로 들어와 진법을 펼쳤다는 게 소문이라도 나면 곤란한데……."

굉충이 손을 내저었다.

"걱정하지 마십시오. 그럴 만한 이가 아닙니다. 사백님께서도 아실 겁니다. 제갈가의 그 친구거든요."

"진법광 제갈립? 제갈립이라면 제갈가의 가주가 아니었나?"

"저와 서한으로 진법 문제를 주고받던 친구였는데 은퇴하고 나서 심심했는지 이번에 아이 하나를 데리고 찾아왔더군요. 지금 객실에 머물고 있으니 허락만 하신다면 바로 찾아뵈라 이르도록 하지요."

"괜찮을까?"

"제가 장담하겠습니다. 오히려 그 친구는 할 일이 생겼다고 좋아할 겁니다."

"그럼 뭐, 자네가 알아서 하게. 난 또 올라가 봐야겠네. 혹시 그놈이 올지도 모르니 지키고 있어야 해서."

"아미타불. 그럼 올라가 계십시오. 저도 일을 마치는 대로 찾아뵙도록 하겠습니다."

홍오는 잠깐의 시간도 아까운지 금세 백의전을 벗어났다.

굉충도 사미승을 불러 객실로 보내고는 다시 산더미처럼 쌓인 서류에 집중하기 시작했다. 좀 전과는 처리 속도가 눈에 띄게 달라졌다.

홍오가 말한 그 진법을 보고 싶어 어지간히 안달이 났던 모양이었다.

* * *

"저도 가고 싶어요, 할아버지이!"

그리 크지 않은 체구, 오히려 왜소하게 등이 굽은 문사 차림의 노인이 어린 소녀에게 쩔쩔매고 있었다.

"아이고, 영아. 이 할애비가 일부러 데리고 가지 않으려는 게 아니라 거긴 외인 출입금지라서……."

"그렇게 따지면 할아버지도 외인이잖아요. 나만 외인이에요?"

"그러니까 거긴 스님들이 수도를 하는 곳이라 금녀(禁女)라지 않느냐."

노인은 일반 서생은 아닌 듯 고운 청록색의 비단옷을 입고 있었다. 그리고 상의 한편에 아로새겨진 용의 문양.

승천하는 용의 문양을 그리고 다니는 문파는 몇 되나, 노인의 옷에 새겨진 것처럼 몸을 낮추고 잠을 자는 듯한 용의 문양은 흔치 않은 표식이었다.

바로 와룡선생으로 알려진 제갈량의 후손, 제갈세가의 표식인 것이다.

노인이 바로 제갈세가의 전대 가주 제갈립이다. 그리고 그를 조르는 여자아이는 그가 아끼는 손녀 제갈영이었다. 원래 혼자서 오려 했던 것을 제갈영이 보채서 어쩔 수 없이 데리고 온 터였다.

"저 안 데려가시면 집에 갈래요. 영이도 진법 좋아한단 말예요. 보고 싶다구요!"

제갈영이 한쪽에 서 있는 제갈가의 무사에게 쪼르르 달려가자 제갈립이 한숨을 쉬었다.

"나이가 열셋이나 되었는데 아직도 아이 같으니 원."

하도 예뻐서 오냐오냐하며 키웠더니 철부지 같은 성격이 되어 버렸는데, 그래도 야단을 칠 수가 없었다.

어렸을 때부터 제갈립을 잘 따랐다. 그래서 같이 가겠다고 앙탈을 부리는 손녀가 제갈립은 더 귀엽기만 하다.

때마침 공양을 올리던 굉료가 그 말을 들었다.

"괜찮습니다. 어차피 어람봉(魚籃峰)에는 홍오 사백과 그 제자밖에 없으니 뭐라 할 사람도 없을 겁니다."

제갈영이 말했다.

"그것 보세요. 같이 가도 된다고 하시잖아요."

제갈립이 '허허' 하고 실없이 웃었다.

"이것 참."

제갈립과 제갈영은 동자승의 안내를 받아 어람봉을 올랐다. 외길을 한참 오르다 보니 자그마한 암자 하나가 있고, 마당에서 노승과 제갈영 또래의 사내아이가 서 있는 것이 보였다.

마보를 한 채 팔을 뻗고 앞으로 걷는 동작을 하는데 그 동작이 너무 느려서 거의 움직이지 않는 것처럼 보였다.

"할아버지. 저기 스님하고 애는 지금 뭐하는 거예요?"

"글쎄다. 수련 중인 것 같지 않으냐?"

"죽은 거 아녜요?"

"움직이지 않는 것처럼 보여도 사실은 매우 천천히 움직이고 있는 거란다. 저건 꽤 수준 높은 동공인데……. 저 아이는 어린 나이에 실력이 대단하구나."

제갈립이 처음 보는 아이를 칭찬하자 제갈영은 입을 삐죽 내밀었다. 그때 마당에서 건신동공을 하고 있던 굉목이 이들을 보고 먼저 다가왔다.

"아미타불. 무슨 일로 이곳을 찾으셨습니까."

워낙 말투나 표정이 꼬장꼬장해서 제갈영은 제갈립의 뒤로 쏙 하고 숨었다.

동자승이 합장을 하며 대답했다.

"홍오 대사님께서 모시라 하셨습니다."

"사부님이?"

장건의 문제 때문에 가뜩이나 신경이 날카로운 굉목이었다.

'사부가 또 무슨 일을 꾸미는 겐가?'

굉목이 다시 물었다.

"그분께선 제 사부가 되십니다만, 실례가 되지 않으면 연유를 여쭈어도 되겠습니까?"

제갈립이 포권하며 말했다.

"제갈가의 립이라 하오. 듣자하니 이곳에 고매한 진법이 펼쳐 있다 하여 무례를 무릅쓰고 견식을 하러 왔소."

"아, 제갈가의 가주셨군요."

"허허. 이제는 은퇴하고 자식 놈에게 힘든 일을 모조리 떠넘긴 별 볼일 없는 늙은이일 뿐이외다."

"그런데 진법이라시면……."
"나도 자세한 얘기는 듣지 못하여 찾아가는 중이오."
 꽹목에게는 자다가 봉창 두드리는 소리로 들렸다. 이 봉우리에 누가 진법을 펼쳐 놓았단 말인가. 제갈립의 말투로 어림짐작해 보아도 홍오가 진법을 펼친 건 아닌 것 같다.
 '수상한 냄새가 나는군.'
 꽹목은 아무래도 직접 가보아야겠다고 생각했다. 홍오를 만나긴 싫지만 귀찮다고 모른 척하고 있다가 홍오의 흉계에 뒤통수를 맞을 수는 없었다.
"저도 함께 가지요."
"나야 상관없소만……."
 제갈영이 제갈립의 옷을 잡아끌고 있었다.
"할아버지. 할아버지. 난 쟤랑 놀고 있을래요."
 제갈영은 손가락으로 마당에 있는 장건을 가리켰다.
"이 녀석아. 수행 중인 스님께 놀자고 하는 게 말이나 되느냐. 응법사미(應法沙彌)도 엄연한 스님이시니라."
 제갈립이 제갈영을 은근히 꾸짖었지만 꽹목이 순순히 허락했다.
"사미가 아니라 제가 데리고 있는 속가의 아이입니다. 그렇게 하시지요."
"하나 폐를 끼칠 것 같아……."
"아이들끼리 노는 데에 무슨 폐가 있겠습니까."

굉목의 딱딱한 얼굴이 조금은 풀어져 있었다. 장건도 말을 안 해서 그렇지 또래 친구가 없어 적적해하던 차다.

 '예쁜 아이이고 총명해 보이니 건이와는 아주 잘 어울리겠구나. 건이의 집안도 보통 집안이 아니니 제갈가가 상대라 해도 부족하진 않을 테고.'

 굉목은 문득 자신이 왜 이런 생각을 하고 있는지 깨닫고 어색한 실소를 흘렸다.

 그렇지 않아도 제갈영이 있으면 진법을 제대로 볼 수 없는지라 굉목의 말은 제갈립에게도 반가운 말이었다. 단지 사고를 치지 않을까 걱정이 될 뿐이었다.

 제갈립의 마음을 눈치챈 제갈가의 호위무사가 포권을 하며 나섰다.

 "제가 이곳에서 아가씨를 보고 있을 테니 걱정 말고 다녀오십시오."

 제갈립이 반색했다.

 "그래주겠나? 그럼 부탁하네."

 제갈립이 제갈영을 잘 타일렀다.

 "스님께 결례를 저지르지 말고. 소란 피우면 안 된다."

 "알았어요. 그럼 영이는 여기 있을 거니까 이따가 데리러 오셔야 돼요."

 "오냐."

 "가시지요."

굉목은 동자승을 내려 보내고 직접 제갈립과 산을 올랐다.

호위무사는 마당에서 멀찍이 떨어진 곳에 자리를 했고 제갈영은 마당 한쪽에 쪼그리고 앉아 장건을 쳐다보았다.

장건은 손님이 온 것도 모르고 무아지경에 빠져 건신동공에 열중하고 있었다. 내공을 되찾은 이후로 비어 있는 단전을 다시 채우는 재미가 쏠쏠했다.

이제는 건신동공을 하지 않고 소주천을 할 수도 있었지만 습관이 되어서 그런지 하루에 한 번은 건신동공을 해야 기분이 개운해졌다.

건신동공을 거의 끝마치고 있던 때인지라, 장건은 곧 굉목이 아닌 다른 사람이 담백암에 있다는 것을 알아챘다.

빼꼼.

장건과 제갈영은 말없이 눈을 마주쳤다. 그 순간 장건의 얼굴이 화끈거렸다.

백옥처럼 하얗고 고운 피부라거나 가늘고 긴 눈썹, 오똑한 콧날을 보고 미인이라 생각해서는 아니었다. 어쩐지 자기보다 아기자기한 얼굴을 가지고 있는 게 너무 귀엽다는 생각이 들었다.

"누구……세요?"

제갈영이 또르륵 옥구슬이 굴러가는 듯한 목소리로 대답했다.

"나는 제갈영이야."

"으응, 그렇구나. 나는 장건이야."

제갈영이 호기심 가득한 얼굴로 장건을 이리저리 훑어보았다. 장건은 괜히 부끄러워졌다.

"너 거지야?"

"어? 나 거지 아닌데."

"그런데 왜 그리 꾀죄죄해?"

장건은 화들짝 놀라 자신의 옷차림을 살폈다. 옷이 많이 낡고 남루해져서 그렇지 깨끗한 승복이었다.

"꾀죄죄하지 않잖아. 어제 빤 거라 깨끗한걸?"

"하지만 산 아래에서 본 스님들은 너처럼 지저분하지 않았는걸?"

"이게 왜 지저분하다는 거야?"

"알았어. 그럼 깨끗한 거지라고 하던가."

"거지 아니라니까!"

장건도 기분이 나빠져서 제갈영을 똑바로 쳐다보았다.

움찔.

쳐다본 것은 장건인데 놀란 것도 장건이었다. 제갈영이 입은 청록색의 비단옷에는 윤기가 흘렀고, 허리춤에 매단 옥 장신구는 화려하진 않지만 그렇다고 소박하지도 않은 수실들이 매달려 있었다.

매일 수수한 승복만 보다가 비싼 비단옷과 장신구를 보니 괜히 기분이 껄끄러워졌다.

보지 않으려 해도 자꾸만 눈길이 그쪽으로 갔다. 몸이 움츠러들 정도는 아니었어도 마음에 걸리는 것은 어쩔 수 없었다.
 제갈영이 가만히 장건의 눈길을 따라 자기의 시선을 옮겼다. 그러더니 허리에 매단 옥 장신구를 풀어 장건에게 건넸다.
 "가져."
 "시, 싫어. 왜 나한테 이런 걸 줘? 나 거지 아니야."
 "근데 왜 자꾸 이걸 쳐다봐? 갖고 싶어서 그런 거잖아."
 "그게 아니고……."
 제갈영은 머리에 꽂은 비녀도 뽑아 주었다.
 "그럼 이것도 줄께."
 "싫다니까."
 "가져!"
 제갈영이 고운 아미를 찡그렸다.
 "이 아가씨께서 모처럼 은혜를 베풀었는데 고마운 줄도 모르고."
 "나도 집에 가면 많아."
 "거짓말."
 "거짓말 아냐. 그리고 남자가 비녀를 뭐에 써."
 "팔아서 맛있는 거 사먹어."
 "마, 맛있는 거?"
 장건은 그 말에 잠깐 홀렸다가 정신을 차렸다.
 "아냐. 그래도 난 그런 거 필요 없어."

제갈영은 도리어 그것을 보고 오해했다.

"거 봐. 갖고 싶잖아. 자, 가지라니까."

"노사님께서 남의 물건을 탐내지 말라셨어. 욕심을 부리면 혼나거든."

"노사님은 지금 안 계시잖아."

장건이 주위를 두리번거렸다.

"어? 그러고 보니 어디 가셨지?"

"아까 우리 할아버지랑 진법 보러 올라 가셨어."

"진법?"

제갈영은 진법에서 관심이 떠난 지 오래였다.

"아무튼 안 계시니까 몰래 받아. 너 불쌍해서 그래. 이거 있으면 맛있는 거도 사 먹고 좋은 옷도 입을 수 있잖아."

아닌 게 아니라 장건은 마른 체구에 키도 별로 크지 않았다. 제갈영이 보기에는 정말 불쌍해서 뭐라도 사 먹이고 싶은 생각이 절로 들 정도였다.

장건이 짐짓 굉목처럼 헛기침을 하며 말했다.

"엣헴. 사군자빈불능제물자(士君子貧不能濟物者)이나 우인치미처(遇人痴迷處)하면 출인언제성지(出一言提醒之)하니 역시무량공덕(亦是無量功德)하는 법."

제갈영이 다시 얼굴을 찡그렸다. 볼을 부풀리는 게 귀여워서 깨물어 주고 싶은 마음이 절로 들었다.

"사람의 어려움을 물질로 도와주는 것이 전부가 아니라는 뜻이야. 선비와 군자는 가난해서 재물로 남을 돕지 않지만 어리석은 사람을 한 마디 말로 깨치니 이것이 바로 무한한 공덕을 쌓는 것이지."

가만히 장건의 말을 듣고 있던 제갈영이 말을 툭 내뱉었다.

"그러니까 너 가난하다는 거 맞네."

"응?"

"넌 가난하니까 말로 돕고 난 부자니까 재물로 돕는 건데 그게 뭐가 나빠?"

"아니, 난 그게 나쁘다고는 하지 않았는데……."

"그럼 왜 안 받아? 내가 주니까 싫어?"

"아냐. 하지만 난 네가 주는 게 필요하지 않으니까."

제갈가의 호위무사는 장건과 제갈영이 옥신각신하는 모습을 보면서 어처구니없는 미소를 지었다.

'아가씨야 원래 순수한 분이니 그렇다지만 저 속가의 아이도 만만치는 않구나.'

그런데 호위무사가 미처 말릴 틈도 없이 일이 벌어졌다.

"흥! 어디서 주워들은 소리로 이 아가씨를 놀리려 들어?"

앙칼진 외침소리와 함께 제갈영이 손을 쓴 것이다.

제갈세가라고 하면 지략이 높은 문사의 가문으로만 생각할 수 있으나, 무림의 명문세가로 불리는 데에는 이유가 있는 법.

제갈세가의 가전무공도 강호에서는 손꼽히는 절기들로 이루어져 있었다.

그중 하나인 천리삼수(天理三手)가 제갈영의 손에서 펼쳐졌다.
"앗!"
장건은 대경실색하여 몸을 비틀고 팔을 뺐다.
제갈영의 금나수법이 아슬아슬하게 통하지 않았다.
"이게 무슨 짓이야!"
"할아버지 말씀대로 실력이 좋긴 좋은데? 어디 이것도 받아 보시지."
제갈영의 손이 화려하게 불어났다. 제갈세가 무공의 특징은 주역의 이치를 담아 만들어진 것이다.
장건이 피하려고 하는데 이미 제갈영의 손이 먼저 날아와 선점하고 있었다. 허점이 보여 그곳으로 피하려 하면 어느샌가 다시 제갈영의 손이 기다리고 있다.
진법의 효용을 그대로 금나수에도 적용한 것이다. 눈으로 보이는 빈틈은 사실 정확히 계산된 것으로, 상대를 구석으로 몰아넣는 사문(死門)이었다.
이 같은 일을 모르는 장건의 눈에는 귀신이 곡할 노릇으로 보일 따름이었다.
'분명 속도는 내가 빠른데 왜 피할 수가 없지?'
사방팔방이 모두 제갈영의 손으로 둘러싸인 듯했다.
"잡았다!"
그 순간 제갈영의 하얀 손이 장건의 오른 손목을 꽉 붙들었다.
"속가제자 주제에 이 아가씨의 손을 피할 수 있을 것 같아?

순순히 받으시지."

 장건은 묘한 기분이 들었지만 가만히 있을 수도 없는 노릇이었다.

 "어딜!"

 제갈영이 장건의 손목을 비틀려 할 때, 장건이 손을 뻗어 제갈영의 팔꿈치를 밀었다.

 타타타탁!

 번개처럼 장건의 손이 오갔다.

 제갈영의 눈이 크게 떠졌다.

 너무 빠르고 정확해서 도저히 반응할 틈이 없었다.

 아차 하는 사이 장건의 이불 접는 용조수가 제갈영의 팔을 고스란히 접었다. 할 줄 아는 것이 그것밖에 없어서였지만, 그것이 불러온 파문은 적지 않았다.

 혈을 점하거나 관절을 꺾어 제압하는 수법이 아니라 그저 팔을 접을 뿐인 장건의 용조수.

 제갈영은 그것도 모르고 놀라 발을 뻗어 장건의 팔을 올려 차며 팔을 빼려 했다. 장건이 다시 용조수를 뻗어 제갈영의 손을 옭아매었다.

 '벗어날 수가 없어!'

 제갈영은 거지처럼 허름하게 보이는 아이의 금나수법이 자신보다 훨씬 정교하고 한 수 위라는 걸 인정할 수밖에 없었다. 제압을 당한 것도 아닌데 장건의 금나수가 펼쳐지는 범위 내에서 손을 빼는 것이 거의 불가능했다.
 타타탁!
 마치 일부러 그렇게 하기라도 한 것처럼 제갈영의 팔은 서로 교차되어 자신의 가슴에 고즈넉하게 얹어져 있었다.
 그런데……
 장건의 손 역시 제갈영의 손 위에 함께 올려져 있었다.
 어쩐지 벼락이라도 맞은 듯 장건과 제갈영은 동작을 딱 멈추었다.
 곧 제갈영의 얼굴이 붉으락푸르락 변해 갔다.
 둘의 싸움을 말리러 달려가던 제갈가의 호위무사는 입을 쩍 벌리고 제자리에 멈추고 말았다.
 "아이쿠야. 이거 야단났구나."
 그가 봐도 일부러 그런 것이 아니라는 건 알겠는데 이미 사단이 났으니 어찌한단 말인가. 다른 사람도 아니고 제갈세가의 전대 가주의 총애를 한 몸에 받는 영애인데 말이다.
 "하하, 하하하……"
 웃음 반, 걱정 반.
 호위무사의 표정은 딱 그러했다.

　　　　*　　　*　　　*

 그때 제갈립은 홍오와 함께 느릅나무 근처에 와 있었다. 따라온 굉목도 둘의 뒤에 서서 가만히 상황을 지켜보았다.

제갈립의 표정은 흥미진진했다.

"호오, 어르신. 이거 정말 특이한 진법이군요."

"그렇지?"

"보기만 해도 상당한 압박감이 느껴집니다. 허어."

제갈립은 사실 적잖이 당황했다.

'내 그간 수많은 진법을 보아왔으나 유독 괴이한 이 느낌은 무엇인가?'

가까이 가기조차 두려웠다.

얼마나 진법의 기운이 강한지 근처에 서 있는 것만으로도 가슴이 답답해지고 숨을 쉬기도 곤란한 지경이다. 마치 몸이 아주 작은 상자에 갇힌 것처럼 불쾌하고 읍읍하다.

게다가 저 가지런히 정렬되어 있는, 똑같이 생긴 수많은 풀들을 보고 있으면 눈이 다 어지러웠다.

"으으음. 환각도 보이는 것인가?"

제갈립은 옅은 한숨을 내쉬었다.

"이제까지 제가 알고 있던 모든 진법과 그 궤를 달리하는 것입니다. 도대체 누가 이런 진법을 만들었는지 얼굴을 봐야겠습니다."

"빨리 이 진법을 해체해 주게나. 그래야 들어가서 놈의 흔적을 찾을 수 있으니."

제갈립은 나뭇가지 하나로 땅에 이리저리 복잡한 수를 그렸다.

 한참이 지난 후에 바닥에는 어지러울 정도의 도형과 글자가 그려져 있었다.

 제갈립은 땀을 닦으며 고개를 갸우뚱했다.

 "이상하군요. 육십사괘와 삼백팔십사효를 다 따져보아도 하나도 맞는 게 없군요. 모두가 정방(正方)을 따르고 있으니 생사문(生死門)의 구별이 안 됩니다. 아무래도 주변부터 차근차근 살펴야 하니 시간이 좀 걸릴 듯합니다."

 "끄응."

 지켜보고 있던 굉목이 물었다.

 "대체 뭐가 진법이고 뭐가 이상하단 말입니까?"

 굉목은 아까부터 홍오와 제갈립이 뭘 하고 있는지 알 수 없었다.

 홍오가 눈을 부라렸다.

 "넌 도움도 안 되는 놈이 왜 따라왔어? 눈앞에 진법이 펼쳐져 있는데도 못 알아봐? 네놈은 저 진법에서 풍겨오는 압박감이 안 느껴져? 들어가면 못 나올 것 같은 저 압박감을?"

 제갈립이 참견했다.

 "보시오. 저 똑같은 모양의 초목들을. 저것은 일반적으로 불가능한 것이오. 즉 저 진법은 환각의 진이란 것이오."

 눈에 뵈는 풀들의 모양이 죄다 똑같긴 똑같다.

 그러나 굉목의 눈에는 익숙한 풍경이다.

이 느릅나무 주변이라면 장건이 약초와 독초를 먹겠다고 드나들던 곳이다.

풀들까지 가지런히 정리되어 있는 걸 보니 그놈의 결벽증이 더 심해진 모양이다. 밥상의 밥알 한 톨까지 정렬하던 장건이 아닌가.

장건이 청소나 정리정돈을 하고 나면 느껴지는 특유의 답답함도 그대로다.

'저게 진법이라고?'

정말 이게 진법이었다면 굉목은 자신의 방에 갇혀 나오지도 못하고 있었을 터였다.

방 안에 들어가기만 해도 아찔할 정도로 너무 정리가 되어 있으니 말이다.

'건이가 여기서 약초와 독초를 먹은 것은 사부님이 관여한 게 아니었나 보군. 하지만 방장 사형이 피독주를 건넨 것은 아무래도 이상한데.'

그 사이에도 홍오와 제갈립은 서로 진법에 대해 열띤 토론을 하고 있었다.

이게 무슨 괘에서 무슨 괘로 이어지고 있으니 생문을 서쪽에서 찾아야 옳다, 일반적인 괘가 아니니 다시 따져보자…….

둘의 모습을 보던 굉목은 갑자기 웃음이 나왔다.

굉목이 피식 하고 웃자, 가뜩이나 예민해져 있던 홍오와 제갈립이 굉목을 흘겨보았다.

"뭐가 그렇게 웃기냐?"

"웃기지, 이게 안 웃깁니까?"

"뭐?"

생각 같아서야 확 들어갔다가 꽃이라도 하나 따서 나오고 싶다. 그러면 진법이라고 주장하는 저 둘의 얼굴이 어떻게 될까?

상식적으로 누가 이런 곳에 진법을 설치한단 말인가. 괜히 잘난 척 민감하게 굴었다가 스스로 자기 꾀에 자기가 빠진 꼴이다.

"껄껄!"

굉목은 보란 듯 크게 너털웃음을 터뜨렸다.

그리고는 휘적휘적 온 길로 돌아가 버렸다

장건이 그랬다고도 말해 줄 생각이 없었다. 장건이 내공을 되찾은 것은 어쩔 수 없이 밝혀질 때까지는 계속 숨겨야 한다.

'어디 한번 고생 좀 해보라지.'

굉목은 모처럼만에 개운하게 웃었다.

"껄껄껄!"

이렇게 기분 좋게 웃어본 것이 몇십 년 만이던가.

굉목의 웃음소리를 들으며 홍오가 인상을 확 쭈그린다. 마치 승자의 여유 같은 웃음이어서 거슬린다.

홍오가 점처럼 변한 굉목의 뒷모습을 쏘아보다가 투덜대며 고개를 돌렸다.

"남의 불행을 즐기는 나쁜 놈. 혹시 저게 범인 아냐?"

제갈립의 표정도 별로 좋지 않았다. 명색이 제갈공명의 후예이며 진법의 대가인 자신을 우습게보는 것 같았기 때문이다.

하지만 뒤에서 무슨 소리를 하건, 무슨 생각을 하건 꾕목은 아무 상관없다는 듯 계속해서 웃으며 산길을 내려갈 따름이었다.

오늘은 건이에게 맛있는 저녁이라도 해줘야지, 하고 생각하며……

『일보신권』 3권에서 계속

Dark Blaze

다크 블레이즈

김현우 판타지 장편소설

FANTASYSTORY & ADVENTURE

『레드 데스티니』, 『골든 메이지』의 작가!
김현우 판타지 장편소설

십 년 전쟁의 승리에 파묻힌 충격적 비화.
제국이 아버지의 죽음을 감췄다!

알파드 공의 죽음과 엘리멘탈 프로젝트의 실체.
뒤틀린 진실을 알기 위해 아르미드 남매가 복수의 칼을 들었다!

dream books
드림북스

생사금고

한이담 신무협 장편소설

ORIENTAL FANTASYSTORY & ADVENTURE

2010년, 무협계를 강타할 신인의 등쟁!
한이담 신무협 장편소설

전대기인이 소림에 제자로 들어간다?
30년 만에 출도한 절대고수, 음모에 빠지다!

소림에서 벌어진 충격적 살인사건.
그러나 그것은 거대한 음모의 시작에 불과했다!

dream books
드림북스

집필진

이승재 (서울대학교 교수)
윤행순 (한밭대학교 교수)
이희관 (전 호림박물관 학예실장)
장경준 (고려대학교 교수)
박준석 (말라야대학교 교수)
정진원 (고려대학교 강사)
이병기 (한림대학교 교수)
이 용 (류블랴나대학교 교수)
김명운 (서울대학교 강사)
유현조 (서울대학교 강사)
김선영 (서울대학교 박사과정)
김지오 (동국대학교 박사과정)
윤옥석 (연세대학교 박사과정)
조재형 (중앙대학교 박사과정)

남풍현 (구결학회 고문)
정재영 (한국기술교육대학교 교수)
박진호 (한양대학교 교수)
김성주 (한국기술교육대학교 연구교수)
서민욱 (가톨릭대학교 박사)
조은주 (단국대학교 강사)
이전경 (연세대학교 강사)
김천학 (서울시립대학교 강의교수)
조호 사토시 (토야마대학 교수)
안대현 (연세대학교 강사)
고성익 (서울대학교 박사과정)
박진희 (서강대학교 박사과정)
정혜선 (서강대학교 박사과정)

角筆口訣의 解讀과 飜譯 5

초판 제1쇄 인쇄 2009년 7월 20일 초판 제1쇄 발행 2009년 7월 31일
지은이 이승재 외
펴낸이 지현구 **펴낸곳** 태학사 **등록** 제406-2006-00008호
주소 경기도 파주시 교하읍 문발리 파주출판도시 498-8
전화 마케팅부 (031) 955-7580~2 편집부 (031) 955-7585~90 **전송** (031) 955-0910
홈페이지 www.thaehaksa.com **전자우편** thaehak4@chol.com

ⓒ 이승재 외, 2009
값 30,000원

ISBN 978-89-5966-317-0 94710
ISBN 978-89-5966-001-8 (세트)

☞ 잘못된 책은 구입한 곳이나 본사에서 바꾸어 드립니다.
☞ 이 연구는 한국학술진흥재단의 기초학문육성사업 인문사회분야지원 토대연구(과제번호 KRF-2005-078-AM0026)의 연구비를 받아 수행되었다.